Un ange de velours

JUDE DEVERAUX

LA PRINCESSE DE FEU	
LA PRINCESSE DE GLACE	
LES YEUX DE VELOURS	*J'ai lu* 2927/**5***
UN TEINT DE VELOURS	*J'ai lu* 3003/**5***
UNE MÉLODIE DE VELOURS	*J'ai lu* 3049/**4***
UN ANGE DE VELOURS	*J'ai lu* 3127/**4***

Jude Deveraux

Un ange de velours

traduit de l'américain
par Isabelle Tolila

Éditions J'ai lu

Titre original :

VELVET ANGEL

1

LE SUD DE L'ANGLETERRE

Août 1502

Assise au sommet de la colline escarpée, Elizabeth Chatworth contemplait l'océan de champs d'orge s'étendant à l'infini au-dessous d'elle. Des hommes que la distance faisait paraître minuscules y travaillaient, faux sur l'épaule, certains conduisant des chevaux, d'autres tirant des bœufs.

Mais Elizabeth, la tête droite et le menton fermement levé, ne les voyait pas vraiment. Une rafale de vent chaud tenta en vain de la déloger de sa place. Elle raidit les jambes pour assurer sa position. Si ce qui lui était déjà arrivé durant cette journée n'avait pas réussi à l'ébranler, ce n'était pas un simple coup de vent qui y parviendrait.

Ses yeux verts étaient secs, mais la colère et les larmes rentrées lui brûlaient la gorge. Seule une crispation nerveuse agitait sa joue tandis qu'elle inspirait profondément pour calmer les battements de son cœur.

Une nouvelle rafale vint fouetter la masse de sa chevelure blonde et une dernière perle rescapée de sa coiffe se détacha, glissant sur la soie rouge de sa robe froissée et salie. L'élégante tenue qu'elle avait revêtue pour se rendre au mariage de son amie était à présent en lambeaux. Ses cheveux étaient défaits, son visage souillé — et ses mains étroitement ligotées derrière son dos.

Elle leva les yeux au ciel, affrontant sans ciller l'éclatante luminosité de ce jour d'été. Toute sa vie, on l'avait comparée à un ange, et jamais cette comparaison n'avait été plus vraie qu'en cet instant. En effet, avec sa chevelure dorée flottant comme une auréole, son regard pur et sa peau diaphane, on aurait pu la prendre pour une créature céleste.

Cependant, ses pensées n'avaient pour l'heure rien d'angélique... Il n'y avait place dans son esprit ni pour la douceur ni pour le pardon.

— Je lutterai jusqu'à la mort, murmura-t-elle. (Ses yeux se durcirent, comme deux émeraudes sombres et étincelantes à la fois.) Aucun homme ne me vaincra ni ne me soumettra à ses volontés.

— Vous priez le Seigneur ? demanda la voix de son ravisseur derrière elle.

Très lentement, Elizabeth se leva et se tourna vers l'homme pour le fixer avec froideur. Ce regard le fit reculer. Tout comme son abominable maître, Pagnell de Waldenham, il jouait les fanfarons mais n'était en réalité qu'un couard.

John toussota nerveusement, puis s'avança d'un air décidé pour attraper Elizabeth par le bras.

— Vous vous prenez peut-être pour une grande lady, mais pour l'instant c'est moi le maître.

Elle le regarda droit dans les yeux, sans montrer qu'il lui faisait mal. Après tout, au cours de sa vie elle avait appris à supporter toutes sortes de douleurs, aussi bien physiques que morales.

— Vous ne serez jamais le maître de personne, déclara-t-elle avec calme.

L'espace d'une seconde John relâcha sa prise, puis la resserra à nouveau et poussa si violemment Elizabeth qu'elle faillit perdre l'équilibre. Dans un suprême effort de volonté, elle parvint à rester debout et commença à marcher droit devant elle.

— Tout homme est un maître face à une femme, dit John derrière elle. Seulement les femmes comme vous se refusent à admettre cette évidence. Tout ce qui vous manque c'est une bonne correction pour comprendre. Et, d'après ce que j'ai entendu dire, Miles Montgomery saura vous donner ce dont vous avez besoin.

A l'évocation de ce nom, Elizabeth trébucha et tomba sur ses genoux.

John éclata de rire et vint se planter devant elle, la toisant de toute sa hauteur, tandis qu'elle luttait pour dégager son pied coincé dans les plis de sa robe. Mais avec ses mains attachées, le moindre mouvement relevait de l'exploit.

— L'idée de rencontrer Montgomery vous excite, n'est-ce pas ? plaisanta durement John en la remettant debout sans aucun ménagement.

Il lui caressa la joue un instant, faisant courir ses doigts crasseux sur sa peau blanche et satinée, s'attardant sur le contour délicat de ses lèvres...

— Comment une femme aussi jolie que vous peut-elle se montrer aussi revêche ? Vous et moi pourrions passer du bon temps, sans que lord Pagnell en sache jamais rien. Qu'importe qui sera le premier ? Montgomery prendra votre virginité de toute façon, alors quelle différence si vous la gardez un jour ou deux de plus ?

Pour toute réponse, Elizabeth lui cracha au visage. Quand il leva la main pour la gifler, elle esquiva habilement le coup et partit en courant. Mais John la rattrapa presque aussitôt, l'agrippant par sa robe et la faisant tomber face contre terre.

— Espèce de petite garce ! grogna-t-il en la retournant sur le dos. Vous allez me payer ça. J'ai essayé d'être conciliant, mais vous méritez d'être battue.

Les mains et les pieds bloqués sous elle, Elizabeth ne put retenir des larmes de douleur. Cependant, son regard demeura de glace.

— Mais vous ne me battrez pas, déclara-t-elle avec assurance. Pagnell l'apprendrait et vous punirait. Les hommes de votre espèce ne se risquent jamais à mettre en danger leur précieuse personne.

John pressa avec avidité ses lèvres sur les siennes, mais Elizabeth resta de marbre. Dégoûté, il s'écarta d'elle et s'éloigna en direction des chevaux.

Tout en s'asseyant, Elizabeth s'efforça de retrouver son calme. Elle avait toujours su dissimuler ses émotions les plus profondes. Et maintenant, elle avait besoin de toute la puissance de sa volonté pour affronter l'épreuve qui l'attendait.

Montgomery ! Ce nom résonna dans sa tête comme une sentence macabre. Il était synonyme de souffrance et de terreur. Par la faute d'un Montgomery, sa belle-sœur avait perdu la beauté et la raison. Un Montgomery avait causé le déshonneur de son frère aîné et l'éloignement de Brian, son autre frère. Et c'était aussi un Montgomery qui avait indirectement provoqué sa propre capture.

Durant la cérémonie de mariage de son amie, Elizabeth avait par hasard entendu la conversation de l'odieux Pagnell, un homme qu'elle connaissait depuis toujours. Il projetait de livrer à ses proches corrompus une jolie petite chanteuse qui serait ensuite accusée de sorcellerie. Pagnell avait surpris Elizabeth en train d'essayer de sauver la fille et, pour plaisanter, avait décidé de la livrer à son ennemi, un Montgomery. Peut-être les choses n'auraient-elles pas tourné aussi mal si la chanteuse, dans une généreuse mais maladroite impulsion, n'avait pas déclaré qu'Elizabeth était d'une certaine manière liée aux Montgomery.

Pagnell avait ligoté Elizabeth, l'avait enroulée dans un épais tapis, et avait ordonné à son bras droit, John, de la livrer à l'individu le plus lubrique que la terre ait porté : Miles Montgomery.

De tous les Montgomery, Elizabeth savait que le cadet — un garçon de vingt ans, ayant seulement deux ans de plus qu'elle — était le pire. Même dans le couvent où elle avait vécu ces dernières années, elle avait entendu parler de lui.

On racontait qu'il avait vendu son âme au diable à l'âge de seize ans et que son pouvoir magique sur les femmes était la conséquence de ce pacte. Elizabeth avait trouvé cette explication risible. Pour elle, Miles Montgomery devait tout simplement forcer ses victimes à entrer dans son lit, comme elle avait si souvent vu son propre frère, le défunt Edmund, le faire. Comble de disgrâce, ce Montgomery semblait être particulièrement fertile, car le bruit courait qu'il avait une centaine de bâtards.

Trois ans auparavant, une jeune fille nommée Bridget avait quitté le couvent où Elizabeth vivait pour aller travailler sur le domaine Montgomery. C'était une jolie fille aux immenses yeux noirs et aux formes agréables. Au grand dégoût d'Elizabeth, toutes les autres résidentes avaient réagi comme si elle partait se marier ou — pire encore — être offerte en sacrifice. La veille de son départ, la mère supérieure l'avait entretenue pendant deux heures et Bridget s'était ensuite montrée aux vêpres, les yeux rougis par les larmes.

Onze mois plus tard, un troubadour leur avait rapporté que Bridget avait donné naissance à un beau bébé vigoureux qu'elle avait nommé James Montgomery. Personne n'avait douté que Miles en fût le père.

Elizabeth s'était jointe aux nombreuses prières offertes pour les péchés de la fille. En son for intérieur, elle maudissait les hommes tels que son frère Edmund et Miles Montgomery — des monstres qui croyaient les femmes dépourvues d'âme et ne pensaient qu'à les battre, les violer et les forcer à commettre toutes sortes d'actes abominables.

La main de John qui lui agrippait violemment les cheveux la ramena subitement au présent.

— Votre temps de prière est écoulé, déclara-t-il en la forçant à se lever. Le moment est venu pour Montgomery de rencontrer la future... (il sourit)... mère de son prochain bâtard.

Il éclata de rire devant les efforts d'Elizabeth pour se dégager. Comprenant qu'il se réjouissait de la voir se débattre, elle s'immobilisa et le fixa de son plus glacial regard.

— Sorcière ! jeta-t-il. Ce diable de Montgomery parviendra-t-il à capturer l'ange que vous semblez être — ou découvrira-t-il en vous un cœur aussi noir que le sien ?

En souriant, il sortit un poignard qu'il lui plaça sous la gorge. Mais même au contact froid de l'acier sur sa peau, Elizabeth resta apparemment imperturbable. Le sourire de John se transforma en grimace.

— Il arrive aux Montgomery de s'abaisser à parler aux femmes, au lieu de les utiliser pour ce que Dieu les a faites. Je m'assurerai que ce Miles n'ait pas de telles idées en tête.

Lentement, il fit glisser la lame jusqu'à l'échancrure de ce qui restait de sa robe. Retenant son souffle, le regard toujours rivé au sien, Elizabeth étouffa sa colère et demeura parfaitement immobile. Elle ne lui offrirait pas l'opportunité de se servir de cette arme.

D'un seul mouvement, John coupa le corsage d'Elizabeth, dévoilant ses seins. Il la regarda à nouveau dans les yeux.

— Vous cachiez bien vos trésors, Elizabeth, murmura-t-il.

Elle se raidit et détourna le regard. Il était vrai qu'elle ne portait pas des vêtements destinés à la mettre en valeur. Cette robe trop sage aplatissait sa poitrine et alourdissait sa taille. Cependant, les hommes n'en étaient pas moins attirés par la beauté de son visage. Et contre cela, elle ne pouvait rien — si ce n'était couvrir sa magnifique chevelure.

John continua de la dévêtir à coups de lame. Il avait vu beaucoup de femmes nues au cours de sa vie, mais jamais d'aussi magnifiques qu'Elizabeth Chatworth.

Celle-ci restait aussi immobile et froide qu'une statue. Et quand elle fut entièrement dénudée et sentit le souffle tiède de l'été sur son corps, elle comprit que rien de pire ne lui était jamais arrivé.

— Que Pagnell aille au diable ! jura John en se rapprochant dangereusement d'elle.

Elizabeth recula et, malgré son humiliante position, essaya de garder toute sa dignité.

— Si vous me touchez, vous êtes un homme mort, déclara-t-elle d'un ton haut et ferme. Pagnell ne vous pardonnerait ni de me tuer ni de profiter de moi. Et songez à la colère de mon frère... Une femme vaut-elle que vous risquiez votre vie ?

John mit un moment à calmer ses ardeurs et à détourner les yeux de ce corps tentateur.

— J'espère que Montgomery vous fera souffrir mille morts, dit-il d'un ton sinistre avant d'aller chercher le tapis posé en travers de son cheval et de l'étendre sur l'herbe. Couchez-vous là, ordonna-t-il. Et je vous avertis que si vous me désobéissez, rien ne m'arrêtera — ni Pagnell, ni Montgomery, ni la rage de votre frère.

Elizabeth s'allongea avec obéissance sur la laine rugueuse et retint son souffle quand John s'agenouilla près d'elle. Sans ménagement, il la retourna sur le ventre, trancha les liens retenant ses poignets et la roula dans le tapis. A partir de cet instant, Elizabeth ne pensa plus. Comme un animal traqué, elle ne se concentra que sur un seul but : continuer à respirer.

Pendant ce qui lui parut une éternité, elle resta là, la tête rejetée en arrière, cherchant désespérément à capter le peu d'air qui pénétrait dans sa prison tissée. Quand on la souleva finalement pour la jeter en travers d'un cheval, elle eut l'impression que ses poumons allaient exploser.

— Le prochain homme que vous verrez sera Miles Montgomery, entendit-elle John déclarer, sa voix lui parvenant comme à travers un épais brouillard. Pensez à cela pendant le voyage. Il ne sera pas aussi gentil que je l'ai été avec vous.

En un sens, ces mots furent bénéfiques à Elizabeth. Car la seule évocation du démoniaque Montgomery raviva sa révolte et l'incita à lutter de plus belle pour vivre. Et tandis que le cheval partait au galop, elle maudit les Montgomery, leur maison et leurs gens — et adressa une prière en faveur des innocents enfants Montgomery qui avaient le malheur d'appartenir à cette famille sans foi ni loi.

La tente de Miles Montgomery était une vraie splendeur : de lourds pans d'étoffe d'un vert profond bordés par les flamboyants léopards dorés — emblème des Montgomery. L'intérieur était tendu de soie vert pâle. Le mobilier consistait en plusieurs tabourets pliants recouverts de brocart bleu et or, une large table ciselée et deux lits (dont un anormalement long) placés sur deux côtés opposés de la tente et couverts de peaux de renard roux.

Quatre hommes se tenaient debout autour de la table. Deux d'entre eux portaient le riche uniforme des chevaliers attachés à la maison Montgomery. L'attention des deux autres était concentrée sur le garde qui venait d'entrer.

— Il dit avoir un présent pour vous, monseigneur, rapportait ce dernier. C'est peut-être une ruse. Qu'est-ce que lord Pagnell posséderait que vous souhaiteriez avoir ?

Miles Montgomery haussa un sourcil et cela suffit à faire taire le garde. Parfois, les gens récemment engagés à son service s'imaginaient que son jeune âge leur autorisait certaines libertés.

— Un homme pourrait-il être dissimulé dans ce tapis ? demanda le compagnon de Miles.

Le garde tendit le cou pour croiser le regard de sir Guy.

— Un tout petit, peut-être.

Sir Guy baissa les yeux vers Miles et une silencieuse communication passa entre eux.

— Fais-le venir avec son présent, ordonna sir Guy. Nous l'attendrons épée en main.

Le garde sortit aussitôt et revint quelques secondes plus tard, la pointe de son épée dans le dos de l'homme transportant le tapis roulé. Un sourire insolent aux lèvres, John laissa à moitié tomber son fardeau sur le sol et d'un violent coup de pied le déroula en direction de Miles Montgomery.

Quand le tapis révéla son trésor, les quatre hommes stupéfaits contemplèrent la femme nue aux yeux clos et aux joues délicatement colorées, drapée dans le flot d'une superbe chevelure d'or. Son corps était magnifique : des seins au galbe parfait, une taille extraordinairement fine, des hanches aux courbes tentatrices et des jambes délicieusement longues. Le plus surprenant était cependant son visage, digne d'une créature du paradis — délicat, éthéré, ne semblant pas appartenir à ce monde.

Avec un dernier regard de triomphe, John se glissa hors de la tente sans demander son reste.

Elizabeth, encore étourdie par le manque d'air, ouvrit lentement les yeux et découvrit les quatre hommes au-dessus d'elle qui l'observaient. Ils avaient tous leur épée en main, mais la tenaient pointée vers le sol. Deux d'entre eux étaient visiblement de simples chevaliers. Le troisième était une sorte de géant aux cheveux gris acier. Une longue cicatrice lui barrait le visage en diagonale. Bien qu'il eût l'air effrayant, elle sentit qu'il n'était pas le chef.

A côté du géant se tenait un homme superbement vêtu de satin bleu. Elizabeth avait l'habitude de voir des seigneurs vigoureux et de belle allure, mais celui-ci semblait posséder une personnalité si puissante, si contrôlée, qu'il en était étonnant. Les trois autres ne pouvaient s'empêcher d'admirer le corps d'Elizabeth, mais lui chercha à croiser ses yeux. Leurs regards se rivèrent l'un à l'autre.

Miles Montgomery était beau, très très beau. Des yeux gris sombre, un nez droit et fin, une bouche pleine et sensuelle...

Danger ! fut la première pensée d'Elizabeth. Cet individu était dangereux, aussi bien pour les femmes que pour les hommes.

Brisant le contact de son regard, elle bondit sur ses pieds, saisit une peau de renard sur le lit et attrapa la hache de combat posée sur la table.

— Je tuerai le premier qui s'approchera de moi, déclara-t-elle, tenant la hache d'une main tandis qu'elle jetait le vêtement de fortune sur une épaule, laissant tout un côté de son corps dénudé.

Le géant fit un pas vers elle et elle leva la hache, empoignant fermement le manche à deux mains.

— Je sais comment m'en servir, avertit-elle en adressant à l'homme un regard dénué de crainte.

Les deux chevaliers s'avancèrent à leur tour, la forçant à reculer jusqu'à ce qu'elle se retrouve bloquée par le lit.

— Laissez-nous.

Ces mots avaient été prononcés avec calme, mais sur un ton de commande n'admettant aucune objection. Les hommes se tournèrent vers Montgomery, puis le géant lança un dernier regard en direction d'Elizabeth avant de faire signe aux autres de le suivre. Ils quittèrent la tente sans un mot.

Elizabeth assura la position de ses mains sur le manche de la hache et fixa Miles Montgomery dans les yeux.

— Je vous tuerai, menaça-t-elle, les dents serrées. Ne vous imaginez pas que parce que je suis une femme je ne prendrai pas plaisir à découper un homme en morceaux. J'adorerais voir couler le sang d'un Montgomery.

Miles ne bougea pas, se contentant de soutenir son regard. Puis il leva son épée et Elizabeth retint son souffle, se préparant au combat. Très lentement, il posa l'épée sur la table et se tourna de profil. Avec la même lenteur, il ôta le poignard accroché à sa ceinture et le plaça à côté de l'épée.

Quand il se retourna vers Elizabeth, son visage était dénué d'expression. Il s'avança.

Elizabeth leva la massive hache, prête à lutter jusqu'à la mort. Oui, la mort était préférable au sort qui l'attendait entre les mains de ce monstre.

Miles s'assit sur un tabouret, à quelques mètres d'elle. Il continuait de la regarder, toujours en silence.

Ainsi, à ses yeux une femme était un si piètre adversaire qu'il s'était désarmé et attendait tranquillement, alors même qu'elle le menaçait d'une arme ! En un éclair, elle se rua vers lui et abattit la hache.

Sans le moindre effort, il saisit le manche pour écarter l'arme, puis plongea son regard dans celui d'Elizabeth. Pendant un moment, elle demeura figée, comme hypnotisée par ses yeux. Il semblait sonder son visage, lui adresser des questions silencieuses.

Elle bougea vivement le bras pour se libérer et faillit tomber : en fait, Miles l'avait lâchée depuis un certain temps, sans qu'elle s'en rende compte. Elle réussit à retrouver son équilibre de justesse en s'agrippant au bord de la table.

— Soyez maudit ! rugit-elle, le souffle court. Puissent le Seigneur et ses anges maudire le jour où un Montgomery vint au monde. Fasse le Ciel que vous et tous vos descendants brûlent à jamais dans les flammes de l'enfer.

Elle hurlait presque et entendit des mouvements désordonnés à l'extérieur de la tente.

Miles demeurait imperturbable, continuant de la regarder sans dire un mot. Et ce manque de réaction ne faisait que décupler la colère d'Elizabeth. Quand elle sentit ses mains trembler, elle comprit qu'il était temps qu'elle retrouve son calme. Où était donc passé le froid détachement qu'elle avait si bien cultivé pendant tant d'années ?

Si l'ennemi pouvait garder son sang-froid, elle le pouvait aussi. Les bruits à l'extérieur semblaient indiquer que les hommes s'éloignaient. Peut-être aurait-elle une chance de s'échapper... si elle arrivait à déjouer la vigilance de Miles Montgomery.

Sans le quitter des yeux, elle commença à reculer, le contournant pour se diriger vers l'entrée de la tente. Miles pivota lentement sur le tabouret et la suivit des yeux. A l'extérieur, le hennissement d'un cheval redoubla l'espoir d'Elizabeth. Si seulement elle arrivait à sortir de cette tente, elle serait libre...

Bien qu'elle n'eût pas une seconde détourné son regard de Miles, elle ne vit pas à quel moment il avait bougé. L'instant d'avant, il était calmement assis, et à présent, alors qu'elle avait presque atteint son but, il était près d'elle et lui saisissait un poignet. Elle brandit la hache pour l'abattre sur son épaule, mais il s'empara de son autre poignet et la prit dans ses bras.

Immobile, emprisonnée dans son étreinte, elle leva les yeux vers lui. Il était si proche qu'elle pouvait sentir son souffle sur son front. Il la regardait bizarrement, comme s'il attendait quelque chose, intrigué.

— Et maintenant, que va-t-il se passer ? demanda-t-elle, ses yeux verts aussi sombres et durs que des émeraudes. Allez-vous d'abord me battre ou me violer ? Ou peut-être aimez-vous faire les deux en même temps. Je suis vierge et j'ai entendu dire que c'était plus douloureux la première fois. Nul doute que cela décuplera votre plaisir.

L'espace d'une seconde, les yeux de Miles s'agrandirent d'étonnement. C'était la première expression non contrôlée qu'elle lui voyait. Son regard gris était si intense qu'elle détourna la tête.

— Je suis capable d'endurer ce que vous projetez, déclara-t-elle avec calme. N'attendez pas de moi que je vous supplie.

Lui libérant un poignet, il la prit doucement par la joue pour ramener son visage vers lui.

Elle se raidit, dégoûtée par le contact de sa main.

— Qui êtes-vous ? murmura-t-il.

Elle se raidit davantage et ses yeux étincelèrent de haine.

— Votre ennemie. Je suis Elizabeth Chatworth.

Quelque chose passa rapidement dans l'expression de Miles, puis disparut. Après un long moment, il lâcha son visage et recula, la libérant totalement.

— Gardez la hache, si cela peut vous rassurer, mais il m'est impossible de vous laisser partir.

Comme si elle n'avait pas existé, il lui tourna le dos et se dirigea vers le centre de la tente.

Elizabeth en profita immédiatement pour passer le seuil, mais dans le même temps Miles la rattrapa et la saisit à nouveau par les poignets.

— Il m'est impossible de vous laisser partir, répéta-t-il. (Son regard glissa sur ses jambes nues.) Où voulez-vous aller dans cette tenue ? Venez à l'intérieur. J'enverrai un de mes hommes vous chercher des vêtements.

Elle se dégagea vivement. Sous la lueur du soleil couchant, il lui paraissait encore plus sombre.

— Je ne veux aucun vêtement venant de vous. Je ne veux rien venant d'un Montgomery. Mon frère vous...

La dureté de son regard la força à s'interrompre.

— Ne mentionnez pas le nom de votre frère devant moi. Il a tué ma sœur. (Il la saisit à nouveau par le poignet.) Maintenant j'insiste pour que vous rentriez. Mes hommes seront bientôt de retour et ils ne doivent pas vous voir dans cette tenue.

Elle refusa de bouger.

— Quelle importance ? Les monstres de votre genre n'ont-ils pas l'habitude de livrer les femelles captives à leurs hommes quand ils en ont fini avec elles ?

Elle n'aurait pu le jurer, mais crut apercevoir une ébauche de sourire sur ses lèvres.

— Elizabeth... commença-t-il avant de s'interrompre un instant. Nous parlerons mieux à l'intérieur. (Il se tourna vers la masse sombre des arbres tout proches.) Guy ! cria-t-il, faisant sursauter Elizabeth.

Aussitôt, le géant sortit de l'ombre et vint se planter devant eux, accordant seulement un bref regard à la jeune femme.

— Va au village et achète des vêtements convenables pour une femme. Ne regarde pas à la dépense.

Sa voix changeait considérablement quand il s'adressait à ses hommes.

— Laissez-moi y aller avec lui, intervint Elizabeth. J'irai parler à mon frère. Je suis sûre que si vous me libérez saine et sauve, il vous sera si reconnaissant qu'il fera cesser cette querelle entre les Montgomery et les Chatworth.

Miles se retourna vers elle, le regard dur.

— Ne me suppliez pas, Elizabeth.

Dans un mouvement impulsif de rage, elle leva la hache, prête à frapper. Mais Miles la désarma avec adresse avant de l'emprisonner dans ses bras.

Ne voulant pas lui donner le plaisir de la voir se débattre, elle se raidit contre lui, totalement immobile. Sa jambe nue touchait les vêtements de Miles. Elle détestait ce contact sur sa peau.

Il l'emporta à l'intérieur de la tente et la déposa doucement sur l'un des lits.

— Pourquoi tenez-vous à me procurer des vêtements ? ironisa-t-elle. Un animal tel que vous ne s'accouple-t-il pas en pleine nature ?

Il se dirigea vers la table et remplit deux coupes de vin.

— Elizabeth, si vous continuez à me demander de vous faire l'amour, je succomberai éventuellement à la tentation, déclara-t-il avant de venir s'asseoir sur un tabouret, près du lit. La journée a été longue et vous devez être fatiguée.

Elle envoya valser la coupe de vin qu'il lui tendait. Une tache rouge commença à s'étendre sur l'un des magnifiques tapis recouvrant le sol. Miles constata les dégâts d'un air absent et but une gorgée de vin.

— Et maintenant, Elizabeth, que vais-je faire de vous ?

2

Assise au bord du lit, Elizabeth se refusait à accorder un seul regard à Miles Montgomery. Elle ne s'abaisserait pas à essayer de le convaincre, puisqu'il semblait considérer ses raisonnements comme des supplications.

Après un moment de silence, Miles se leva et sortit de la tente. Tenant le battant d'une main, il ordonna qu'on apporte une bassine d'eau chaude.

Elizabeth ne bougea pas pendant cette absence momentanée. Mieux valait qu'elle tente de s'échapper quand son geôlier se serait endormi. Car il fallait bien qu'il dorme à un moment ou à un autre... En outre, elle ne pouvait pas s'en aller avec une peau de renard pour tout vêtement.

Miles ne permit à personne d'entrer et amena lui-même la bassine au pied du lit où se tenait Elizabeth.

— J'ai pensé que vous voudriez peut-être vous laver, déclara-t-il.

— Je ne veux rien de vous, répondit-elle, toujours sans le regarder.

— Elizabeth... commença-t-il avec une pointe d'exaspération.

Il s'assit à côté d'elle et prit ses mains dans les siennes, attendant patiemment qu'elle tourne son regard plein de colère vers lui.

— Je ne vous ferai aucun mal, poursuivit-il doucement. De toute ma vie, je n'ai jamais battu une femme et je n'ai pas l'intention de commencer aujourd'hui. Mais je ne peux pas vous laisser courir la campagne dans cette tenue. Vous n'iriez pas bien loin : des hordes d'Ecossais rôdent dans la région et n'hésiteraient pas à vous attaquer.

— Dois-je croire que vous êtes meilleur qu'eux ? demanda-t-elle avec espoir. Me ramènerez-vous à mon frère ?

Miles la regarda avec une telle intensité qu'elle en eut presque peur.

— Je... considérerai la question.

Elle dégagea vivement ses mains des siennes.

— Que pourrais-je attendre d'un Montgomery ? Eloignez-vous de moi !

— L'eau refroidit, l'informa-t-il en se levant.

Elle lui adressa un semblant de sourire.

— Pour qui devrais-je me laver ? Pour vous ? Aimez-vous les femmes fraîchement lavées et parfumées ? Dans ce cas, ne comptez pas sur moi ! Je serai aussi crasseuse qu'une souillon et je salirai vos jolis vêtements à chaque fois que vous m'approcherez.

Miles la regarda un moment avant de déclarer :

— La tente est entourée par mes hommes et je serai dehors. Si vous essayez de vous enfuir, on vous ramènera à moi.

Sur ce, il la laissa seule.

Comme Miles s'y attendait, sir Guy se tenait devant la tente. Il lui adressa un signe de tête et le devança à travers les arbres.

— J'ai envoyé deux hommes acheter les vêtements, déclara sir Guy.

A la mort de son père, Miles n'avait que neuf ans et, selon la volonté du défunt, ce fut sir Guy qui prit alors soin de lui. Enfant déjà, Miles semblait être un étranger au sein même de sa propre famille. Il n'était pas plus loquace avec sir Guy qu'il ne l'était avec quiconque.

— Qui est-elle ? demanda sir Guy, une main appuyée contre le tronc d'un énorme chêne.

— Elizabeth Chatworth.

Sir Guy hocha la tête. La lueur de la lune découpait d'étranges ombres autour de la cicatrice barrant son visage.

— Je m'en doutais. Livrer une Chatworth à un Montgomery a dû paraître très amusant à lord Pagnell. Je reconnais bien là son sens particulier de l'humour... (Il s'interrompit, regardant longuement Miles.) La rendrons-nous à son frère ?

Miles se remit à marcher.

— Que sais-tu d'Edmund Chatworth ?

Sir Guy cracha vigoureusement avant de répondre.

— Comparé à Chatworth, Pagnell est un saint. Chatworth adorait torturer les femmes. Il avait l'habitude de les attacher et de les violer. La nuit où il a été tué — Dieu bénisse l'homme qui a fait cela —, une jeune femme s'est tranché les veines dans sa chambre.

Sir Guy regretta ses paroles en sentant la tension monter en Miles. Plus que tout au monde, Miles aimait les femmes. Des centaines de fois, Guy avait dû s'interposer entre lui et des hommes ayant porté tort à une femme. Adolescent, il ne craignait déjà pas de s'attaquer à des chevaliers aguerris et quand il était hors de lui, rien ni personne ne pouvait l'arrêter. L'année précédente, sir Guy n'avait pas réussi à l'empêcher de tuer un mari qui avait giflé son épouse à la langue trop bien pendue. Le roi avait bien failli ne pas pardonner ce scandale à Miles.

— Son frère Roger est différent d'Edmund, poursuivit Guy.

Miles fit volte-face, les yeux noirs de rage.

— Roger Chatworth a violé ma sœur et est responsable de son suicide ! L'as-tu oublié ?

Guy savait que la meilleure manière de calmer Miles était de garder le silence sur les sujets qui le fâchaient.

— Qu'as-tu l'intention de faire avec la fille ?

Miles s'éloigna de quelques pas et fit courir sa main sur le tronc rugueux d'un arbre.

— Elle hait les Montgomery. Nous ne sommes pour rien dans la querelle qui nous oppose aux Chatworth, et pourtant elle nous hait. (Il se retourna pour regarder sir Guy.) Et elle semble me détester moi en particulier. Elle s'est essuyée là où je l'avais touchée, comme si mon contact la souillait.

Une fois sa stupeur passée, sir Guy faillit éclater de rire. D'ordinaire, les femmes aimaient encore plus Miles qu'il ne les aimait lui-même. Il avait passé son enfance entouré de filles, et l'une des missions de sir Guy avait été de s'assurer qu'il devienne bien un homme. Mais Guy avait toujours su qu'il n'y avait aucun doute sur la virilité du jeune Miles. C'était comme une bizarrerie de caractère chez lui. De même que certains hommes se seraient damnés pour un beau cheval ou une épée finement aiguisée, lui appréciait la compagnie des femmes. Parfois son absurde et inconditionnelle courtoisie envers elles était plutôt ennuyeuse, comme lorsque après une bataille glorieuse il imposait la règle interdisant le viol. Mais sir Guy avait appris à accepter cette faiblesse chez Miles — d'autant que ce dernier était en tout autre domaine irréprochable.

Cependant, sir Guy n'avait au grand jamais entendu parler d'une femme qui n'aurait pas été prête à sacrifier sa vie pour Miles. Jeunes, vieilles, entre deux âges et même nouveau-nées, elles se pâmaient toutes devant lui. Et Elizabeth Chatworth avait été dégoûtée par son contact !

L'information était de taille. Pour Miles, cela devait correspondre à une grande défaite.

— Nous essuyons tous un échec un jour ou l'autre, déclara sir Guy en posant une main sur l'épaule de Miles. Cela ne remet pas en question ta virilité. Peut-être que cette fille déteste tous les hommes. Avec son frère pour exemple...

Miles se dégagea vivement.

— Elle a été maltraitée ! *Gravement* maltraitée ! Ce n'est pas seulement son corps qui a été blessé, mais le plus profond de son être, et elle a construit autour d'elle un mur de colère et de haine.

Sir Guy sentit que la partie allait être serrée.

— C'est une lady de haute naissance, rappela-t-il calmement. Tu ne peux la garder prisonnière sans t'attendre aux foudres du roi. Souviens-toi qu'il a déjà déclaré ton frère hors la loi. Tu dois rendre lady Elizabeth à sa famille.

— La faire retourner dans un endroit où l'on torture les femmes ? Un endroit où on lui a appris la haine ? Et si j'agissais ainsi, que penserait-elle des Montgomery ? Je veux qu'elle se rende compte que nous ne sommes pas des monstres tels que son frère.

— Il est inenvisageable que tu la gardes ! explosa sir Guy avec agacement.

Miles considéra la question un moment.

— Plusieurs jours passeront avant qu'on apprenne où elle se trouve, déclara-t-il finalement. Peut-être que ce délai me suffira pour lui montrer...

— Et tes frères ? objecta sir Guy. Ils attendent ton retour et Gavin ne mettra pas longtemps à découvrir que tu retiens Elizabeth Chatworth prisonnière. (Il s'interrompit avant de reprendre d'un ton plus doux :) Elle n'aura que du bien à dire sur les Montgomery si tu la libères saine et sauve.

Les yeux de Miles étincelèrent.

— Elle prétendrait qu'elle a dû utiliser une hache pour me forcer à la relâcher. (Un léger sourire étira ses lèvres.) Ma décision est prise : je la garderai juste le temps de lui prouver qu'un Montgomery n'a rien de commun avec son défunt frère. Maintenant, il faut que je rentre... (son sourire s'élargit) pour donner un bain à ma petite souillon de captive. Allons, Guy, ne fais pas cette tête. C'est juste l'affaire de quelques jours.

Sir Guy le suivit en silence jusqu'au camp, mais il doutait qu'Elizabeth Chatworth pût être conquise en quelques jours seulement.

Une fois sûre que Miles était parti, Elizabeth se précipita à l'autre bout de la tente et souleva doucement la lourde toile. Des gardes étaient postés juste devant. Après avoir fait de même sur tout le pourtour de sa prison de toile, elle comprit qu'elle ne pouvait pas s'échapper : un cercle serré de soldats la cernait.

Miles revint bientôt, portant deux seaux d'eau chaude. Aussitôt, Elizabeth se raidit et croisa les bras sur sa poitrine. Elle ne lui adressa pas un seul regard quand il s'assit à côté d'elle sur le lit.

Et lorsqu'il commença à lui nettoyer les mains avec un linge chaud et savonné, elle ne réagit tout d'abord pas. Puis, l'instant de stupeur passé, elle se dégagea vivement de lui.

Lui saisissant le menton avec douceur, Miles entreprit alors de lui nettoyer le visage.

— Vous vous sentirez beaucoup mieux une fois propre, déclara-t-il gentiment.

Elle repoussa sa main avec brutalité.

— Je n'aime pas qu'on me touche. Eloignez-vous de moi !

Avec patience, il lui reprit le menton et termina ce qu'il avait commencé.

— Vous êtes une très belle femme, Elizabeth, et vous devriez en être fière.

Elle le regarda et décida que si elle ne le haïssait pas déjà, elle le ferait désormais. De toute évidence habitué à ce que les femmes tombent à ses pieds, cet homme s'imaginait qu'il suffisait d'un seul contact de sa main pour qu'on fonde de désir. Il était effectivement beau, possédait une voix douce et chaude, mais il en existait de nombreux autres bien plus attirants et expérimentés que lui — et qui avaient en vain essayé de séduire Elizabeth.

Le fixant dans les yeux, elle fit mine de se liquéfier littéralement de plaisir, attendit de percevoir l'autosatisfaction dans son regard et planta soudain les dents dans le tranchant de sa main.

La surprise empêcha Miles de réagir tout de suite. Puis il saisit la mâchoire d'Elizabeth pour la forcer à ouvrir la bouche. Visiblement encore sous le coup de l'étonnement, il regarda tour à tour ses petites dents et les profondes marques qu'elles avaient laissées sur sa main. Quand il croisa à nouveau les yeux d'Elizabeth, il y vit une évidente lueur de triomphe.

— Me prenez-vous pour une imbécile ? demanda-t-elle. Pensez-vous que je ne comprends pas votre petit jeu ? Vous espérez m'apprivoiser pour me renvoyer ensuite chez mon frère avec un de vos bâtards en prime. Ce serait pour vous une immense victoire, aussi bien en tant que Montgomery qu'en tant qu'homme.

Il continuait de la fixer dans les yeux.

— Vous êtes une femme intelligente, Elizabeth. Peut-être aurai-je envie de vous prouver que les hommes sont parfois capables d'autre chose que de sauvagerie.

— Et comment y arriverez-vous ? En me gardant prisonnière ? En m'obligeant à supporter votre contact ? Vous voyez bien que je ne tremble pas de désir à chaque fois que vous m'approchez. Serait-ce l'échec que vous haïssez ? Pagnell adore le viol et la brutalité. Qu'en est-il de vous ? Est-ce la conquête qui vous excite ? Et une fois votre but atteint, vous débarrassez-vous de votre proie comme vous le feriez d'un objet usagé ?

Il ne trouvait manifestement aucune réponse à ses questions et Elizabeth se sentait humiliée à l'idée que ses congénères se soient toujours si facilement rendues à lui.

— Un homme ne peut-il, juste une fois, se conduire avec décence ? Renvoyez-moi à mon frère !

— Non ! s'opposa-t-il, les yeux agrandis de colère. Jamais une femme n'avait éveillé sa fureur auparavant.

— Tournez-vous, Elizabeth, que je lave vos cheveux.

Elle le jaugea du regard.

— Et si je refuse, me battrez-vous ?

— Je ne suis pas loin de l'envisager.

L'attrapant par l'épaule, il la fit s'allonger sur le lit, de sorte que sa chevelure pende par-dessus le bord.

Elizabeth ne bougea pas tandis qu'il savonnait et rinçait ses cheveux. Peut-être avait-elle poussé la provocation trop loin, mais ses manières la mettaient en rage. Il était si calme, si sûr de lui, qu'elle avait envie de trouver sa faille. Ses hommes lui obéissaient au moindre geste. Les femmes se soumettaient-elles à lui avec la même facilité ?

Peut-être avait-elle tort d'essayer d'exciter sa colère. La relâcherait-il si elle prétendait tomber follement amoureuse de lui ? Si elle pleurait sur son épaule, il accéderait certainement à ses prières mais, outre sa répugnance à le toucher, il était hors de question qu'elle s'abaisse à supplier un homme.

Miles lui démêla les cheveux avec un délicat peigne d'ivoire. Quand il eut terminé, il quitta la tente pour revenir quelques minutes plus tard, portant une robe somptueuse. Elle était rouge, faite dans un mélange de soie et de laine. Il y avait aussi de très fins sous-vêtements de lin.

— Vous n'êtes pas obligée de terminer votre toilette, mais je vous conseille de vous vêtir, déclara-t-il en la laissant à nouveau seule.

Elizabeth se lava rapidement, prenant à peine

garde aux bleus qui recouvraient son corps. Elle était heureuse d'avoir enfin des vêtements : cela faciliterait ses plans d'évasion.

Miles réapparut avec un plateau chargé de victuailles.

— Comme je ne connais pas vos goûts, j'ai apporté un peu de tout, précisa-t-il tout en allumant des bougies.

Elle ne daigna pas faire de commentaires.

— La robe vous plaît-elle ?

Il la regardait de près, mais elle détourna la tête. Cette robe était visiblement coûteuse et la plupart des femmes auraient été satisfaites de la porter. Mais c'était pour l'heure le moindre des soucis d'Elizabeth.

— Les plats vont refroidir. Venez vous asseoir à la table et dînons ensemble.

Elle le fixa droit dans les yeux.

— Je n'ai aucune intention de manger quoi que ce soit à votre table.

Miles retint visiblement les mots de colère qui lui brûlaient les lèvres.

— A votre guise. La nourriture restera là, pour le cas où vous auriez faim.

Elizabeth s'assit sur le lit, le corps tendu, les yeux rivés sur le grand chandelier en face d'elle. Dès le lendemain, elle trouverait un moyen de s'échapper.

Ignorant l'odeur des plats que Miles dégustait tranquillement, elle s'allongea et se força à se détendre. Il lui faudrait toutes ses forces pour s'enfuir. Epuisée par cette horrible journée, elle ne mit pas longtemps à sombrer dans le sommeil.

Elle se réveilla en sursaut au milieu de la nuit, son esprit encore engourdi sentant le danger, sans arriver à préciser de quelle nature il était. Quand ses idées furent plus claires, elle tourna prudemment la tête et aperçut Miles endormi sur le deuxième lit, à l'autre bout de la tente.

Ayant passé son enfance dans une maison où l'horreur était coutumière, elle avait appris à se déplacer sans bruit. Telle une ombre, elle se dirigea sur la pointe des pieds vers l'arrière de la tente, là où les gardes devaient être moins vigilants.

Il lui fallut plusieurs minutes pour soulever suffisamment la toile et se glisser avec précaution dans l'ouverture. Un garde passa devant elle, mais elle se recroquevilla dans l'ombre pour éviter qu'il la voie. Quand il eut le dos tourné, elle courut en direction de la forêt, utilisant au mieux chaque parcelle d'obscurité. Des années de pratique à éviter son frère Edmund et ses « amis » lui avaient appris à se faufiler n'importe où sans qu'on la remarque. Roger la taquinait souvent en disant qu'elle ferait une excellente espionne.

Une fois sous le couvert des arbres, elle s'accorda un instant de répit et s'efforça de calmer les battements de son cœur. Accoutumée aux forêts la nuit, ce fut d'un pas souple et assuré qu'elle continua à progresser.

Quand le jour se leva, Elizabeth marchait depuis deux heures et commençait à ressentir la fatigue. Elle n'avait rien mangé depuis vingt-quatre heures, ses pieds lui faisaient mal et elle trébuchait de plus en plus...

Une heure plus tard, elle tremblait de tout son corps. S'asseyant sur une branche morte, elle tenta de récupérer ses forces. Mais le manque de nourriture et les épreuves qu'elle venait de subir semblaient l'avoir vidée de son énergie. Ses paupières étaient horriblement lourdes et elle savait qu'elle serait incapable de continuer si elle ne se reposait pas.

Sans se soucier des petites bêtes grouillant sous la branche, elle se laissa glisser à terre, tentant dans un dernier effort de se recouvrir avec des feuilles mortes. Le sommeil l'emporta avant qu'elle ait fini.

Un violent coup dans le dos la réveilla. Un homme solidement bâti et vêtu de haillons se tenait au-dessus d'elle, grimaçant un sourire édenté. Deux autres hommes à l'aspect dégoûtant se tenaient derrière lui.

— J'vous disais qu'elle n'était pas morte, déclara le premier en empoignant Elizabeth par le bras pour la mettre debout.

— Jolie lady, constata un autre en posant une main sur l'épaule d'Elizabeth.

Celle-ci bougea pour se dégager, mais l'homme ne lâcha pas prise, déchirant sa robe à l'épaule.

— Moi en premier, dit le troisième.

— C'est une vraie lady, apprécia le plus costaud en touchant l'épaule nue d'Elizabeth.

— Je suis Elizabeth Chatworth et si vous me faites du mal, le comte de Bayham aura vos têtes.

— C'est un comte qui m'a renvoyé de ma ferme, déclara l'un d'eux. Ma femme et ma fille sont mortes de froid cet hiver. Gelées à mort.

Son expression était affreuse tandis qu'il regardait Elizabeth. Elle aurait voulu reculer, mais la branche l'en empêchait.

— J'aime que mes femmes me supplient, dit le plus fort en prenant Elizabeth à la gorge.

— Comme la plupart des hommes, rétorqua Elizabeth avec un tel sang-froid qu'il en resta un moment interdit.

— C'est une sacrée affaire, Bill, dit un autre. Laisse-la-moi en premier.

Soudain, l'expression du dénommé Bill changea. Il poussa un étrange grognement et tomba en avant, menaçant de s'effondrer sur Elizabeth. Elle l'esquiva avec agilité en se déplaçant sur le côté et regarda à peine la flèche plantée dans le dos de son agresseur. Tandis que les deux autres se précipitaient sur le corps de leur compagnon, elle releva ses jupes et enjamba la branche qui lui bloquait le passage.

Miles surgit soudain devant elle et la saisit par le bras. L'expression de son visage la cloua sur place. Ses yeux noirs de colère la fixaient durement, ses lèvres serrées formaient une ligne impitoyable.

— Ne bougez pas d'ici ! ordonna-t-il.

Pendant un moment elle ne songea même pas à lui désobéir et ce temps de battement lui permit de voir pourquoi Miles Montgomery avait acquis sa réputation de vaillant combattant. Les hommes qui lui faisaient face étaient loin d'être désarmés. Mais en quelques secondes il les anéantit, se déplaçant et usant de son épée avec une dextérité étonnante. Comment ce tueur avait-il pu lui laver si délicatement les cheveux quelques heures auparavant ? sc demanda-t-elle, plus qu'intriguée.

Ne s'attardant cependant pas à étudier plus avant les complexités de son ennemi, elle s'éloigna en courant. Consciente qu'elle ne pourrait pas rivaliser de vitesse avec Miles, elle espérait lui échapper par la malice. Avisant la première branche basse qu'elle rencontra, elle la saisit et s'y hissa.

Peu après, Miles apparut au-dessous d'elle, son pourpoint de velours et son épée souillés de sang. Comme un ours à l'affût, il tourna la tête d'un côté puis de l'autre avant de s'immobiliser, à l'écoute.

Elizabeth retint son souffle, évitant de faire le moindre bruit.

Soudain, Miles se retourna et leva les yeux vers elle.

— Descendez, Elizabeth, dit-il d'une voix blanche.

Un jour, alors qu'elle avait treize ans, elle s'était retrouvée dans une situation similaire. Elle avait alors bondi de l'arbre pour foncer tout droit sur l'horrible homme qui la pourchassait. Et avant même qu'il ait pu retrouver ses esprits, elle avait réussi à s'enfuir. Sans plus réfléchir, elle se laissa tomber sur Miles.

Mais il ne bougea pas d'un pouce sous son poids et l'emprisonna dans ses bras.

— Ils auraient pu vous tuer, déclara-t-il sans se soucier de ses tentatives pour le déséquilibrer. Comment avez-vous déjoué la surveillance de mes gardes ?

— Lâchez-moi ! ordonna-t-elle en se débattant de plus belle.

Mais il la maintenait fermement.

— Pourquoi n'avez-vous pas obéi quand je vous ai dit de m'attendre ?

Cette question était si stupide qu'Elizabeth cessa de se débattre.

— Aurais-je dû attendre l'un de ces sauvages s'il me l'avait ordonné ? Quelle différence y a-t-il entre eux et vous ?

Il la fusilla du regard.

— Allez au diable, Elizabeth ! Insinuez-vous que je

ressemble à ces larves ? Vous ai-je blessée de quelque manière que ce soit ?

— Ah, tu l'as trouvée, intervint soudain la voix légèrement amusée de sir Guy. Je suis sir Guy Linacre, milady.

Elizabeth, les mains appuyées contre Miles pour le repousser, hocha la tête en direction de sir Guy.

— Avez-vous fini de me malmener ? jeta-t-elle à Miles.

Il la relâcha si subitement qu'elle faillit tomber. Et ce fut un mouvement de trop pour son état de faiblesse avancé. Portant une main à son front, elle eut une dernière vision brouillée de ce qui l'entourait et s'affaissa.

Ce fut sir Guy qui la rattrapa juste avant qu'elle ne s'effondre complètement.

— Ne me touchez pas, murmura-t-elle à travers la brume où elle était plongée.

— Au moins c'est seulement *moi* qu'elle déteste, déclara Miles en la prenant des bras de Guy.

Elizabeth ouvrit les yeux pour croiser le regard dégoûté de Miles.

— Depuis quand n'avez-vous rien mangé ?

— Pas assez longtemps pour être contente de vous voir, répondit-elle d'un ton acerbe.

Miles éclata franchement de rire — un rire qui n'avait rien à voir avec ses habituels sourires en demi-teinte — et déposa un baiser sonore sur ses lèvres.

— Vous êtes absolument unique, Elizabeth.

Du dos de sa main, elle s'essuya farouchement la bouche.

— Posez-moi ! Je suis parfaitement capable de marcher.

— Pour vous laisser à nouveau l'opportunité de fuir ? Non, je crois que désormais je vous garderai enchaînée à moi.

Il la déposa devant lui sur son cheval et ils rentrèrent au camp.

3

Elizabeth fut surprise de voir les tentes démontées et les mulets chargés et prêts à partir. Elle était tentée de demander à Miles où il comptait l'emmener, mais garda son attitude rigide, se refusant à parler à cet homme.

Toujours suivis de sir Guy, ils s'éloignèrent des chevaliers attendant l'ordre de départ et s'enfoncèrent dans la forêt. Là, une table remplie de victuailles était dressée. Une frêle et vieille femme s'activait audessus des plats, mais s'éclipsa sur un signe de Miles.

Mettant pied à terre, Miles tendit les bras vers Elizabeth. Elle l'ignora et descendit seule, se mouvant lentement pour ne pas risquer de s'évanouir à nouveau.

— Ma cuisinière nous a préparé un repas, dit Miles en la prenant par la main pour la conduire vers la table.

Se dégageant de lui, elle regarda le festin qui s'offrait à ses yeux. Des cailles rôties étaient disposées sur un lit de riz et entourées d'une sauce crémeuse. Il y avait aussi des huîtres chaudes, des rondelles d'œufs durs au safran, des tranches de jambon fumé, des œufs de poisson sur du pain grillé, un flétan truffé d'oignons et de noisettes, des poires pochées, des tartelettes à la crème et une tarte aux mûres.

L'instant de stupeur passé, Elizabeth se détourna de ce spectacle.

— Vous êtes bien organisé, déclara-t-elle d'un ton totalement désintéressé.

Miles la saisit par le bras pour lui faire faire volte-face et ce mouvement suffit à lui tourner la tête. Elle se rattrapa de justesse au tabouret se trouvant à ses pieds.

— Cette nourriture est pour vous, dit Miles en l'aidant à s'asseoir. Je ne vous permettrai pas de rester à jeun plus longtemps.

— Et comment vous y prendrez-vous ? demanda-t-elle d'un ton las. Avez-vous l'intention de me torturer pour que j'obéisse ? Ou peut-être avez-vous une manière spéciale de forcer les femmes à se soumettre à vos volontés.

Un pli soucieux barra le front de Miles. S'emparant des bras d'Elizabeth, il la força à se lever.

— J'emploie en effet des formes de punitions très personnelles.

Elizabeth ne lui avait encore jamais vu un tel regard. Le gris de ses yeux ressemblait à un voile que transperçaient des étincelles brûlantes. Il se pencha et posa ses lèvres sur son cou, ignorant les efforts d'Elizabeth pour se dégager.

— Savez-vous seulement à quel point vous êtes désirable, Elizabeth ? murmura-t-il contre sa peau.

Sa bouche remonta lentement jusqu'à son visage, l'effleurant à peine, juste assez pour répandre une légère vague de chaleur, tandis que d'une main il caressait son épaule nue sous la robe déchirée. Ses doigts se mouvaient avec lenteur, se déplaçant vers les rondeurs de sa poitrine.

— J'aimerais vous faire l'amour, Elizabeth, murmura-t-il, si bas qu'elle devina plus qu'elle n'entendit ses mots. J'aimerais faire fondre votre apparente froideur. J'aimerais toucher et caresser chaque parcelle de vous, vous regarder, voir dans vos yeux le même désir que celui que j'éprouve pour vous.

Elizabeth ne bougeait pas sous ses caresses et, comme toujours, ne ressentait rien. Elle ne le trouvait pas vraiment répugnant, mais ne sentait pas cet enflammement subit dont parlaient en gloussant les filles du couvent.

— Si je jure de manger, arrêterez-vous cela ? demanda-t-elle avec froideur.

Miles l'écarta de lui pour scruter son visage et Elizabeth se prépara au pire. Tous les hommes, lorsqu'ils s'apercevaient que leurs avances la laissaient de glace, réagissaient en la traitant de noms plus horribles les uns que les autres.

Miles lui adressa un sourire tranquille, lui caressa une dernière fois la joue et lui offrit son bras pour la conduire à table. Ignorant ce geste, elle s'y dirigea seule, soucieuse que Miles ne devine pas sa confusion.

Il la servit lui-même, disposant un peu de chaque plat dans une assiette en argent, et sourit en la voyant manger sa première bouchée.

— Et maintenant vous vous félicitez de m'avoir empêchée de me sous-alimenter, déclara-t-elle. Mon frère vous remerciera de m'avoir renvoyée à lui en bonne santé.

— Je n'ai pas encore l'intention de vous rendre à votre frère, dit-il avec douceur.

Elizabeth dissimula la colère qui montait en elle et continua de manger.

— Roger acceptera de payer la rançon que vous exigerez.

— Je ne prendrai pas l'argent du meurtrier de ma sœur, souligna Miles d'une voix grave.

Elle cessa instantanément de manger.

— Vous avez déjà fait allusion à cela. J'ignore tout de cette histoire !

Miles se tourna vers elle, les yeux aussi durs que de l'acier.

— Roger Chatworth a essayé de prendre la femme promise en mariage à mon frère Stephen et quand Stephen s'est battu pour sa fiancée, il l'a attaqué dans le dos.

— Non ! s'écria Elizabeth en se dressant.

— Stephen a vaincu Chatworth mais lui a laissé la vie, et en représailles, Chatworth a kidnappé ma sœur et l'épouse de Stephen. Il a violé ma sœur qui, dans son désarroi, s'est suicidée en se jetant par une fenêtre.

— Non ! Non ! Non ! cria Elizabeth en se bouchant les oreilles.

Miles se leva et lui saisit les mains.

— Votre frère Brian aimait ma sœur. Quand elle s'est tuée, il a libéré l'épouse de Stephen et nous a ramené le corps de notre sœur.

— Vous êtes un menteur ! Un monstre ! Lâchez-moi !

Il l'attira encore plus près de lui, la retenant sans la serrer.

— Il n'est pas agréable d'entendre que quelqu'un qu'on aime a fait tant de mal.

Elizabeth était habituée à échapper aux hommes

et Miles n'avait jamais connu de femme luttant pour fuir ses bras. D'un mouvement aussi vif qu'inattendu, elle fit remonter son genou entre ses jambes. Il la lâcha instantanément.

— Soyez maudite, Elizabeth, hoqueta-t-il en se courbant au-dessus de la table.

— Soyez maudit, Montgomery, lança-t-elle du tac au tac en saisissant un pichet de vin et en le lui jetant à la tête avant de se retourner pour s'enfuir.

Il esquiva le pichet et saisit le bras d'Elizabeth dans un même mouvement.

— Vous ne m'échapperez pas, dit-il en la ramenant contre lui. Je vous montrerai que les Montgomery ne sont pas responsables de cette querelle, même si je dois mourir pour vous le prouver.

— L'idée de votre mort est ma première réjouissance depuis des jours.

Miles ferma les yeux un instant, comme pour demander à Dieu de l'aider dans cette épreuve. Quand il la regarda à nouveau, il semblait avoir totalement récupéré ses moyens.

— Maintenant, si vous avez terminé votre repas, nous devons nous mettre en route. Nous allons en Ecosse.

— En... ! commença-t-elle, mais il posa un doigt sur sa bouche.

— Oui, mon ange, déclara-t-il d'un ton lourd de sarcasmes. J'ai l'intention que nous passions du temps avec mon frère et son épouse, et que vous appreniez à connaître ma famille.

— J'en sais plus qu'il ne faut sur votre famille. Ils sont...

Cette fois, Miles l'embrassa, et si elle ne réagit pas

à ce contact, du moins demeura-t-elle silencieuse quand il s'écarta d'elle.

Ils voyagèrent pendant de nombreuses heures, d'un pas lent et régulier, les mulets chargés qui les suivaient ralentissant considérablement leur allure. Elizabeth montait son propre cheval, mais une corde attachée à sa selle était reliée à l'étalon de Miles. Ce dernier tenta en vain par deux fois d'engager la conversation : elle refusait de lui parler et était en outre bien trop préoccupée par ce qu'il lui avait dit sur son frère.

Durant ces deux dernières années, les seuls contacts qu'elle ait eus avec sa famille provenaient d'une correspondance avec Roger et des bribes de ragots que colportaient les troubadours. Et bien sûr, ces derniers, sachant qu'elle était une Chatworth, s'efforçaient de tenir leur langue en sa présence.

Par contre, ce n'était pas la même histoire pour la famille Montgomery. Elle était le sujet favori de chansons et commentaires de toutes sortes. Le frère aîné, Gavin, avait rejeté la belle Alice Valence qui, par dépit, avait épousé Edmund, le frère d'Elizabeth. Celle-ci avait supplié Roger d'essayer d'arrêter ce mariage, cette pauvre femme ne méritant pas de se retrouver entre les mains du perfide Edmund. Mais Roger avait déclaré son impuissance à empêcher cette union. Quelques mois plus tard, Gavin Montgomery avait épousé la magnifique et riche héritière Revedoune qui, après l'assassinat d'Edmund, avait, dans un mouvement de jalousie, jeté de l'huile bouillante au visage de la malheureuse Alice. Elizabeth avait écrit à Roger, le priant de prendre soin de la veuve de leur frère, et Roger avait accepté.

Moins d'une année après, Roger lui écrivait qu'une

héritière écossaise, Scarlett MacArran, souhaitait le prendre pour époux, mais que Stephen Montgomery forçait la malheureuse à devenir sa femme. Roger avait provoqué Stephen en duel pour protéger Scarlett et son adversaire s'était arrangé pour donner l'illusion que Roger l'attaquait par-derrière. En conséquence, Roger était entré en disgrâce.

Elle ne connaissait pas la raison exacte du départ de Brian de la demeure de Roger ; celui-ci ne lui avait jamais donné d'explications à ce sujet. Mais elle était sûre que les Montgomery y étaient pour quelque chose. Brian était un garçon sensible et doux. Peut-être n'avait-il pu supporter toutes les horreurs que les Montgomery avaient infligées aux siens. Cependant, quelle que fût la cause de son départ, cela ne rendait pas plus vrais les mensonges qu'elle avait entendus aujourd'hui. Elle doutait même que Roger fût au courant de l'existence de la sœur des Montgomery.

Tout au long du voyage, Elizabeth tenta en vain de coincer le tissu déchiré de sa robe sous son col montant. Complètement absorbée dans ses pensées, quand Miles ordonna qu'on s'arrête, elle vit que la nuit était tombée sans même qu'elle s'en aperçoive.

Devant eux se dressait une vieille auberge à l'aspect néanmoins prospère. Le tenancier, un homme au visage rond et rouge, les accueillit avec un sourire de bienvenue.

Miles descendit de cheval et vint aux côtés d'Elizabeth.

— Elizabeth... (Il tendit les bras vers elle.) Ne vous fatiguez pas à me repousser, lui conseilla-t-il, une étincelle de malice dans les yeux.

Elizabeth considéra un instant la question, puis

lui permit de l'aider à mettre pied à terre. Mais dès que ce fut fait, elle s'écarta de lui. Deux des hommes de Miles entrèrent d'abord dans l'auberge, tandis que ce dernier attrapait Elizabeth par le bras.

— J'ai quelque chose pour vous, dit-il en plongeant son regard dans le sien.

Il lui présenta une magnifique broche en or sertie de diamants.

— Je n'en veux pas, déclara Elizabeth sans montrer le moindre signe d'intérêt.

Avec un regard exaspéré, il rassembla les bords déchirés de sa robe et y accrocha le bijou.

— Entrons, ordonna-t-il ensuite d'une voix sans timbre.

Visiblement, l'aubergiste avait été prévenu de leur arrivée, car une intense activité régnait dans la salle principale. Elizabeth se tint à l'écart tandis que Miles s'entretenait avec sir Guy et que le tenancier attendait leurs ordres.

C'était une grande pièce remplie de tables et de chaises, et pourvue d'une large cheminée. Pour la première fois, Elizabeth regarda les hommes de Miles. Ils étaient environ une douzaine et paraissaient remarquablement disciplinés. En cet instant précis, ils inspectaient tranquillement les lieux pour voir s'il n'y avait aucun danger. Miles Montgomery avait-il autant d'ennemis que cela pour se méfier à ce point — ou était-il seulement prudent ?

Une jolie servante vint faire une révérence devant Miles et il lui adressa son habituel sourire en demi-teinte. Elizabeth observa la scène avec curiosité, tandis que la jeune fille rougissait et prenait un air avantageux sous le regard de Miles.

— Monseigneur, dit-elle, tout sourire, en s'inclinant à nouveau. J'espère que vous apprécierez le repas que j'ai préparé.

— J'en suis sûr, répondit-il, comme s'il se réjouissait déjà de ce qui l'attendait.

La servante rougit encore avant de repartir à la cuisine.

— Avez-vous faim, Elizabeth ? demanda Miles en se tournant vers elle.

— Pas de ce que vous semblez inspirer, répondit-elle en désignant de la tête la servante qui se retirait.

— Comme j'aimerais que la jalousie ait inspiré ces paroles. Mais je suis patient, ajouta-t-il avec un sourire.

Avant qu'elle ait eu le temps de répondre, il la poussait vers la petite table dressée à l'écart de celle des chevaliers. Les plats défilèrent, mais Elizabeth mangea à peine.

— Vous ne semblez pas avoir bon appétit.

— Si vous étiez prisonnier, vous gorgeriez-vous de la nourriture de votre geôlier ?

— Je passerais sûrement mon temps à planifier sa mort, rétorqua-t-il avec franchise.

Elizabeth le regarda en silence et il se concentra à nouveau sur son plat.

Au milieu de ce long et silencieux repas, Miles saisit au passage la main de l'une des servantes qui apportaient les plats. Comme Elizabeth levait les yeux avec surprise, elle vit que les mains de la jeune fille étaient écorchées.

— Comment t'es-tu fait cela ? demanda Miles avec douceur.

— Les ronces des mûriers, monseigneur, répondit la fille, à la fois effrayée et fascinée par l'attention de Miles.

— Aubergiste ! appela Miles. Assure-toi que ses mains soient soignées et qu'elle ne les plonge pas dans l'eau avant qu'elles aient cicatrisé.

— Mais, monseigneur ! protesta l'homme. Ce n'est qu'une fille d'arrière-cuisine. Elle est là ce soir parce que ma servante habituelle est malade.

A la table des hommes de Miles, sir Guy se dressa de toute son impressionnante hauteur. L'aubergiste comprit aussitôt le message.

— Viens, fille, dit-il avec colère.

— Mer... merci, monseigneur, murmura la jeune fille en s'inclinant avant de disparaître.

Elizabeth se servit un morceau de fromage.

— Sir Guy est-il intervenu pour le bien de cette fille ou pour éviter d'avoir des problèmes avec vous ?

L'expression de Miles passa de la stupeur à l'amusement. Il lui saisit la main et y déposa un baiser.

— Guy n'aime pas qu'on se batte pour de simples servantes.

— Et vous ?

Il sourit et haussa les épaules.

— Je préfère en général éviter les conflits. Je suis un homme pacifique.

— Mais vous n'auriez pas hésité à combattre ce grassouillet et sympathique aubergiste pour protéger une servante sans valeur, constata-t-elle.

— Je ne considère pas qu'elle soit sans valeur, déclara-t-il avant de changer de sujet. Vous êtes certainement fatiguée. Désirez-vous vous retirer ?

Elle adressa un signe de tête aux hommes de Miles qui lui souhaitaient une bonne nuit et suivit ce dernier sur les talons de l'aubergiste qui les conduisit à l'étage, dans une chambre avec un seul lit.

— Ainsi, vous avez attendu jusqu'à présent pour

me forcer à partager votre lit ! lança-t-elle d'un ton acerbe quand ils furent seuls. Les parois de la tente étaient peut-être trop fines pour étouffer mes cris.

— Elizabeth, tenta-t-il de la raisonner en lui prenant la main. Je dormirai dans le fauteuil et vous laisserai le lit, si vous voulez. Je ne peux pas vous accorder une chambre individuelle parce que vous trouveriez un moyen de partir.

— De m'échapper, vous voulez dire.

— Si vous préférez employer ce terme... Maintenant, approchez. Il faut que je vous parle.

Il l'invita à s'asseoir avec lui, dans le fauteuil près de la fenêtre. Elle commença à protester quand il l'attira contre sa poitrine.

— Détendez-vous, Elizabeth. Je laisserai juste mes mains autour de votre taille, sans bouger. Mais je ne vous autoriserai pas à vous lever tant que vous ne vous serez pas calmée et ne m'aurez pas parlé.

— Je peux vous parler en m'asseyant à distance de vous.

— Mais moi je ne peux pas résister à l'envie de vous toucher, dit-il d'une voix caressante. Je ressens constamment le besoin de vous réconforter, d'effacer vos blessures.

— Je ne suis pas blessée, déclara-t-elle en tentant vainement de se libérer.

— Oh si, vous l'êtes. Vous l'êtes bien plus que vous ne le pensez.

— Je crois comprendre. Quelque chose ne va pas en moi parce que je ne me pâme pas d'adoration à chaque fois que vous m'approchez.

Secoué d'un petit rire, Miles lui embrassa le cou.

— Je suppose que je méritais cela. Restez tranquille ou je vous embrasse encore. (Sa soudaine rigidité le fit tressaillir.) Je veux que vous me disiez ce que vous aimez. La nourriture ne vous intéresse pas, ni les jolies robes ni les bijoux, et encore moins les hommes. Quelle est votre faiblesse ?

— Ma faiblesse ? répéta-t-elle sans trouver de réponse.

Miles caressait doucement les petites mèches de cheveux sur sa tempe et, malgré elle, elle commençait à se détendre. Ces deux derniers jours d'angoisse semblaient l'avoir vidée de toutes ses forces.

— Et vous, Miles Montgomery, quelle est votre faiblesse ?

— Les femmes, murmura-t-il avant de dévier le sujet. Parlez-moi de vous.

Elle se sentait finalement bien dans ses bras. C'était agréable de se blottir contre la puissante poitrine d'un homme sans craindre qu'il ne se mette à vous courtiser, vous déshabiller ou même vous battre.

— Je vis avec mes deux frères, que j'aime profondément et qui m'aiment. Je ne manque de rien et il me suffit de désirer avoir un bijou ou une robe pour que Roger me l'achète.

— Et... Roger (prononcer ce nom lui coûtait visiblement) vous traite-t-il bien ?

— Il me protège. (Elle sourit et ferma les yeux, tandis que Miles entreprenait de lui masser la nuque.) Roger nous a toujours protégés, Brian et moi.

— Protégés de quoi ?

D'Edmund, faillit-elle répondre. Mais elle se ressaisit, ouvrit les yeux et se redressa.

— Des hommes ! jeta-t-elle avec véhémence. Les hommes ont toujours aimé me courtiser, mais Roger les tenait à distance de moi.

Il l'empêcha de se lever en la maintenant par les mains.

— Vous connaissez bien des ruses pour repousser les hommes et vous vous entourez d'une armure d'acier. Mais vous êtes incontestablement une femme passionnée. Qu'est-ce qui a tué cette passion en vous ? Est-ce parce que Roger n'était pas toujours là pour vous protéger ?

Elizabeth refusa de répondre et s'en voulait de s'être oubliée au point de se confier à lui. Après un moment de silence, Miles poussa un soupir exagérément profond et la lâcha. Elle s'éloigna aussitôt de lui.

— Allez vous coucher, dit-il d'une voix lasse en lui tournant le dos.

Elizabeth ne croyait pas en sa promesse de la laisser dormir seule. Elle ne ferait en tout cas rien qui l'aguicherait, au contraire. Otant seulement ses fines chaussures de cuir, elle se glissa tout habillée dans le lit.

Miles éteignit l'unique bougie et sa silhouette se découpa longtemps devant la fenêtre, sous la lueur de la lune.

Comme Elizabeth n'entendait plus aucun bruit, elle tourna prudemment la tête pour observer Miles. Chaque parcelle de son corps était tendue par la peur de ce qui allait arriver. Résignée, elle regarda Miles se déshabiller et retint son souffle quand il fut entièrement nu. Mais il souleva la fine couverture du fauteuil et s'étendit — ou plutôt essaya de s'étendre dans ce lit de fortune. Il jura tandis que ses pieds heurtaient quelque chose à l'extrémité du fauteuil.

Elizabeth mit plusieurs minutes à comprendre

que Miles Montgomery ne la violenterait pas. Cependant, elle le soupçonnait d'attendre qu'elle s'endorme pour se jeter sur elle. Ce fut donc dans un sommeil léger, entrecoupé de fréquents réveils en sursaut, qu'Elizabeth passa cette nuit-là.

4

— N'avez-vous pas bien dormi ? demanda Miles, le lendemain matin, tout en s'habillant.

Il portait un haut-de-chausses noir moulant ses jambes puissantes et une veste brodée arrivant presque à hauteur de cuisses.

— Je ne dors jamais bien en présence de mes ennemis, rétorqua-t-elle.

Avec un petit rire, il vint l'empêcher de continuer à se coiffer pour tresser lui-même sa chevelure et attacher la natte avec un ruban. Elle bondit loin de lui quand il eut fini et qu'il déposa un baiser sur sa nuque.

Il lui offrit son bras.

— Je sais que vous répugnez à ne plus être seule avec moi, mais mes hommes nous attendent.

Ignorant son bras tendu, elle descendit seule dans la salle de l'auberge. Il était encore très tôt et le soleil pointait à peine à l'horizon. Miles l'informa qu'un repas serait prêt pour eux sur la route, mais qu'ils devraient d'abord voyager pendant quelques heures.

Miles et Elizabeth se tenaient devant la porte de l'auberge. Sir Guy se trouvait un peu plus loin avec les chevaliers qui attendaient près des mulets chargés pour le départ.

— Tout est prêt ? demanda Miles à sir Guy. L'aubergiste a été payé ?

Avant que sir Guy pût répondre, une petite fille d'environ quatre ans, en haillons, sortit en courant de l'auberge et dévala deux marches en voulant éviter de bousculer Miles. Aussitôt, Miles se mit à genoux pour la prendre dans ses bras.

— Tout doux, mon petit cœur, murmura-t-il en se relevant, l'enfant serrée contre lui.

Pour sir Guy et les chevaliers, cette scène était familière et ils attendirent avec patience — et un certain ennui — que Miles ait fini de réconforter l'enfant. Elizabeth ne se souciait pas de Miles mais seulement de cette dernière qui pleurait à chaudes larmes. Elle caressa sa petite tête avec douceur.

La fillette détourna alors son visage de l'épaule de Miles, regarda Elizabeth et tendit les mains vers elle. L'instant d'après, elle était blottie dans ses bras.

Il était difficile de dire qui était le plus étonné : Miles, sir Guy ou les chevaliers. Mais une chose était sûre : Elizabeth venait de porter malgré elle un coup à la fierté de Miles.

— C'est fini maintenant, murmura Elizabeth avec une douceur que Miles ne lui avait jamais connue. Si tu arrêtes de pleurer, sir Guy te portera sur son dos pour faire la course.

Miles retint à grand-peine un éclat de rire. Entre sa taille impressionnante et l'horrible cicatrice sur son visage, la plupart des gens, spécialement les femmes, étaient terrifiés par sir Guy. Jamais personne n'avait osé suggérer que ce géant pût s'amuser avec un enfant.

— Tu seras si haut que tu pourras attraper une étoile, poursuivait Elizabeth en berçant la petite fille.

Celle-ci renifla et s'écarta d'Elizabeth pour la regarder.

— Une étoile ? hoqueta-t-elle.

Elizabeth caressa sa joue mouillée.

— Et quand tu l'auras, tu l'offriras à sir Miles pour le remercier de la nouvelle robe qu'il va t'acheter.

Les hommes de Miles le regardèrent pour observer sa réaction — et aucun d'eux n'osa rire de son expression indignée.

L'enfant renifla encore et se tourna vers Miles en souriant. Mais quand elle aperçut sir Guy, elle s'accrocha à nouveau à Elizabeth.

— Tu n'as aucune raison d'avoir peur de lui, la rassura Elizabeth. Il adore les enfants. N'est-ce pas, sir Guy ?

Ce dernier lui adressa un regard assassin.

— En vérité, milady, j'aime beaucoup les enfants, mais je ne suis pas très habitué à eux.

— Nous remédierons à cela. Allez, petite, va chercher l'étoile avec sir Guy.

Hésitante, l'enfant se dirigea vers sir Guy et s'agrippa à sa tête quand il la hissa sur ses épaules.

— Je suis la plus grande fille du monde, cria-t-elle tandis que sir Guy s'éloignait avec elle.

— Je ne vous avais jamais vue sourire auparavant, constata Miles.

Le sourire d'Elizabeth s'évanouit instantanément.

— Je vous rembourserai pour sa robe quand je serai de retour chez moi, dit-elle avant de s'éloigner.

Miles la rattrapa par le bras et l'entraîna hors de portée d'écoute de ses hommes.

— Cette enfant n'est qu'une mendiante.

— Vraiment ? Je pensais qu'elle était peut-être l'un de vos nombreux rejetons.

— Croyez-vous que je laisserais l'un de mes enfants se promener en haillons et sans surveillance ? demanda-t-il, visiblement interloqué.

Elle se retourna pour le regarder en face.

— Et comment savez-vous où sont tous vos enfants ? Tenez-vous des registres avec la liste de leurs noms et de leurs origines ?

Le visage de Miles passa de l'incrédulité à la colère pour finalement montrer un certain amusement.

— Elizabeth, combien d'enfants imaginez-vous que j'ai ?

— Je ne connais ni ne me soucie du nombre de vos bâtards, déclara-t-elle d'un air hautain.

Il la saisit par le bras pour la rapprocher de lui.

— Même mes frères exagèrent sur ce sujet, alors pourquoi en attendrais-je moins de la part d'étrangers ? J'ai trois fils : Christopher, Philip et James. Un quatrième naîtra bientôt. J'espère que ce sera une fille, cette fois.

— Vous espérez ! s'indigna-t-elle. Et leurs mères, vous en souciez-vous ? Comment pouvez-vous utiliser ces femmes pour ensuite les rejeter ? Et ces enfants ? Ils resteront des bâtards, des laissés-pour-compte, parce qu'un homme odieux n'a pas pu se refuser un moment de plaisir.

La main de Miles se serra sur son bras tandis que ses yeux s'enflammaient de colère.

— Je n'« utilise » pas les femmes, rectifia-t-il, la mâchoire crispée. Celles qui m'ont donné ces fils sont venues librement à moi. Et tous mes enfants vivent avec moi et sont élevés par des nurses compétentes.

— Des nurses ! explosa-t-elle en tentant en vain de se dégager. Et les mères ? Les jetez-vous dans la rue après leur avoir donné un peu d'argent, comme vous l'avez fait avec Bridget ?

— Bridget ? répéta-t-il en la scrutant du regard. (Il commença à se calmer.) Je suppose que vous parlez de la mère de mon James ? (Il n'attendit pas sa réponse.) Je vais vous dire la vérité. Mon frère Gavin a envoyé un message au couvent Sainte-Catherine pour demander qu'on lui envoie une servante. Il voulait une fille de bonne réputation qui ne provoquerait pas ses hommes et ne risquerait pas de créer des problèmes entre eux. Dès l'instant où elle a mis les pieds dans la maison, cette fille m'a poursuivi.

Elizabeth tenta de le repousser.

— Vous êtes un menteur.

Il lui saisit l'autre bras.

— Un jour, elle m'a dit qu'elle avait tellement entendu parler de moi qu'elle se sentait comme une enfant à qui on interdit de jouer avec le feu. Et une nuit, je l'ai trouvée dans mon lit.

— Et vous l'avez prise.

— Je lui ai fait l'amour, oui, cette nuit-là et plusieurs autres nuits. Quand elle s'est rendu compte qu'elle était enceinte, mes frères ne se sont pas privés de se moquer de moi.

— Alors vous l'avez renvoyée — après lui avoir enlevé son enfant. C'est cela ?

Il lui adressa un petit sourire.

— En fait, c'est elle qui m'a renvoyé. J'ai été absent pendant quatre mois et elle est tombée amoureuse de l'aide-jardinier de Gavin. A mon retour, j'ai parlé avec eux et leur ai exposé mon intention de garder l'enfant et de l'éduquer à être un chevalier. Bridget a accepté sans se faire prier.

— Et combien d'argent leur avez-vous donné ? Vous avez sûrement offert une consolation à cette mère pour qu'elle renonce à son enfant.

Il la lâcha et la regarda dans les yeux.

— Connaissiez-vous très bien Bridget ? Si oui, vous devriez savoir que le plaisir l'intéressait beaucoup plus que la maternité. Le jardinier qu'elle a épousé ne voulait ni d'elle ni de son enfant, mais a essayé ensuite d'obtenir une compensation pour ce à quoi « il avait renoncé ». Je ne lui ai rien donné. James est à moi.

Elizabeth garda le silence un moment.

— Et qu'en est-il des autres mères de vos enfants ? demanda-t-elle finalement.

Il s'éloigna de quelques pas.

— J'étais très jeune quand je suis tombé amoureux de la sœur cadette d'un des hommes de Gavin. Christopher est né alors que Margaret et moi n'avions que seize ans. Je l'aurais épousée, mais son frère l'a éloignée. J'ignorais l'existence de Kit jusqu'à ce que Margaret succombe à une grave maladie, juste un mois après la naissance de mon fils. (Il regarda à nouveau Elizabeth et sourit.) La mère de Philip était une danseuse, une créature exotique qui a partagé mon lit pendant (il poussa un profond soupir de satisfaction) deux très intéressantes semaines. Neuf mois plus tard, elle m'envoyait un messager m'apportant Philip. Je ne l'ai ni revue ni eu de nouvelles d'elle depuis.

Malgré elle, Elizabeth était fascinée par ces histoires.

— Et ce nouvel enfant à venir ?

Miles baissa la tête et, s'il avait été une femme, elle aurait pu penser qu'il rougissait.

— J'ai bien peur que celui-ci me cause des problèmes. La mère est une de mes lointaines cousines. Je lui ai résisté autant que j'ai pu... (Il haussa les épaules.) Son père est très en colère contre moi. Il a dit qu'il m'enverrait l'enfant mais... je ne suis pas sûr qu'il le fera.

Elizabeth ne parvint d'abord qu'à secouer la tête d'un air incrédule.

— Vous en aurez sûrement d'autres, déclara-t-elle finalement d'un ton sarcastique.

Miles fronça légèrement les sourcils.

— Je ne le pense pas. J'essaie maintenant de garder la trace de mes femmes et de surveiller mes fils.

— Comme on surveille la cuisson des œufs ? le provoqua-t-elle encore.

Il la regarda avec intensité.

— Vous me reprochiez de les délaisser et maintenant vous me condamnez parce que je prends soin d'eux... Peut-être n'en ai-je pas l'air, mais j'assume sérieusement mes responsabilités. J'aime mes enfants et je subviens à leurs besoins. Mon rêve serait d'en avoir une cinquantaine.

— Vous êtes sur la bonne voie, lança-t-elle en le dépassant pour s'éloigner.

Il l'observa tandis qu'elle se dirigeait vers les chevaux. La tête haute, le dos rigide, elle se plaça un peu à l'écart des hommes. Elle ne ressemblait à aucune de ses belles-sœurs, habituées à exercer leur autorité, à l'aise parmi les gens qui travaillaient pour elles. Elizabeth Chatworth se raidissait dès qu'elle se retrouvait en compagnie d'hommes. La veille, l'un des chevaliers de Miles l'avait frôlée par accident et son mouvement pour se dérober à ce contact avait été d'une violence inattendue. Miles avait détesté cette scène. Aucune femme — et encore moins un homme — ne devrait être aussi effrayée par le contact avec un autre être humain.

Sir Guy vint rejoindre Miles.

— Il se fait tard. Nous devrions partir. (Il s'interrompit un instant.) A moins que tu n'aies changé d'idée à propos de la jeune dame et que tu aies l'intention de la rendre à son frère.

Miles cessa d'observer Elizabeth qui parlait maintenant avec la mère de la petite fille qui était tombée et se tourna vers sir Guy.

— Je veux que tu envoies deux de mes hommes chercher Kit dans mes domaines du Nord.

— Ton fils ?

— Oui. Qu'ils fassent aussi venir sa nurse. Non... après réflexion, qu'ils ramènent seulement Kit. Lady Elizabeth s'occupera de lui.

— Es-tu sûr de ce que tu fais ?

— Lady Elizabeth adore les enfants, alors je lui ferai profiter de l'un des miens. Ce sera peut-être le moyen d'atteindre son cœur.

— Et que feras-tu d'elle après l'avoir apprivoisée ? Quand j'étais enfant, un chat sauvage avait élu domicile dans la remise. Il attaquait quiconque s'approchait de son territoire. J'ai décidé de l'apprivoiser. Cela m'a demandé plusieurs semaines de patience, mais j'ai ressenti une immense fierté quand enfin il a accepté de venir manger dans ma main. Mais ensuite, il me suivait partout et a commencé à m'encombrer sérieusement. Au bout de quelques mois, je le haïssais de n'être plus le chat sauvage que j'avais tant aimé, mais seulement un animal domestique comme un autre.

Miles se remit à observer Elizabeth.

— Peut-être est-ce le goût de la conquête qui me pousse, déclara-t-il avec calme. Ou peut-être suis-je comme mon frère Raine qui ne supporte pas l'injustice. Une seule chose est sûre : Elizabeth Chatworth me fascine. Et si elle mange un jour dans ma main, ce sera peut-être parce que je serai devenu son esclave. (Il se retourna vers sir Guy.) Elle aimera Kit et mon fils ne peut que gagner à la connaître. De plus, j'ai aussi très envie de voir Kit. Fais ce que je t'ai dit.

Sir Guy hocha la tête et s'éloigna.

Quelques minutes plus tard, tout le monde était en selle et prêt à partir. Miles se contenta de chevaucher en silence aux côtés d'Elizabeth. Elle paraissait si épuisée que vers le milieu de la journée il fut presque sur le point de la ramener à son frère.

Mais pendant que Miles s'inquiétait pour elle, Elizabeth s'était occupée à détacher la corde liant leurs deux chevaux. Après avoir donné un violent coup d'éperon, elle se servit de la corde comme d'un fouet, affolant les chevaux devant elle et gagnant ainsi de précieuses secondes pour s'échapper. Elle était assez loin sur le chemin sillonné d'ornières et envahi de mauvaises herbes quand Miles put enfin contourner ses hommes et se lancer à sa poursuite.

— Je la ramène, cria-t-il à sir Guy.

Le cheval d'Elizabeth n'était pas l'un des plus rapides, mais elle en tirait le meilleur parti. Miles était arrivé suffisamment près d'elle pour l'attraper quand la sangle de sa selle glissa, le déportant sur le côté.

— Maudite soit-elle ! jura-t-il, sachant pertinemment qui avait desserré la sangle.

L'ingéniosité d'Elizabeth lui arracha au même instant un sourire. Mais lady Chatworth ignorait à qui elle avait affaire. Elevé avec trois frères, Miles était habitué à ce qu'on lui joue de tels tours et savait parfaitement comment y remédier. Renonçant à prendre appui sur la selle, il porta tout son poids en avant, continuant à chevaucher en étant presque assis sur le cou de l'animal.

Il perdit un peu de vitesse quand le cheval menaça de se révolter contre cette nouvelle position, mais réussit facilement à contrôler la situation.

Elizabeth bifurqua dans un champ de maïs, déconcertée de voir Miles toujours sur ses talons. Ce fut là qu'il la rattrapa et la saisit par la taille. Dans sa lutte pour lui échapper, elle lui fit perdre l'équilibre et ils tombèrent tous deux, Miles la tenant toujours dans ses bras. Au moment de la chute, il pivota afin de protéger Elizabeth du choc et lança son bras en avant pour lui éviter de recevoir un coup de sabot. Les chevaux continuèrent de courir sur plusieurs mètres, puis stoppèrent.

— Lâchez-moi, ordonna Elizabeth quand elle eut repris son souffle.

Il l'écarta légèrement pour la regarder.

— Quand avez-vous desserré la sangle ?

Comme elle ne répondait pas, il l'attira à nouveau sur lui, l'étreignant à l'étouffer.

— Pendant le dîner, hoqueta-t-elle.

Il l'obligea à poser la tête sur son épaule.

— Votre agileté me surprend, Elizabeth. Comment vous êtes-vous débrouillée pour échapper à la surveillance de mes hommes ? Et quand avez-vous échappé à mon regard ?

Elle appréciait la douceur de son cou et sentait les

battements de son cœur contre elle. Cette course folle avait fait s'envoler sa fatigue et elle en était heureuse, même si sa tentative de fuite avait échoué.

— Vous m'avez bien eu, dit-il avec amusement. Si mes frères ne m'avaient pas si souvent joué ce tour-là, je n'aurais pas su contrôler la situation. Evidemment, *eux* s'assuraient que le cheval ne soit pas rapide, pour que la chute ne soit pas trop dure. Ils ne souhaitaient pas ma mort. (Il bougea pour la regarder dans les yeux.) Auriez-vous été satisfaite si je m'étais brisé le cou ?

— Oui, très, dit-elle en souriant, son nez tout contre le sien.

Miles éclata de rire, l'embrassa rapidement et se leva. Il fronça les sourcils en la voyant s'essuyer la bouche.

— Venez. Il y a une auberge près d'ici. Nous nous y arrêterons pour la nuit.

Cette fois, il ne lui proposa pas son aide pour monter en selle.

Quand ils furent de retour, sir Guy adressa un regard admiratif à Elizabeth et elle comprit que dorénavant il ne lui laisserait plus une chance de déjouer sa surveillance.

Ce ne fut que lorsqu'ils remontèrent en selle qu'Elizabeth vit le sang sur l'avant-bras de Miles. Elle savait qu'il avait dû se blesser en voulant lui épargner le coup de sabot. Pensive, elle regarda sir Guy nettoyer et panser la plaie. Comme il était étrange qu'un Montgomery protège une Chatworth !

Miles aperçut son regard.

— Un sourire de vous la ferait cicatriser plus vite, déclara-t-il.

— J'espère qu'elle s'infectera et que vous perdrez le bras, lança-t-elle en éperonnant son cheval.

Ils ne s'adressèrent plus la parole avant d'atteindre l'auberge où, comme la nuit précédente, Miles avait envoyé quelqu'un annoncer leur arrivée. Cette fois, Elizabeth et Miles dînèrent en tête à tête, dans une salle à manger privée.

— Parlez-moi de votre famille, lui demanda-t-il.

— Non, refusa-t-elle simplement en commençant à se servir.

— Alors je vous parlerai de la mienne. J'ai trois grands frères et...

— Je le sais. Vous et vos frères êtes très célèbres.

Il haussa un sourcil.

— Dites-moi donc ce que vous avez entendu sur notre compte.

— Avec plaisir. Votre frère Gavin est l'aîné. Il était sur le point d'épouser Alice Valence, mais il l'a rejetée pour pouvoir s'unir à la riche Judith Revedoune, une femme vicieuse et corrompue. Ensemble ils ont entraîné Alice — qui est à présent ma belle-sœur — jusqu'à la folie.

— Connaissez-vous bien Alice ?

Elizabeth hésita avant de répondre.

— Elle n'a pas toujours été ce qu'elle est maintenant.

— C'est une garce de naissance. Elle a rejeté mon frère. Maintenant, passons à Stephen.

— Il a forcé une femme qui voulait mon frère pour époux.

— Et Raine ?

— Je sais peu de chose sur lui, si ce n'est ses exploits guerriers.

Les yeux de Miles pénétrèrent les siens.

— Après que votre frère eut violé ma sœur Mary et qu'elle se fut suicidée, Raine a pris la tête d'une partie de l'armée du roi pour attaquer votre frère. Le roi l'a déclaré traître et mon frère vit depuis dans une forêt avec une bande de hors-la-loi. (Il s'interrompit un instant.) Et de moi, que savez-vous ?

— Vous êtes un dépravé, un séducteur de très jeunes filles.

— Je suis flatté que ma virilité soit si célèbre. Maintenant, laissez-moi vous apprendre la vérité sur ma famille. Gavin a dû supporter la responsabilité de trois frères et d'un domaine alors qu'il n'avait que seize ans. Il n'avait même pas le loisir de rencontrer des femmes. Il est tombé amoureux d'Alice Valence, l'a suppliée de l'épouser, mais elle a refusé. Une fois marié à Judith Revedoune, il a mis très longtemps à comprendre qu'il aimait son épouse. C'est Alice qui a essayé de défigurer Judith avec de l'huile bouillante, mais son horrible plan s'est retourné contre elle.

— Vous mentez constamment, déclara Elizabeth.

— Non, je ne mens pas. Stephen est le conciliateur de la famille. Lui et Gavin sont très proches. Quant à Raine... (Il s'interrompit et sourit.) Raine croit que le poids du monde repose sur ses larges épaules. C'est un homme exceptionnellement bon, mais incroyablement têtu.

— Et vous ? demanda doucement Elizabeth.

Il prit son temps pour répondre.

— Je suis seul. Mes frères semblent si sûrs de ce qu'ils veulent... Gavin est attaché à la terre, Stephen mène sa propre croisade en Ecosse, Raine veut changer le monde, mais moi...

Elle leva les yeux vers lui et il y eut entre eux un

échange silencieux. Elle aussi s'était toujours sentie seule. Edmund était un monstre, Roger était perpétuellement en colère et elle avait passé sa vie à échapper à Edmund et à ses amis, tout en essayant de protéger Brian.

Miles lui prit la main et elle la lui laissa.

— Vous et moi avons été obligés de grandir vite. Vous souvenez-vous d'avoir été une enfant ?

— Je ne m'en souviens que trop, répondit-elle d'une voix sans timbre en libérant sa main.

Ils mangèrent un moment en silence.

— Votre famille était-elle... heureuse ? demanda-t-elle d'un ton presque indifférent.

— Oui, sourit-il. Chacun de nous était placé en adoption, mais nous passions beaucoup de temps ensemble. Ce n'est pas facile d'être le plus jeune fils. On est un peu secoué en tous sens. Et vous, étiez-vous heureuse ?

— Non. J'étais trop occupée à fuir Edmund pour penser à des choses aussi futiles que le bonheur. J'aimerais me retirer maintenant.

Miles la conduisit jusqu'à leur chambre. Elle remarqua qu'un second lit avait été installé le long du mur.

— Pas de fauteuil, cette fois, dit Miles d'un air complice, mais Elizabeth resta de marbre. (Il prit ses mains dans les siennes.) Quand allez-vous me faire confiance ? Je ne suis pas comme Edmund ou Pagnell ou n'importe lequel des hommes répugnants que vous connaissez.

— Vous me retenez prisonnière. L'homme bon que vous croyez être trouve-t-il normal de garder captive une femme innocente ?

Il se pencha pour embrasser ses mains.

— Mais si je vous renvoyais à votre frère, que feriez-vous ? Attendriez-vous que Roger vous choisisse un époux pour vous installer dans la béatitude du mariage ?

Elle le repoussa vivement.

— Roger m'a donné la permission de ne jamais me marier. J'ai envisagé d'épouser l'Eglise.

Miles la regarda, les yeux agrandis d'horreur. Avant qu'elle puisse protester, il la prit dans ses bras et lui caressa le dos.

— Vous avez tant d'amour à offrir. Pourquoi vouloir le cacher ? N'aimeriez-vous pas avoir des enfants, les élever ? Il n'y a rien de plus beau qu'un enfant qui vous regarde avec une adoration et une confiance totales.

Elle écarta la tête de son épaule. Elle commençait presque à s'habituer à ce qu'il la touche et la tienne contre lui.

— Je n'avais jamais rencontré d'homme qui aime les enfants. Tous ceux que je connais ne pensent qu'à se battre, boire et violer les femmes.

— J'ai parfois ressenti du plaisir à me battre et je me suis aussi quelquefois saoulé, mais j'aime que les femmes soient consentantes dans mon lit. Maintenant, il est temps que vous enleviez cette robe.

Elle s'arracha de ses bras et lui lança un regard hostile.

— J'ai l'intention de dormir dans cet inconfortable lit froid et désert, la rassura-t-il. Mais vous devez en avoir assez de cette robe. Vous dormirez mieux sans elle.

— Je suis plus à l'aise avec, merci.

— A votre guise.

Il se détourna et commença à se déshabiller, tandis qu'Elizabeth se précipitait sous le refuge des couvertures.

L'unique bougie brûlait encore quand Miles, vêtu de sa seule chemise de lin, se pencha sur elle et découvrit son visage caché sous le drap. Elle resta aussi immobile qu'une statue tandis qu'il s'asseyait à côté d'elle et caressait les petites mèches sur sa tempe. Sans rien dire, il la regardait, profitant simplement du plaisir de la toucher.

— Bonne nuit, Elizabeth, murmura-t-il en déposant un doux baiser sur ses lèvres.

Elle leva la main pour s'essuyer la bouche, mais il lui saisit le poignet.

— Comment arriver à vous faire aimer un homme ? murmura-t-il.

— Je ne pense pas que je pourrais, répondit-elle honnêtement. Du moins, pas de la manière dont vous l'entendez.

— Je commence à avoir envie de tester cela. Bonne nuit, mon petit ange fragile.

Il l'embrassa sans lui laisser le temps d'objecter qu'elle n'était pas fragile. Mais elle put cette fois effacer son baiser de ses lèvres.

5

Ils voyagèrent encore deux jours avant d'atteindre la frontière sud de l'Ecosse. Elizabeth fit une autre tentative de fuite — pendant que Miles dormait — mais elle n'avait pas atteint la porte qu'il l'avait rattrapée et ramenée au lit.

Elle était ensuite restée longtemps éveillée, songeant à son étrange situation de prisonnière libre de ses mouvements. On ne l'avait en fait jamais si bien traitée de sa vie. Bien sûr, Miles Montgomery ne ratait pas une occasion de la toucher, mais elle commençait à s'habituer à lui. Et si elle ne retirait pas de plaisir à son contact, cela ne lui semblait plus aussi répugnant qu'au début. Un jour, dans une auberge où ils s'étaient arrêtés pour dîner, un verre avait failli se renverser sur elle et, dans un mouvement impulsif, elle s'était rapprochée de Miles, comme pour chercher sa protection. Miles avait paru particulièrement satisfait de cette réaction.

Aujourd'hui, il lui avait annoncé qu'ils coucheraient désormais sous sa tente, les auberges étant rares en Ecosse. Il avait aussi évoqué le danger possible, une fois qu'ils auraient traversé les montagnes, les habitants des Hautes-Terres haïssant les Anglais.

Il sembla préoccupé durant tout le dîner et alla à plusieurs reprises s'entretenir avec sir Guy.

— Les Ecossais sont-ils aussi sanguinaires qu'on le dit ? lui demanda-t-elle, après qu'il eut quitté leur table pour la deuxième fois.

Il n'eut pas l'air de comprendre de quoi elle lui parlait.

— J'attendais quelqu'un ici, et il est en retard. Il devrait déjà être arrivé.

— Est-ce l'un de vos frères — ou une femme ?

— Ni l'un ni l'autre, répondit-il laconiquement.

Elizabeth ne posa plus aucune question. Après s'être glissée sous les couvertures, toujours vêtue de la robe que Miles lui avait offerte, elle se retourna pour observer ce dernier. Il s'agitait dans son lit, visiblement encore inquiet.

Quand on frappa à la porte, Elizabeth bondit de son lit presque aussi rapidement que Miles. Sir Guy entra, suivi d'un petit garçon.

— Kit ! s'écria Miles en prenant l'enfant dans ses bras et en le serrant au point de l'étouffer.

Visiblement ravi, le petit se blottit contre Miles.

— Pourquoi ont-ils mis si longtemps ? demanda ce dernier à sir Guy.

— Ils ont été pris dans un orage et ont perdu trois chevaux.

— Aucun homme ?

— Tout le monde est sauf, mais il a fallu du temps pour remplacer les chevaux. Ce jeune seigneur a réussi à rester en selle, alors que deux chevaliers n'y sont pas arrivés, nota-t-il avec fierté.

— Est-ce vrai ? demanda Miles à son fils.

Kit était une petite réplique de Miles, avec pour seule différence des yeux marron et non gris. Son beau visage était empreint de solennité.

— Oui, papa, répondit-il. Oncle Gavin dit qu'un chevalier ne tombe jamais de son cheval. Ensuite, j'ai aidé à sortir les bagages tombés dans l'eau.

— Tu es un bon garçon, sourit Miles en le serrant à nouveau dans ses bras. Guy, assure-toi que les hommes soient bien nourris. Nous repartons demain à la première heure.

Kit salua sir Guy, regarda Elizabeth et souffla tout haut à son père :

— Qui est-ce ?

— Lady Elizabeth, permettez-moi de vous présenter Christopher Gavin Montgomery, déclara Miles d'un ton très formel.

— Enchantée, dit Elizabeth en prenant la main tendue de l'enfant. Je suis lady Elizabeth Chatworth.

— Vous êtes très jolie. Mon papa aime les jolies femmes.

— Kit... commença Miles avant qu'Elizabeth l'interrompe.

— Et toi, aimes-tu les jolies femmes ? demanda-t-elle à Kit.

— Oh oui. Ma nurse est très très jolie.

— Je n'en doute pas, si c'est ton père qui l'a choisie. As-tu faim ? Es-tu fatigué ?

— J'ai mangé un plein sac de prunes, déclara-t-il fièrement. Oh papa ! J'ai un message pour toi. De la part d'un certain Simon.

Miles parut d'abord soucieux, puis un sourire éclaira son visage quand il eut pris connaissance de la missive.

— Bonnes nouvelles? ne put s'empêcher de demander Elizabeth.

Miles reprit un air sérieux tandis qu'il posait le message sur son lit.

— Oui et non. Ma cousine a donné naissance à une fille, mais mon oncle Simon en veut à ma vie.

Elizabeth hésitait entre le rire et le dégoût.

— Tu as une petite sœur, Kit, dit-elle finalement.

— J'ai déjà deux frères. Je ne veux pas d'une sœur.

— Je crois que ces décisions appartiennent à ton père. Il est tard: tu devrais être couché.

— Kit prendra mon lit et je... commença à suggérer Miles, les yeux brillants.

— Kit dormira avec moi, décida Elizabeth en tendant la main à l'enfant.

Ce dernier, bâillant à s'en décrocher la mâchoire, accepta volontiers l'offre d'Elizabeth et se laissa conduire au lit.

Miles les observa, un léger sourire de triomphe aux lèvres, tandis qu'Elizabeth déshabillait le petit garçon à moitié endormi. Dès qu'ils furent couchés, Kit se blottit contre la jeune femme qui referma tendrement les bras sur lui.

Miles les regarda un moment, puis se pencha pour les embrasser sur le front.

— Bonne nuit, murmura-t-il en gagnant son propre lit.

Le jour suivant, Miles se rendit vite compte que l'intérêt d'Elizabeth se portait à présent uniquement sur Kit. Quant à l'enfant, il se conduisait avec elle comme s'il la connaissait depuis toujours. Pour expliquer cela, Elizabeth aurait dit: « J'ai toujours aimé les enfants, et ils doivent le sentir. » Quelle que fût la raison, Kit paraissait parfaitement à l'aise avec elle. L'après-midi, elle chevaucha en le tenant devant elle et il s'endormit au bout d'un moment. Quand Miles lui proposa de la soulager du poids trop lourd de l'enfant, elle lui rit presque au nez.

A la nuit, Elizabeth et Kit s'enroulèrent dans la même couverture et s'endormirent paisiblement. Miles les observait, se sentant confusément dans la position d'un étranger.

Au bout de trois autres jours de voyage, Elizabeth comprit à certains signes qu'ils n'étaient plus très loin du domaine MacArran. Miles avait paru pensif toute la journée et elle l'avait vu par deux fois discuter très sérieusement avec sir Guy. A en juger par l'expression de ce dernier, Miles projetait quelque chose que le géant désapprouvait. Mais dès qu'Elizabeth était assez près pour les entendre, les deux hommes se taisaient.

En début de soirée, Miles ordonna qu'on s'arrête et proposa à Elizabeth et à Kit de dîner en tête à tête avec lui. Habituellement, par mesure de sécurité, les repas étaient pris en commun.

— Vous semblez bizarrement satisfait de vous-même, nota Elizabeth en le jaugeant du regard.

— Nous ne sommes plus qu'à une journée de cheval de mon frère et de ma belle-sœur, répondit-il joyeusement en faisant descendre Kit du cheval d'Elizabeth.

— Oncle Stephen porte une jupe et lady Scarlett peut chevaucher aussi vite que le vent, l'informa Kit.

— Stephen porte un kilt, rectifia Miles en aidant Elizabeth à mettre pied à terre, ignorant ses tentatives pour s'éloigner de lui. Ma cuisinière nous a préparé un repas. Nous dînerons dans la forêt.

Prenant chacun Kit par la main, ils pénétrèrent entre les arbres.

— Comment trouvez-vous l'Ecosse ? demanda Miles à Elizabeth, tout en la retenant alors qu'elle trébuchait sur une branche morte.

— On dirait que ce pays est resté intact depuis sa création. Il est très rude et... sauvage.

— Comme ses habitants, dit Miles en riant. Mon frère s'est laissé pousser les cheveux jusqu'aux épaules et ses vêtements... mais vous découvrirez cela par vous-même.

— Ne nous éloignons-nous pas un peu trop de vos hommes ?

La forêt s'était refermée sur eux et la végétation sauvage rendait leur progression plus difficile.

Miles saisit la hache accrochée à son dos, frayant un chemin plus praticable devant eux.

Elizabeth se rendit soudain compte avec étonnement qu'il portait des vêtements très sombres et était lourdement armé. Outre cette hache, il avait son épée, un poignard et un arc et des flèches.

— Il y a un problème, n'est-ce pas ? lui demanda-t-elle.

— Oui, répondit-il en se tournant vers elle. La vérité, Elizabeth, est que j'avais envoyé un message pour rencontrer quelqu'un ici. Mais nous sommes allés trop loin.

Elle haussa un sourcil.

— Vous risqueriez la vie de votre fils pour cette rencontre secrète ?

Il glissa la hache dans son fourreau.

— Mes hommes ne sont pas loin. Je préférais que vous et Kit restiez sous ma protection.

— Regarde, papa ! s'écria Kit avec excitation. Il y a un cerf !

— Veux-tu aller le voir ? proposa calmement Elizabeth. Va devant, nous te rattraperons. (Sans perdre Kit de vue, elle se tourna vers Miles.) Je resterai avec Kit pendant que vous irez chercher vos hommes. J'ai l'impression qu'un complot s'est tramé pour nous séparer d'eux.

Miles, d'abord stupéfait de l'entendre lui donner un ordre, hocha la tête et rebroussa chemin tandis qu'Elizabeth se hâtait de rejoindre Kit.

Surveillant les alentours, elle attendit le retour de Miles avec anxiété. Son absence lui semblait interminable.

— Etes-vous malheureuse, Elizabeth ? demanda Kit en lui prenant la main.

Elle se baissa à son niveau.

— Je me demandais juste où était ton père.

— Il reviendra, dit Kit d'un air confiant. Mon papa prendra soin de nous.

Elizabeth tenta de dissimuler ses doutes.

— J'en suis sûre. J'entends une rivière par là. On essaie de la trouver ?

Ils eurent quelques difficultés à avancer parmi les buissons, mais découvrirent bientôt le cours d'eau sauvage, cascadant furieusement sur les rochers.

— Elle est froide, nota Kit en se reculant. Croyez-vous qu'il y ait des poissons dedans ?

— Probablement des saumons, répondit Miles derrière eux, faisant sursauter Elizabeth. (Il posa un bras sur ses épaules.) Excusez-moi, je ne voulais pas vous effrayer.

Elle s'écarta de lui.

— Et vos hommes ?

Il jeta un regard en direction de Kit qui s'amusait à lancer des bouts de bois dans l'eau, puis prit la main d'Elizabeth.

— Ils sont partis. Plus aucune trace d'eux. Elizabeth, vous ne céderez pas à la panique, n'est-ce pas ?

Elle leva les yeux vers lui. Elle était effrayée de se trouver sur cette terre étrangère avec un enfant et cet homme dont elle se méfiait.

— Non, dit-elle avec fermeté. Je ne veux pas que Kit ait peur.

— Bien, sourit-il, visiblement soulagé. Nous sommes aux limites sud des terres MacArran et si nous nous dirigeons vers le nord, nous croiserons des fermes dans l'après-midi de demain.

— Mais si quelqu'un a fait disparaître vos hommes...

— Pour l'instant je ne me soucie que de vous et de Kit. Nous avons une chance de passer inaperçus si nous restons sous le couvert de la forêt. Je ne crains pas de me battre, mais je ne veux pas risquer que vous ou Kit soyez blessés. M'aiderez-vous ?

— Oui, dit-elle doucement. Je vous aiderai.

— Ces montagnes sont froides, même pendant l'été. Mettez cela sur vous.

Il lui tendit un large tartan de laine bleue et verte.

— Où l'avez-vous eu ?

— C'est tout ce qui restait de notre repas. La nourriture s'était envolée, mais pas ce plaid utilisé en guise de nappe. Judith me l'avait offert. Nous en aurons besoin, cette nuit.

Il garda sa main serrée dans la sienne tandis qu'elle mettait le plaid en travers de son bras, et ils se dirigèrent vers Kit.

— Cela te plairait de marcher jusqu'à la maison d'oncle Stephen ? demanda Miles à son fils.

Kit lui adressa un regard perspicace.

— Où est sir Guy ? Un chevalier ne se déplace pas à pied.

— Un chevalier fait ce qui est nécessaire pour protéger une dame.

Il y eut un long échange silencieux entre eux. Malgré son tout jeune âge, Kit savait qu'il était destiné à devenir un chevalier. A deux ans, il avait reçu sa première épée en bois et il avait depuis toujours été bercé par des histoires de chevalerie.

— Nous vous protégerons, milady, déclara-t-il solennellement en prenant la main d'Elizabeth pour y déposer un baiser.

Miles enlaça fièrement les épaules de son fils.

— Maintenant, Kit, devance-nous et vois ce que tu peux nous trouver comme gibier. Même un lapin ou deux feraient l'affaire.

— Oui, papa, sourit Kit en s'élançant le long de la rivière.

— Le laisseriez-vous s'éloigner de notre vue ?

— Il ne le fera pas. Il est bien trop sensé pour cela.

— Vous semblez peu intéressé par la disparition de vos hommes. Y avait-il des traces de lutte ?

— Aucune. (Comme s'il voulait éviter ce sujet, il se pencha et cueillit une fleur qu'il plaça à l'oreille d'Elizabeth.) On dirait que vous êtes née dans cet endroit sauvage, avec vos cheveux défaits et votre robe déchirée où brillent ces diamants insolites... J'aimerais vous offrir de nombreux diamants, Elizabeth.

— Je préférerais la liberté.

Il s'écarta d'elle.

— Vous n'êtes plus ma prisonnière, Elizabeth Chatworth, déclara-t-il. Vous pouvez me quitter, si vous le désirez.

Elle plongea son regard dans la forêt profonde et hostile.

— Vous êtes très malin, Montgomery, constata-t-elle d'un ton dégoûté.

— Je prendrai ceci comme une décision de rester avec moi, dit-il, les yeux brillants.

Et, avant qu'elle pût réagir, il la souleva pour la faire tournoyer dans les airs et planta un baiser sur sa joue.

— Lâchez-moi, ordonna-t-elle, mais il y avait une pointe de sourire sur ses lèvres.

Il frotta doucement son visage contre son cou.

— Je pense que vous pourriez m'avoir à vos pieds, si vous le souhaitiez, murmura-t-il.

— Ligoté et bâillonné, j'espère, répondit-elle en le repoussant. Maintenant, avez-vous l'intention de nous trouver à manger ou portez-vous cet arc simplement par coquetterie ?

— Papa ! cria Kit avant que Miles pût répondre. J'ai vu un lapin !

— Il n'attend sûrement que moi pour l'abattre, souffla Miles tandis que Kit revenait vers eux en courant.

Le petit rire d'Elizabeth le fit se retourner subitement. Il la contempla avec étonnement, mais elle évita son regard.

— Où est le lapin, Kit ? Ton courageux père affrontera cet animal et peut-être aurons-nous quelque chose pour le souper, si ce n'est pour le dîner.

Après une heure de marche, pendant laquelle Miles sembla seulement se préoccuper de jouer avec les doigts d'Elizabeth, ils n'avaient toujours pas vu d'autres lapins. Il était plus tard qu'Elizabeth ne le pensait et la nuit commençait à tomber — ou peut-être était-ce la forêt qui s'épaississait encore.

— Nous camperons ici, Kit, va chercher du bois. (Quand l'enfant se fut éloigné, Miles se tourna vers Elizabeth.) Ne le perdez pas de vue. Je vais nous chercher à manger.

Sur ce, il disparut entre les arbres.

Après son départ, Elizabeth dut réfréner un instant de panique ; elle se sentait si isolée et vulnérable dans cet environnement étrange. Prenant une profonde inspiration, elle suivit Kit, empilant sur ses bras les branches qu'il ramassait. Bientôt, une autre sensation désagréable l'envahit, comme si des yeux l'observaient de tous côtés. Dans la maison de son frère, elle avait développé un sixième sens qui lui permettait de détecter la présence des hommes dissimulés, prêts à la piéger.

— Avez-vous peur, Elizabeth ? demanda Kit.

— Bien sûr que non, le rassura-t-elle en se forçant à sourire.

Mais, malgré elle, les histoires que l'on racontait sur la sauvagerie des Ecossais lui revenaient en mémoire. Ces gens étaient de vraies bêtes féroces, capables de torturer des enfants.

— Mon papa vous protégera, dit Kit. Mon oncle Raine dit qu'il est l'un des plus grands chevaliers d'Angleterre. Il ne laissera personne nous toucher.

Elle le prit dans ses bras.

— Ton papa est en effet un vaillant combattant. Savais-tu que trois hommes m'ont attaquée, voilà quelques jours ? Ton papa les a anéantis en un instant, et sans même récolter une égratignure. (Malgré les fanfaronnades de l'enfant, elle sentait bien qu'il était effrayé.) Je crois que ton papa pourrait vaincre tous les guerriers d'Ecosse. Personne n'est aussi courageux et fort que lui.

Un petit rire la fit se retourner. Miles était là, deux lapins à la main.

— Je vous remercie pour cet hommage, milady.

— Elizabeth avait très peur, expliqua Kit.

— Es tu as eu raison de la réconforter. Il faut toujours protéger une dame. Elizabeth, serait-il possible que vous sachiez dépecer un lapin ?

Elle s'avança et les lui prit des mains.

— Vous apprendrez qu'une Chatworth n'est pas une de ces ladies Montgomery qui passent leur temps assises en attendant qu'on les serve.

— Vous venez de décrire à la perfection les épouses de Gavin et de Stephen. Viens, Kit. Voyons si les hommes de la maison Montgomery sont bons à quelque chose.

Peu de temps après, un feu était allumé et les lapins prêts pour la cuisson. Miles tailla des pics en bois, y embrocha la viande, puis surveilla le feu tandis que Kit tournait les broches.

— Vous paraissez très détendu, nota Elizabeth en prenant garde de ne pas parler trop fort. Nous sommes sans protection sur une terre étrangère, et pourtant vous allumez un feu. Ne craignez-vous pas qu'on nous repère ?

Il tira sur sa jupe jusqu'à ce qu'elle s'assoie à côté de lui.

— Cette terre appartient à mon frère et à son épouse. Si les MacArran nous voient, ils reconnaîtront l'emblème des Montgomery sur mon manteau. Les Ecossais tuent rarement les femmes et les enfants sur le coup. Au pire, vous seriez livrée à Stephen et n'auriez qu'à expliquer qui vous êtes.

— Mais qu'est-il arrivé à vos hommes ?

— Comme il n'y avait aucune trace de lutte, j'imagine qu'ils ont été escortés à Larenston, le château de lady Scarlett. Mais pour l'instant, je ne veux penser qu'à votre sécurité et à celle de mon fils. Il sera toujours temps de m'inquiéter pour mes hommes si je ne les retrouve pas à Larenston... Kit ! La viande est en train de brûler de ce côté.

Il se rapprocha encore d'Elizabeth.

— Ne vous faites pas de souci : j'ai inspecté les environs et n'ai vu personne. Vous avez froid, constata-t-il en la sentant frissonner.

Saisissant le plaid posé derrière eux, il l'étendit sur leurs épaules et serra Elizabeth contre lui.

— C'est seulement pour vous réchauffer, dit-il quand elle tenta de se dégager.

— Je connais bien ce genre d'excuses ! lança-t-elle d'un ton acerbe. Et après m'avoir réchauffée, jusqu'où irez-vous ? Cela vous plaît-il de me forcer ?

— Je n'aime pas que vous me compariez aux visqueux amis de votre frère.

Elizabeth cessa de se débattre.

— Vivre avec Edmund a peut-être déformé mon esprit, mais je déteste qu'on me touche.

— J'ai cru comprendre cela. Cependant, si vous voulez survivre à cette nuit, il faudra accepter que nous nous réchauffions l'un l'autre. Kit, on dirait que c'est cuit. Coupe une cuisse, pour voir.

La viande était encore assez saignante, mais ils étaient tous trois trop affamés pour patienter davantage.

— C'est bon, dit Kit. Je suis content d'être dans la forêt, papa.

— Il fait horriblement froid, déclara Elizabeth en resserrant le plaid sur elle. Si c'est ainsi l'été, l'hiver doit être terrible en Ecosse.

— Scarlett trouve l'Angleterre trop chaude. L'hiver, il lui arrive de s'enrouler dans un plaid et de dormir dans la neige.

— Vraiment ? s'étonna Elizabeth. Est-elle aussi barbare que cela ?

Miles sourit et désigna de la tête son fils dont les yeux commençaient à se fermer.

— Viens t'allonger à côté de moi, Kit, proposa Elizabeth.

L'enfant la rejoignit aussitôt. Miles ôta son manteau et l'étendit par terre pour que Kit s'y couche. Avant de se glisser à nouveau sous le plaid, il rajouta du bois dans le feu. Kit se trouvait à présent bien au chaud entre eux deux. Elizabeth n'était que trop consciente de la proximité de Miles mais, curieusement, sa présence la rassurait au lieu de l'effrayer.

— Comment était la mère de Kit ? demanda-t-elle doucement, les yeux rivés sur les flammes. Est-elle tombée amoureuse de vous la première fois qu'elle vous a vu en armure ?

Miles éclata de rire.

— Margaret Sidney détournait son joli visage de moi et refusait de me parler. J'ai tout essayé pour l'impressionner. Un jour, comme elle apportait à boire à son père sur le terrain d'entraînement, j'ai tourné la tête pour la regarder et Raine m'a touché avec sa lance. J'ai encore la cicatrice.

— Mais je croyais...

— Vous croyiez que j'avais vendu mon âme au diable et qu'en conséquence toutes les femmes se traînaient à mes pieds.

— J'ai entendu cette histoire, dit-elle simplement.

Il lui saisit la main et baisa le bout de ses doigts.

— Le diable ne m'a fait aucune offre pour mon âme, mais s'il le faisait je reconsidérerais la question.

— Vous blasphémez ! s'indigna-t-elle en libérant sa main.

Elle resta silencieuse un moment.

— Mais votre Margaret Sidney a fini par vous aimer.

— Elle avait seize ans et était si belle et tellement amoureuse de Gavin, à l'époque. Elle ne me voyait même pas.

— Et qu'est-ce qui l'a fait changer d'avis ?

Miles eut un large sourire.

— J'ai persisté.

Elizabeth se raidit.

— Et quand vous l'avez eue, comment avez-vous fêté cela ?

— En la demandant en mariage, répondit-il du tac au tac. Je vous ai dit que je l'aimais.

— Vous donnez facilement votre amour. Pourquoi n'avez-vous pas épousé Bridget ou cette cousine qui vient de mettre au monde votre fille ?

— J'ai fait l'amour à beaucoup de femmes, mais je n'en ai aimé qu'une, déclara-t-il au bout d'un moment. Margaret est la seule que j'aie désiré épouser et si je demande un jour une autre femme en mariage, ce sera par amour.

— Je plains cette malheureuse, soupira Elizabeth. Elle devra s'habituer à voir s'accumuler vos bâtards dans la maison.

— Vous ne semblez pas gênée par mon fils et vous avez pris la petite fille de l'auberge dans vos bras, alors que vous la croyiez mïenne.

— Mais je ne suis heureusement pas votre épouse.

— Si vous l'étiez, cela vous dérangerait-il d'accueillir régulièrement de nouveaux enfants ? demanda-t-il à voix plus basse.

— Je ne vous blâmerais pas pour vos erreurs passées. Mais, en admettant que vous soyez mon mari — ce qui est parfaitement impossible —, je crois que je vous tuerais si vous m'humiliiez en engrossant toutes les servantes d'Angleterre.

— Cela me paraît équitable, déclara-t-il avec une pointe d'amusement.

Se serrant contre Kit, il enlaça Elizabeth pour la ramener vers lui.

— Bonne nuit, mon ange, murmura-t-il avant de s'endormir.

6

Miles fut réveillé par les coups de pied de Kit qui tentait péniblement de passer par-dessus lui.

— Ne fais pas de bruit, papa, murmura-t-il à son oreille. Il ne faut pas réveiller Elizabeth.

Une seconde plus tard, il basculait de l'autre côté et s'en allait en courant vers la forêt, Miles le suivit des yeux en se massant les côtes.

— Survivrez-vous ? demanda Elizabeth avec amusement.

Il se retourna et leurs regards se croisèrent. La chevelure d'Elizabeth était répandue autour d'elle et son visage encore ensommeillé respirait une douceur inhabituelle. Jusqu'à cet instant, Miles n'avait pas mesuré le contrôle qu'elle s'imposait pour paraître si dure. Prudemment, un léger sourire aux lèvres, il déplaça sa main pour lui effleurer la joue.

Voyant qu'elle ne se rebiffait pas, il retint son souffle, comme s'il essayait d'apprivoiser un animal sauvage qui risquait de s'enfuir au moindre faux mouvement.

Déconcertée par cette caresse, Elizabeth le regardait avec curiosité. Les yeux de Miles étaient brillants, sa bouche pleine et lisse. C'était la première fois qu'elle permettait à un homme de la toucher et elle ne s'était jamais interrogée sur ce genre de choses. Mais à présent, allongée tout près de Miles, elle se demandait ce qu'elle ressentirait si elle le touchait. Une barbe naissante couvrait ses joues, accentuant les lignes tranchantes de son visage. Une boucle de cheveux noirs retombait sur son oreille.

Comme s'il avait lu dans ses pensées, Miles lui prit la main et la posa sur sa joue. Elle la laissa là un moment, le cœur battant à tout rompre, comme lorsqu'on commet un acte interdit. Finalement, elle se risqua à toucher ses cheveux. Elle les trouva doux et se demanda quelle odeur ils devaient avoir.

Quand leurs regards se croisèrent à nouveau, elle comprit qu'il allait l'embrasser. « Ecarte-toi », pensa-t-elle, mais elle ne bougea pas.

Très lentement, pour lui permettre de se dérober si elle le souhaitait, Miles se rapprocha d'elle. Quand ses lèvres touchèrent les siennes, elle garda les yeux grands ouverts, étonnée de découvrir une sensation si agréable.

Miles gardait sa bouche posée sur la sienne, sans essayer de la forcer, sans peser de tout son poids sur elle comme les autres hommes l'avaient fait. C'était juste un léger et incroyablement délicieux baiser.

Il fut le premier à s'écarter et ses yeux étaient tellement brûlants qu'elle se raidit, s'attendant au pire.

— Tout doux, murmura-t-il en lui caressant la joue. Plus jamais personne ne vous blessera, mon Elizabeth.

— Papa ! cria Kit, rompant le charme.

— Cette fois il a dû voir une licorne, souffla Miles en se levant à contrecœur.

Elizabeth ne put réprimer un sourire et se leva à son tour. Mais une petite grimace de douleur lui échappa aussitôt : elle n'avait pas l'habitude de dormir à même le sol et toutes ses articulations semblaient bloquées.

Tout naturellement, Miles commença à lui masser la nuque et les épaules.

— Qu'as-tu trouvé ? lança-t-il à Kit.

— Un chemin, cria l'enfant. Est-ce que je peux le suivre ?

— Pas avant que nous y soyons tous. Ça va mieux ? demanda-t-il à Elizabeth.

Comme elle hochait la tête, il déposa un baiser sur son cou, puis se mit à rassembler leurs quelques affaires.

— Etes-vous toujours aussi direct avec les femmes ? s'enquit-elle avec curiosité. Quand vous êtes invité dans une maison, distribuez-vous des baisers à toutes celles que vous croisez ?

Miles continua d'étouffer les dernières braises du feu.

— Je vous assure que je peux me montrer civilisé et qu'habituellement je me borne aux baisemains — du moins en public. (Il lui adressa un sourire, les yeux pétillants de malice.) Mais avec vous, ma jolie Elizabeth, depuis notre première... euh, rencontre, tout a été très particulier. Vous m'avez été offerte comme un cadeau, un très précieux cadeau. Cependant, ce présent est loin de m'être acquis.

Avant qu'elle pût répondre — elle était en fait trop interloquée pour parler —, il lui prit la main et l'entraîna vers Kit qui trépignait d'impatience.

— Montre-nous ton chemin, lui dit Miles.

Kit les devança en direction d'un étroit sentier sauvage.

— Que pensez-vous de mon fils ?

Elizabeth regarda en souriant l'enfant qui examinait attentivement un champignon. Une seconde plus tard, il se redressait et repartait en courant vers d'autres découvertes.

— Il est très indépendant, intelligent et plutôt avancé pour son âge. Vous êtes certainement fier de lui.

La poitrine de Miles se gonfla d'orgueil.

— J'en ai deux autres à la maison. Philip Stephen a un physique aussi exotique que sa mère et un tempérament à faire trembler sa nurse. Et il n'a qu'un an.

— Et le fils de Bridget ?

— James Raine est exactement l'opposé de Philip, mais ils sont inséparables. J'ai le sentiment qu'il en sera toujours ainsi. James donne ses jouets à Philip quand celui-ci le lui demande. (Un petit rire le secoua.) La seule chose que James refuse de partager, c'est sa nurse. Il suffit que je la touche pour qu'il pleure.

— Il doit pleurer souvent, déduisit-elle d'un ton sarcastique.

— James est un enfant très calme et silencieux, rectifia-t-il en riant. (Il se rapprocha d'elle.) Mais quand il pleure, il se couche plus tôt.

Elle le repoussa, faussement indignée.

— Papa, appela Kit en courant vers eux, viens voir. Il y a une maison à moitié brûlée.

Derrière le tournant suivant, ils découvrirent en effet ce qu'il restait d'une ferme brûlée. Le toit était presque complètement effondré.

— Non, Kit, intervint Miles quand son fils s'apprêta à visiter les ruines.

De lourdes poutres carbonisées pendaient du seul mur encore intact.

— Laisse-moi d'abord voir s'il n'y a pas de danger.

Elizabeth et Kit attendirent que Miles ait testé la solidité de chaque poutre en s'y suspendant de tout son poids. Comme elles ne bougeaient pas, il fit signe à Kit qu'il pouvait entrer et l'enfant se précipita à l'intérieur.

Miles prit le bras d'Elizabeth.

— Si je ne me trompe pas, ce sont des pommiers, là-bas. Voulez-vous m'accompagner ?

Un petit verger surplombait en effet la ferme. La plupart des arbres fruitiers étaient morts, mais quelques pommes rabougries pendaient encore à certaines branches. Elizabeth tendit la main pour en cueillir une et sentit les bras de Miles s'enrouler sur sa taille pour la hisser à la bonne hauteur. Quand elle eut pris le fruit, il la redescendit lentement, faisant glisser son corps contre le sien. Ses lèvres venaient juste de toucher les siennes quand Kit appela.

— Regarde ce que j'ai trouvé, papa.

Elizabeth se tourna vers l'enfant et lui sourit.

— Qu'est-ce que c'est ?

Avec un soupir lourd de résignation, Miles lâcha Elizabeth.

— C'est une balançoire ! cria Kit.

— Rien que ça, murmura Miles en prenant la main d'Elizabeth. (Rejoignant son fils, il saisit les cordes de la balançoire et leur imprima un mouvement de va-et-vient.) Voyons jusqu'à quelle hauteur tu peux aller.

Elizabeth et Miles s'écartèrent tandis que Kit poussait violemment pour accentuer le balancement et toucher la branche d'un arbre avec ses pieds.

— Il va se faire mal, s'inquiéta Elizabeth, mais Miles la retint par le bras.

— Maintenant, montre à Elizabeth ce que tu sais faire.

La jeune femme retint son souffle quand Kit, sans cesser le balancement, se mit debout sur la planchette de bois.

— Maintenant ! ordonna Miles en ouvrant les bras.

Au grand étonnement d'Elizabeth, l'enfant s'élança dans les airs pour atterrir dans les bras de son père. Tandis que Kit poussait un cri de joie, Elizabeth sentit ses genoux se dérober sous elle.

Miles posa son fils et vint près d'elle.

— Qu'est-ce qui ne va pas, Elizabeth ? Ce n'était qu'un jeu. A son âge, je faisais exactement la même chose avec mon père.

— Mais si vous aviez reculé...

— Reculer ! répéta-t-il, surpris d'une telle supposition. Et laisser Kit tomber ? (Il l'attira dans ses bras et lui caressa doucement le dos.) Personne ne jouait avec vous quand vous étiez enfant ?

— Mes parents sont morts peu après ma naissance. Edmund s'est chargé de moi.

Ce simple constat en dit long à Miles. Il l'écarta légèrement de lui pour la regarder.

— Eh bien, il nous faut remédier à ce manque. Montez sur la balançoire et je vous pousserai.

Heureuse d'écarter le souvenir d'Edmund, elle accepta aussitôt de se prêter à ce jeu.

— Je vais le faire, papa, proposa Kit en poussant

de toutes ses forces. (Mais la balançoire ne bougea pas d'un pouce.) Elle est trop lourde, souffla-t-il, épuisé.

— Pas pour moi, nota Miles en riant et en déposant un baiser sur l'oreille d'Elizabeth avant de saisir les cordes. Prête pour l'envol ? demanda-t-il en la soulevant bien haut au-dessus du sol.

— Je ne suis pas sûre, mais j'essaierai, dit-elle, une pointe d'excitation dans la voix.

Miles la lâcha et elle s'élança dans les airs. A chacun de ses retours il la poussait sur les fesses au lieu de saisir les cordes, mais la seule réaction d'Elizabeth était de rire aux éclats. Sa jupe se releva jusqu'aux genoux, et elle se débarrassa de ses chaussures avant d'étendre les jambes devant elle.

— Sautez, Elizabeth ! cria Kit.

— Je suis trop lourde, tu te souviens ? plaisanta-t-elle.

Miles se tenait maintenant sur le côté et la regardait. Plus il passait de temps avec elle, plus il la trouvait belle. La tête rejetée en arrière, elle riait, et c'était la première fois qu'il la voyait rire.

— Papa peut vous rattraper, insista Kit.

— Oui, papa a très envie d'attraper lady Elizabeth, murmura Miles en se plaçant devant elle. Faites-moi confiance, ajouta-t-il en souriant, mais d'un ton profondément sérieux.

Elizabeth ne se risqua pas à se mettre debout, comme l'avait fait Kit, mais s'élança sans hésiter vers Miles et atterrit brusquement dans ses bras. Ils en eurent tous deux le souffle coupé.

Miles la serra fort contre lui, puis la regarda, les yeux agrandis d'horreur.

— Vous *êtes* trop lourde, Elizabeth !

Sa chute fut la ruse la plus ostentatoire qu'Elizabeth ait connue, et tandis qu'il se laissait tomber avec des grognements exagérés de douleur, elle s'accrocha à lui en riant. Et ce ne fut pas non plus la faible pente qui les fit culbuter si longtemps l'un sur l'autre. Quand il se retrouvait au-dessus d'elle, Miles l'enveloppait de manière à lui éviter presque tout contact avec le terrain rocailleux. Et quand il était dessous, il s'agrippait à elle, faisant librement courir ses mains sur son corps.

Le rire d'Elizabeth se transforma en un fou rire qui la désarma, lui ôtant la force de repousser Miles. Finalement, il stoppa, couché sur le dos, les bras en croix.

— Je suis mort, Elizabeth, dit-il en fermant les yeux.

Voulant participer au jeu, Kit déboula en courant et sauta sans ménagement sur le ventre de son père. Cette fois, Miles poussa un grognement tout à fait réel, et Elizabeth fut à nouveau prise d'un fou rire.

Miles déplaça son fils sur le côté et se tourna vers elle.

— Cela vous plaît de me voir souffrir, n'est-ce pas ? (Son ton était sérieux, mais ses yeux brillaient de joie.) Allez, Kit, montrons à cette jeune dame qu'on ne se moque pas impunément de deux chevaliers.

Elizabeth recula, mais Kit et Miles furent plus rapides. Miles lui attrapa les épaules, tandis que Kit pesait de tout son poids sur ses jambes. Elizabeth trébucha sur sa jupe, Miles tomba sur son fils et tous trois s'écroulèrent en éclatant de rire. Pour corser le tout, Miles chatouilla Elizabeth qui commençait à pleurer à force de rire.

— Cela vous suffit-il ? demanda-t-il, son visage tout contre le sien. Admettez-vous que nous sommes les meilleurs des chevaliers ?

— Je... je n'ai jamais dit le contraire, hoqueta-t-elle.

Il la chatouilla de plus belle.

— Les plus braves, les plus beaux de toute l'Angleterre — et même du monde entier.

Ses mains s'immobilisèrent, puis glissèrent sur sa taille, remontant juste au-dessous de ses seins.

— Et quel est mon nom ? murmura-t-il, complètement calmé.

— Miles, murmura-t-elle en retour, les yeux rivés aux siens. Miles Montgomery, précisa-t-elle en faisant légèrement glisser ses bras de ses épaules à son cou.

Il se pencha pour l'embrasser avec douceur et quelque chose de nouveau passa entre eux, comme une étincelle qui n'avait jusqu'alors jamais été allumée.

A cet instant, Kit sauta sur le dos de son père, interrompant brutalement leur baiser.

— Allons encore faire de la balançoire, papa.

— Et dire qu'il m'est arrivé d'aimer mon fils, souffla Miles à l'oreille d'Elizabeth avant de se lever, l'enfant toujours accroché à son dos.

Aucun d'eux n'avait remarqué que le ciel s'était dangereusement assombri et ils sursautèrent en sentant les premières gouttes glacées. Un violent orage se préparait.

— Regagnons la ferme, dit Miles en prenant Elizabeth par les épaules. Vous êtes-vous mouillée ? demanda-t-il quand ils eurent atteint leur abri.

— Pas trop, sourit-elle en levant rapidement les yeux vers lui.

Puis elle tourna son attention vers Kit, que son père venait de poser à terre.

— Et si vous vous occupiez tous les deux de faire un feu ? proposa Miles. Pendant ce temps, j'essaierais de nous trouver quelque chose à manger.

Kit acquiesça avec enthousiasme, mais Elizabeth regarda la pluie torrentielle d'un air inquiet.

— Peut-être devriez-vous attendre une accalmie.

Miles lui adressa un sourire ravi.

— Ne vous inquiétez pas pour moi. De toute façon, je n'irai pas trop loin.

Elizabeth le suivit des yeux tandis qu'il s'éloignait. Miles Montgomery se rendait-il compte à quel point cette journée avait été exceptionnelle pour elle ? Elle avait passé tout ce temps avec un homme, sans qu'il y ait une seule seconde de violence. Et comme ils avaient ri ! Elle avait toujours aimé rire, mais ses frères étaient si graves — quiconque vivait sous le même toit qu'Edmund Chatworth ne tardait pas à devenir grave. Aujourd'hui, elle avait ri avec un homme sans qu'il en profite pour essayer de la violenter. Jamais elle n'aurait cru cela possible. D'ordinaire, pour éviter de provoquer les hommes, elle ne se permettait même pas un simple sourire.

Ce n'était pas sa beauté qui amenait les hommes à de telles extrémités. Elizabeth était belle, certes, mais pas autant — à en croire l'opinion publique — qu'une femme telle que l'héritière Revedoune. Non, c'était son frère Edmund qui avait fait d'elle la cible favorite des agressions masculines. Son vicieux sens de l'humour le poussait trop souvent à plaisanter avec ses amis sur la pureté de sa jeune sœur et à lancer des paris sur qui arriverait à l'amener dans son lit. Il ne supportait pas qu'Elizabeth ne soit pas terrifiée par lui. Quand elle était enfant, il avait l'habitude de venir la chercher dans le couvent où elle vivait et de la ramener chez lui pour la maltraiter à sa guise. Mais d'une certaine manière, Elizabeth lui avait toujours échappé.

Dès l'âge de douze ans, elle avait commencé à se défendre seule. Sa première victoire fut de faire reculer Edmund à l'aide d'une torche enflammée. Dès lors, les attaques d'Edmund devinrent plus sérieuses, obligeant Elizabeth à développer d'autant son sens de l'esquive et de la ruse. Elle apprit comment blesser les hommes qui tentaient d'abuser d'elle, persuada Roger de lui montrer le maniement de la hache, de l'épée et de la dague. En outre, elle maîtrisa très vite l'art subtil de se défendre avec les mots.

Après des semaines de ce calvaire avec Edmund et ses compères, Elizabeth s'échappait — souvent aidée par Roger — et retournait au couvent. Là, elle profitait du peu de répit qui lui était imparti avant qu'Edmund ne vienne à nouveau la chercher.

— Le feu est prêt, lady Elizabeth, annonça Kit derrière elle.

Elle se retourna, un sourire chaleureux aux lèvres. Les enfants l'avaient toujours emplie de joie. Ils étaient les seuls êtres à ignorer la ruse et l'hypocrisie et à savoir donner sans rien demander en échange.

— Je m'en veux de t'avoir tout laissé faire seul, dit-elle en s'approchant de lui. Aimerais-tu que je te raconte une histoire, en attendant le retour de ton père ?

Elle s'assit en s'adossant au mur, les pieds devant le feu, et prit Kit dans ses bras. Etendant le manteau de Miles sur eux, elle commença à lui conter l'histoire de Moïse et du peuple d'Israël. Avant qu'elle en arrive à l'épisode de la mer Rouge, Kit s'endormit, sa petite tête blottie contre sa poitrine.

La pluie clapotait sur le morceau de toit qui les protégeait et pénétrait çà et là par de larges fissures. Les yeux rivés sur les flammes, Elizabeth ne vit pas arriver Miles, qui lui sembla soudain surgir de nulle part. Sans rien dire, il lui sourit, puis alimenta le feu. Toujours en silence, il dépeça le porcelet qu'il avait ramené, coupa la viande en morceaux et la mit à rôtir sur des pics.

Tout en l'observant, Elizabeth ne pouvait s'empêcher de penser à son étrangeté. A moins que la plupart des hommes fussent comme lui... Roger lui avait souvent répété qu'elle n'avait connu que ceux de la pire espèce et, en entendant les conversations des filles du couvent, elle s'était aussi parfois prise à rêver qu'il existait peut-être des hommes bons en ce monde.

Miles, agenouillé près du feu, travaillait avec dextérité. Sa hache était à portée de sa main, son arc accroché à son dos, son épée suspendue à sa taille. Même lorsqu'ils avaient roulé ensemble sur le sol, son épée ne l'avait pas quitté. Quelle sorte d'homme pouvait être capable de plaisanter avec une femme et d'être en même temps prêt à affronter le danger ?

— A quoi songez-vous ? demanda-t-il tranquillement, ses yeux la sondant avec intensité.

Elle se ressaisit aussitôt.

— Je pensais que vous étiez si mouillé que vous pourriez éteindre le feu.

Il se leva et s'étira.

— L'Ecosse est un pays froid, n'est-ce pas ?

Sur ce, il se mit à ôter lentement ses vêtements et à les étendre près du feu.

Elizabeth suivit ses mouvements avec un intérêt détaché. Ayant vécu avec trois frères, la vue d'un homme en sous-vêtements ne lui était pas inhabituelle. Cependant, elle doutait d'avoir jamais vraiment *regardé* un homme.

Miles était à la fois mince et musclé. Quand il se tourna vers elle, seulement vêtu de sa fine chemise de lin, elle put voir la toison noire qui recouvrait son torse. Ses jambes puissantes révélaient des années d'entraînement en armure.

— Elizabeth, murmura-t-il, vous allez me faire rougir.

Ce fut elle qui rougit et évita son regard quand elle l'entendit rire.

— Papa, j'ai faim, dit Kit en se dressant soudain.

Elizabeth le lâcha à contrecœur. Elle n'avait jamais rien ressenti d'aussi rassurant que la présence d'un enfant dans ses bras. Un enfant qui a besoin de vous, vous fait confiance et vous apporte sa chaleur.

— Il y a du porc et quelques pommes, annonça Miles à son fils.

— Tu n'as pas froid, papa ?

— J'ai les regards d'une dame pour me réchauffer, répondit Miles. Venez partager notre repas, lady Elizabeth.

Les joues encore roses, Elizabeth se joignit à eux et elle mit un long moment à se débarrasser de sa gêne. A la demande insistante de Kit, Miles raconta des épisodes de son enfance avec ses frères. A chaque fois, il était le héros qui venait au secours de ses frères et leur faisait la morale. Les yeux de Kit brillaient comme des étoiles.

— Quand vous avez été sacré chevalier, n'avez-vous pas juré de ne pas mentir ? demanda Elizabeth d'un ton innocent.

Le regard de Miles étincela.

— Je ne pense pas que cela soit interdit quand il s'agit d'impressionner un fils ou une...

Il parut chercher le mot.

— Une prisonnière ? vint-elle à son aide.

— Ah, Elizabeth, dit-il d'une voix soudain chagrine. Que penserait une lady d'un homme que ses grands frères n'ont cessé de martyriser ?

— Agissaient-ils ainsi envers vous ?

A sa manière de poser la question, il comprit qu'elle envisageait sérieusement cette hypothèse.

— Non, pas vraiment, la rassura-t-il. Nous avons été orphelins très tôt et je suppose que certaines de nos espiègleries étaient un peu imprudentes. Mais nous avons tous survécu.

— Heureux, quoi qu'il arrive, dit-elle d'un ton lourd.

— Et comment était la vie avec Edmund Chatworth ? demanda-t-il d'un air désinvolte.

Elizabeth replia ses jambes sous elle.

— Il aimait aussi... les espiègleries, répondit-elle seulement.

— As-tu suffisamment mangé, Kit ? s'enquit Miles en tendant le bras pour prendre un autre morceau de porc.

Elizabeth vit alors que la blessure à son poignet s'était rouverte et saignait.

— La corde de l'arc l'a heurté, dit Miles, qui semblait capter tous ses regards. Vous pouvez me soigner si vous voulez, ajouta-t-il avec si peu d'espoir qu'elle ne put s'empêcher de rire.

Soulevant légèrement sa jupe, elle déchira un morceau du jupon et alla le mouiller sous la pluie. Miles s'assit jambes croisées devant elle tandis qu'elle commençait à nettoyer la plaie.

— Vous n'imaginez pas à quel point votre sourire m'est agréable, murmura-t-il. Kit ! Ne grimpe pas sur ces poutres. Nettoie plutôt mon épée avec le chiffon qui est dans le carquois. Et prends garde à ne pas abîmer le tranchant. (Il regarda à nouveau Elizabeth.) Votre sourire m'honore. J'ignore pourquoi, mais j'ai le sentiment que vous n'avez pas souri à beaucoup d'hommes.

— Très peu, en effet, dit-elle, laconique.

Il lui prit la main et y déposa un baiser.

— Je commence à croire que vous êtes aussi angélique que vous le paraissez. Kit vous adore.

— J'ai l'impression que Kit n'a jamais rencontré d'étranger et qu'il adore tout le monde.

— Ce n'est pas mon cas, nota-t-il en lui baisant à nouveau la main.

— Arrêtez ! ordonna-t-elle en le repoussant. Vous embrassez vraiment trop facilement.

— Si vous saviez l'effort que cela me coûte de me limiter à cela, alors que je ne pense qu'à vous faire l'amour... Kit ! cria-t-il en voyant son fils lever dangereusement l'épée en l'air. Gare à toi si tu as seulement l'idée de frapper quelque chose avec cette épée.

Malgré elle, Elizabeth rit avant de libérer le bras bandé de Miles.

— Je crois que vous devriez laisser votre fils à la maison quand vous essayez de courtiser.

— Oh non. (Il sourit.) Kit a accompli en quelques heures ce qui m'aurait pris plusieurs mois.

Sur cette remarque sibylline, il alla ôter sa chère épée des mains de son téméraire enfant.

7

Cette nuit-là ils dormirent à nouveau tous trois ensemble, Kit blotti entre Elizabeth et Miles. La jeune femme resta longtemps éveillée, songeant aux deux jours qui venaient de passer. Tout avait été si inhabituel, si incomparable avec ce qu'elle avait vécu jusqu'alors. Cela avait été comme un rayon de soleil après des années de pluie.

A son réveil, elle était seule sous le manteau de Miles, le plaid la recouvrant chaudement. Avec un sourire ensommeillé, elle se pelotonna plus profondément sous la couverture et, l'espace de quelques secondes, souhaita rester ici pour toujours et que chaque journée puisse être emplie de rires.

Se tournant sur le dos, elle s'étira et regarda autour d'elle. Personne. Durant ces derniers jours, elle avait peu à peu perdu l'habitude de se tenir sur ses gardes. D'ordinaire, elle ne dormait que d'un œil, mais avec Miles et Kit c'était différent. Leurs allées et venues ne la dérangeaient pas. Au contraire. Parfois, elle souriait en entendant les bruits paisibles de leurs pas, jamais très loin d'elle.

Telle une ombre silencieuse, elle se glissa hors de

la ferme et pénétra dans la forêt toute proche. S'enfonçant entre les arbres, elle perçut bientôt sur sa gauche les rires inimitables de Miles et de Kit. Mais alors, qui rôdait dans les broussailles devant elle ?

Utilisant son art de se faufiler partout sans être repérée, elle pénétra entre les buissons et vit bientôt qui se donnait tant de mal à les espionner. Couché sur le ventre, son long corps complètement immobile, sir Guy scrutait l'endroit où Miles et Kit étaient en train de chahuter.

Sans faire plus de bruit qu'un souffle d'air, Elizabeth se glissa derrière lui. Elle s'arrêta pour attraper une pierre et la loger dans sa main. Roger lui avait appris que même une main aussi délicate que la sienne pouvait porter un coup très puissant si elle tenait un objet dur. D'un mouvement vif, elle se pencha et s'empara de la dague fixée à la hanche de sir Guy.

Le géant se leva d'un bond.

— Lady Elizabeth ! s'exclama-t-il, abasourdi.

Elizabeth recula, hors de portée de son long bras.

— Pourquoi nous suivez-vous ? Avez-vous trahi votre maître et essayez-vous maintenant de le tuer ?

Sir Guy pâlit, mais au lieu de répondre tourna la tête en direction de Miles et poussa un sifflement perçant.

Elizabeth savait que ce signal convenu entre eux ferait venir Miles. Si sir Guy appelait librement son maître, alors Miles devait connaître la raison de la présence cachée du géant.

En un laps de temps incroyablement court, Miles apparut seul, son épée à la main.

— Milady demande si j'ai l'intention de te tuer, dit sir Guy très sérieusement.

Miles les regarda tour à tour.

— Comment t'a-t-elle trouvé ?

Sir Guy n'avait pas une seconde quitté Elizabeth des yeux. Il semblait à la fois impressionné et embarrassé.

— Je ne l'ai pas entendue approcher.

— Rendez-lui sa dague, Elizabeth, déclara Miles, le regard pétillant d'amusement. La loyauté de sir Guy ne peut être mise en doute.

Elizabeth ne bougea pas. Serrant fermement la pierre dans sa main, elle prit en même temps note de la position du pied de sir Guy, nonchalamment appuyé sur une roche plate. Les pieds étaient très vulnérables, même chez les hommes les plus forts.

— Où sont vos hommes ? demanda-t-elle à Miles sans cesser de surveiller sir Guy.

— Eh bien... Elizabeth, commença-t-il, visiblement gêné. J'ai pensé que...

Au léger changement d'expression sur le visage de sir Guy, elle comprit que, quoi qu'il se soit passé, cela avait été une idée de Miles Montgomery.

— Parlez ! ordonna-t-elle.

— Je savais que nous serions en sécurité sur les terres MacArran, alors j'ai décidé de voyager seul avec vous et Kit.

Elle pivota pour lui faire face, mais garda sir Guy dans son champ de vision.

— Ce n'était qu'une ruse, dit-elle d'une voix sans timbre. Vous avez menti sur la disparition de vos hommes. Et vous avez encore menti en me faisant croire à un danger possible. Tout cela pour être seul avec moi.

— Elizabeth, tenta-t-il de la raisonner, il y avait trop de gens autour de nous. J'ai pensé qu'un peu d'intimité vous permettrait de mieux me connaître. Et Kit...

— Ne mêlez pas cet enfant à vos ignominies ! Il n'a rien à voir avec vos vils complots.

— Ce n'était pas un complot, plaida-t-il avec douceur.

— Et le danger que vous nous avez fait courir ? Ces bois sont remplis de barbares !

Miles lui adressa un sourire protecteur.

— En effet, mais ces barbares sont ma famille par alliance. Je suis sûr qu'en ce moment même il y a des MacArran autour de nous.

— Je n'ai rien entendu à part un gros sanglier, nota sir Guy avec raideur.

— Il n'y a eu aucun mal, dit Miles en souriant à Elizabeth. Donnez-moi cette dague.

— Aucun mal, sauf des mensonges, rétorqua-t-elle sèchement.

Sur ce, tout se précipita. En un éclair, elle se jeta sur Miles en brandissant la dague. Sir Guy lui saisit le poignet et, tandis que le poignard volait dans les airs, elle planta les pointes de ses talons dans le pied gauche du géant. Etonné par le cri de douleur de sir Guy, Miles ne vit pas arriver le poing fermé d'Elizabeth qui le frappa en plein ventre. Le souffle coupé, il se replia sur lui-même.

Elizabeth recula, contemplant le spectacle de ses adversaires mis hors d'état de nuire.

— Bien joué, dit une voix derrière elle.

Elle fit volte-face pour rencontrer le visage d'une femme incroyablement belle, aux longs cheveux noirs, aux yeux bleus et d'une taille équivalente à la sienne, ce qui était rare. Un énorme chien l'accompagnait.

— Cela devrait vous apprendre, Miles, que toutes les femmes n'apprécient pas d'être traitées en inférieures, poursuivit-elle.

Les yeux d'Elizabeth s'agrandirent tandis qu'une poignée d'hommes sortaient du couvert des arbres, venant de la direction de la ferme. Le plus âgé d'entre eux tenait Kit par la main.

— Lady Elizabeth Chatworth, je suis Scarlett MacArran, chef du clan MacArran et belle-sœur de ce jeune comploteur, se présenta la femme.

Miles s'était ressaisi.

— Scarlett, je suis content de vous revoir.

— Tam, occupe-toi du pied de sir Guy, dit Scarlett à l'homme le plus âgé. Est-il cassé ?

— Probablement, répondit Elizabeth. Quand je fais cela, en général le petit doigt n'y résiste pas.

Scarlett lui adressa un regard mêlé d'admiration et d'estime.

— Voici mes hommes. Douglas. (Celui-ci s'avança et salua de la tête lady Elizabeth.) Alex. Jarl et Francis.

Elizabeth détestait être entourée d'hommes et se déplaça de manière que sir Guy ne soit plus derrière elle. Ce genre de situation lui donnait l'impression d'être enfermée dans un cachot.

Conscient de son inquiétude, Miles vint aussitôt à ses côtés et quand Tam fit un pas vers Elizabeth, il lui toucha le bras en lui lançant un regard d'avertissement. Avec un froncement surpris des sourcils, Tam lâcha Kit et s'éloigna d'Elizabeth, notant au passage la curieuse expression de méfiance dans ses yeux.

— Et où se trouve mon inutile frère ? demanda Miles à Scarlett qui observait tranquillement la scène.

— Il patrouille à nos frontières nord, mais il devrait nous rejoindre avant que nous ayons atteint Larenston.

Miles prit le bras d'Elizabeth, resserrant son étreinte quand elle tenta de se dégager.

— Scarlett a un bébé, dit-il tout haut. Vous n'avez rien à craindre, souffla-t-il à Elizabeth. Restez près de moi.

Elizabeth le foudroya d'un regard indiquant qu'il n'était à son sens pas plus rassurant que n'importe quel homme, mais ne bougea pas. Les guerriers se tenant près d'elle étaient vêtus de manière barbare, les genoux dénudés, les cheveux tombant jusqu'aux épaules. Chacun d'eux portait une large épée à la ceinture.

Scarlett sentait que quelque chose n'allait pas — quelque chose d'autre que le tour que Miles avait joué à Elizabeth —, mais elle ne savait pas quoi exactement. Une fois à Larenston, peut-être découvrirait-elle la signification de cette tension qui flottait dans l'air.

— Nous y allons ? proposa-t-elle.

Elizabeth demeura figée jusqu'à ce que les hommes de Scarlett soient tous devant elle. Il y avait une longue marche à faire pour rejoindre les chevaux. En silence, le petit groupe se mit en branle, sir Guy avançant plus lentement et s'appuyant sur un bâton.

— Je veux chevaucher à l'arrière, dit Elizabeth, la tête basse, quand ils furent prêts à monter en selle.

Miles faillit protester, mais se ressaisit et murmura quelques mots à l'oreille de Scarlett. Celle-ci fit un signe à ses hommes et ils devancèrent le convoi. Kit fut placé sur le cheval de Tam.

— Elizabeth, ces gens ne vous veulent aucun mal,

déclara Miles tout en chevauchant à ses côtés. Vous n'avez aucune raison de les craindre.

Elle lui lança un regard noir.

— Devrais-je vous croire, vous qui m'avez menti ? Vous qui appartenez à une famille en guerre contre la mienne ?

Miles leva les yeux au ciel.

— Je n'aurais peut-être pas dû vous jouer ce tour, mais si je vous avais proposé de gambader dans une forêt avec moi et Kit, que m'auriez-vous répondu ?

Elle détourna la tête.

— Elizabeth, vous êtes forcée d'admettre que c'était agréable. Durant quelques heures vous avez oublié votre peur des hommes.

— Je n'ai *jamais* eu peur des hommes, jeta-t-elle. J'ai seulement appris à être prudente.

— Votre prudence vous rend la vie impossible, lui fit-il sévèrement remarquer. Regardez-nous maintenant : nous mangeons la poussière des hommes de Scarlett parce que vous craignez que l'un d'eux vous attaque si vous le perdez de vue.

— J'ai appris...

— Vous avez uniquement appris le pire de l'existence ! l'interrompit-il. La plupart des hommes ne ressemblent en rien à Edmund Chatworth ou à Pagnell. Ce séjour en Ecosse vous prouvera qu'il y a des êtres dignes de confiance. Ou plutôt, se reprit-il en plongeant son regard dans le sien, que *je* suis digne de confiance.

Sur ce, il rejoignit sir Guy, la laissant seule.

Scarlett tourna la tête vers Elizabeth, puis vint chevaucher à ses côtés. Ainsi réunies, les deux jeunes femmes offraient un spectacle étonnant de beauté et de contrastes, la blonde et délicate Elizabeth s'opposant radicalement à la brune et fougueuse Scarlett.

— Une querelle d'amoureux ? demanda Scarlett en la sondant du regard.

— Nous ne sommes pas des amoureux, répondit froidement Elizabeth.

Scarlett haussa les sourcils en songeant que ce devait être une première pour Miles : jusqu'alors, il n'avait jamais passé de temps avec une femme sans la posséder.

— Et comment une Chatworth en est-elle arrivée à voyager avec un Montgomery ? s'enquit-elle sur le même mode de froideur qu'avait employé Elizabeth.

Celle-ci lui adressa un regard cinglant.

— Si vous avez l'intention de dire du mal de mon frère Roger, je vous conseille d'y réfléchir à deux fois.

Elles s'affrontèrent du regard pendant un moment, puis Scarlett hocha sèchement la tête.

— Demandez à votre frère de vous parler de ses parents écossais, dit-elle d'un ton glacial avant d'éperonner son cheval et de s'éloigner.

— Pourquoi avoir mis Scarlett en colère ? demanda Miles quand il rejoignit à nouveau Elizabeth.

— Dois-je supporter qu'on insulte mon frère ? Cette femme avait juré d'épouser Roger, mais est revenue sur sa parole. Et en conséquence...

— En conséquence Roger Chatworth a attaqué mon frère dans le dos, termina Miles à sa place. (Il s'interrompit et se pencha pour lui prendre la main.) Donnez-nous une chance, Elizabeth, reprit-il avec douceur. Je vous demande seulement de nous laisser vous montrer que vous pouvez vous fier à nous.

Avant qu'Elizabeth pût répondre, des galops de chevaux venant dans leur direction résonnèrent. Aussitôt les hommes tirèrent l'épée et formèrent un cercle de protection autour des deux femmes.

— C'est mon idiot de mari, dit Scarlett d'un ton réjoui qui démentait ses paroles.

Cinq guerriers firent halte devant eux. Leur chef, un homme de belle allure, grand, aux cheveux blonds tombant sur les épaules, était visiblement ravi des étincelles que les yeux de son épouse lui envoyaient.

— Vous vieillissez, Tam, déclara-t-il nonchalamment en se penchant sur le devant de sa selle.

Tam poussa un grognement et rangea son épée.

— Allez au diable, Stephen, siffla Scarlett. Pourquoi chevauchiez-vous à flanc de falaise ? Et pourquoi ne pas avoir signalé votre présence ?

Lentement, il mit pied à terre, tendit les rênes à l'un de ses hommes et s'avança vers sa femme. Posant une main sur sa cheville, il commença à remonter le long de sa jambe.

Scarlett lui envoya un coup de pied.

— Laissez-moi ! ordonna-t-elle. J'ai autre chose à faire que badiner avec vous.

D'un mouvement vif, Stephen la saisit par la taille et l'enleva de sa selle.

— Cela vous inquiète que je chevauche à flanc de falaise ? murmura-t-il en la serrant contre lui.

— Tam ! cria Scarlett en repoussant en vain Stephen.

— Je crois que Stephen n'a pas besoin de moi, répondit celui-ci.

— Moi, je suis prêt à vous débarrasser de lui, proposa calmement Miles.

Stephen lâcha brusquement Scarlett.

— Miles ! s'écria-t-il en se précipitant pour l'écraser dans ses bras. Quand es-tu arrivé ? Pourquoi es-tu ici ? Je te croyais avec oncle Simon — et quelles sont ces rumeurs sur oncle Simon qui attendrait qu'on lui livre ta tête sur un plateau ?

Miles eut un léger sourire et haussa les épaules.

Stephen se résigna à ne pas en apprendre plus : comme d'habitude son frère resterait aussi muet qu'une carpe.

— Miles a amené Elizabeth Chatworth, dit Scarlett d'un ton monocorde.

Stephen se retourna et leva le menton pour apercevoir Elizabeth derrière ses hommes. Son attitude rigide et son air inflexible contrastaient étrangement avec son apparence fragile et délicate. Alors qu'il commençait à s'avancer vers elle, Miles le retint par le bras.

— Ne la touche surtout pas, déclara-t-il sur le ton de la conversation en se dirigeant vers Elizabeth.

L'instant de stupeur passé, Stephen sourit. Il comprenait parfaitement la jalousie, mais ne l'avait jamais vue se manifester chez son frère.

Celui-ci tendit les mains à Elizabeth qui hésita visiblement à se laisser conduire jusqu'à Stephen.

— Stephen ne vous fera pas de mal et en espère autant de vous, lui dit Miles, les yeux pétillants de malice.

Elizabeth ne put s'empêcher de sourire en voyant sir Guy la regarder comme si elle était un monstre doublé d'une sorcière. Elle dut attendre pour être présentée à Stephen car Kit se réveilla à ce moment-là et se jeta dans les bras de son oncle bien-aimé. Tenant Kit dans un bras, Stephen tendit la main à Elizabeth.

Elle resta immobile et ne prit pas sa main.

Miles adressa un signe d'avertissement à son frère, qui lui répondit par un sourire entendu et retira sa main.

— Bienvenue chez nous, l'accueillit-il avec chaleur.

— Je suis une Chatworth.

— Et je suis un Montgomery *et* (il tourna la tête vers Scarlett) un MacArran. Vous êtes la bienvenue. Passerons-nous la falaise à pied ? Elle est abrupte et cela peut parfois paraître effrayant.

— Je peux monter à cheval, déclara Elizabeth d'un ton peu amène.

Miles lui prit la main et la baisa.

— Bien sûr que vous le pouvez. Mon maladroit frère cherche seulement une excuse pour vous parler.

— Oncle Stephen ! cria Kit, impatient de participer lui aussi à la conversation. Lady Elizabeth a frappé papa et rendu sir Guy boiteux et nous avons dormi dans la forêt, sans tente ni rien.

Il sourit à Elizabeth qui lui fit un clin d'œil en retour.

— Rendre sir Guy boiteux ? répéta Stephen en riant. Je n'arrive pas à le croire.

— Lady Elizabeth a brisé les orteils de sir Guy, l'informa froidement Scarlett.

Stephen réprimanda sa femme du regard.

— Je ne suis pas sûr d'apprécier votre ton.

Miles intervint rapidement pour détourner l'attention de son frère.

— Comment vont les MacGregor ?

Ce qui suivit ressembla fort à une dispute, alors que Scarlett et Stephen parlaient des MacGregor.

Ceux-ci avaient été les ennemis mortels des MacArran pendant des siècles — jusqu'à ce que, quelques mois auparavant, le mariage de Davy, le frère de Scarlett, avec la fille du chef MacGregor scelle la réconciliation des deux clans.

Tout en parlant, ils traversaient le dangereux passage à flanc de falaise. A leur droite, s'élevait l'impressionnante paroi, à leur gauche, c'était le vide. Elizabeth écoutait avec fascination la discussion enflammée du couple, où ne perçait cependant aucun signe d'animosité. Les hommes à l'arrière bavardaient tranquillement, visiblement habitués à leurs scènes de ménage. Scarlett se moquait de Stephen en le traitant de tous les noms et ce dernier réagissait par un simple sourire en lui disant que ses idées étaient ridicules. Dans tous les couples qu'Elizabeth avait connus, si l'épouse avait osé le quart de ce que Scarlett se permettait, son mari n'aurait pas hésité à la battre.

Elizabeth surprit le regard attendri de Miles sur son frère et sa belle-sœur. Quant à Kit, il ne tarda pas à se mêler à la discussion, prenant le parti de Scarlett et courant la rejoindre pour glisser sa main dans la sienne.

— C'est bien ton fils, dit en riant Stephen à Miles.

Ce mouvement en direction de son frère lui permit de voir les rochers se détacher de la falaise, menaçant de se précipiter sur Elizabeth. N'écoutant que son instinct, il saisit la jeune femme et la plaqua contre la paroi, formant un bouclier de son corps. Il avait réagi juste au bon moment : une coulée de pierres tomba derrière lui aussitôt après.

Elizabeth, elle aussi, n'écouta que son instinct. Ces derniers temps sa méfiance s'était assoupie, mais la présence de cet homme collé contre elle raviva sa nervosité. Ignorant la raison du brusque mouvement de Stephen, elle n'en perçut que l'agressivité — une agressivité qu'elle n'avait que trop connue dans sa vie.

Et elle paniqua. Son cri fut si strident que les chevaux — déjà nerveux — s'affolèrent. Sans cesser de crier, elle commença à se débattre furieusement, comme un animal pris au piège.

Stupéfait de sa réaction, Stephen tenta de l'immobiliser par les épaules.

— Elizabeth ! cria-t-il devant son visage terrifié.

Miles, touché au dos par quelques pierres, avait perdu l'équilibre. Mais au premier cri d'Elizabeth, il se redressa vivement et la rejoignit.

— Je t'avais dit de ne pas la toucher ! hurla-t-il aux oreilles de son frère avant de l'écarter durement. Calmez-vous ! ordonna-t-il à Elizabeth en lui saisissant les bras.

Comme dans un état second, Elizabeth continua de s'agiter, essayant par tous les moyens de s'échapper. Miles la secoua violemment.

— Elizabeth, dit-il d'une voix patiente mais impérieuse, vous êtes en sécurité. M'entendez-vous ? En sécurité.

Il dut la secouer à nouveau pour qu'elle tourne enfin son regard vers lui. Un regard comme il n'en avait jamais vu : terrifié, désespéré, totalement désarmé. Ils restèrent ainsi un moment, les yeux dans les yeux, sans parler, puis Miles utilisa tout ce qui était en son pouvoir pour l'aider à retrouver la paix.

— Vous êtes en sécurité maintenant, mon amour. Vous le serez toujours avec moi.

Le corps d'Elizabeth commença à trembler. Alors, il la serra contre lui, lui caressant tendrement les cheveux.

— Laisse-nous un cheval, demanda-t-il à Stephen qui se tenait près d'eux. Nous vous rejoindrons plus tard.

Elizabeth fut à peine consciente de la procession consternée qui les dépassa. Sa peur l'avait vidée de toute force et elle pouvait seulement se laisser aller contre Miles, tandis qu'il caressait son visage, son cou, son dos... Au bout de plusieurs minutes, elle tenta de le repousser.

— Je me suis ridiculisée, dit-elle d'un ton si pathétique que Miles lui sourit.

— Stephen n'avait pas compris quand je lui ai demandé de ne pas vous toucher. Je suis sûr qu'il m'a simplement cru jaloux.

— Vous ne l'êtes pas ? s'enquit-elle, voulant faire diversion.

— Peut-être. Mais vos frayeurs ont plus d'importance que ma jalousie.

— Mes frayeurs, comme vous dites, ne vous regardent pas.

Elle parvint à se dégager complètement de lui.

— Elizabeth, plaida-t-il, ne gardez pas tout ce poids pour vous. Parlez-moi. Dites-moi ce qui vous a rendue si craintive.

Elle plaqua les mains sur la paroi derrière elle, s'aidant de ce contact froid et dur pour retrouver ses esprits.

— Pourquoi avez-vous envoyé les autres devant ? demanda-t-elle.

Un éclair de colère traversa les yeux de Miles.

— Pour qu'il n'y ait pas de témoins quand je vous

violenterai. Quelle autre raison pourrais-je avoir ? (Voyant qu'elle était près de le prendre au sérieux, il leva les mains en un geste d'impuissance.) Venez, rentrons à Larenston, dit-il en la saisissant un peu trop durement par le bras. Savez-vous de quoi vous avez besoin, Elizabeth ? De quelqu'un qui vous fasse l'amour et vous montre combien vos peurs sont insensées.

— J'ai rencontré plusieurs volontaires pour cette tâche, siffla-t-elle.

— D'après ce que j'ai cru comprendre, vous n'avez rencontré que des violeurs — pas des amants, cingla-t-il avant de la hisser sans ménagement sur la selle et de monter derrière elle.

8

Elizabeth porta la main à son front et ouvrit lentement les yeux. La grande chambre était vide et sombre. De nombreuses heures avaient passé depuis que Miles et elle avaient pénétré dans la forteresse du clan MacArran. C'était une très ancienne construction plantée au bord d'une falaise, comme un aigle géant accroché au roc par les serres. A leur arrivée, des femmes paraissant aussi âgées que le château avaient offert à Elizabeth une boisson chaude aux herbes. Mais la jeune femme, connaissant parfaitement le pouvoir de certaines herbes, avait préféré s'abstenir de goûter ce breuvage et avait furtivement vidé la chope derrière un buisson.

La petite femme noueuse, que Scarlett appelait Morag, avait observé Elizabeth de ses yeux perçants, et au bout d'un moment cette dernière avait fait semblant de s'endormir.

— Elle a besoin de repos, avait dit Scarlett, penchée au-dessus d'elle. Je n'ai jamais vu personne s'affoler ainsi quand Stephen l'a attrapée pour la protéger. On aurait dit que des démons s'étaient emparés de son corps.

Morag avait ricané.

— Vous avez lutté assez dur contre Stephen, la première fois que vous l'avez rencontré.

— Ce n'était pas pareil, avait insisté Scarlett. Miles n'a réussi à la calmer qu'en la secouant un bon moment. Sais-tu qu'elle a brisé les orteils de sir Guy ?

— Et j'ai aussi entendu dire que vous vous étiez disputée avec elle, avait sèchement noté Morag.

— Elle a osé défendre Roger Chatworth devant moi. Après ce qu'il a fait...

— C'est son frère ! Vous voudriez qu'elle pense comme vous, mais il n'y a pas qu'une seule manière de voir le monde, Scarlett.

Elizabeth avait alors senti qu'on étendait une couverture sur elle.

— Laissons-la tranquille, avait repris Morag. Un messager envoyé par le frère aîné de Stephen est arrivé.

— Pourquoi ne le disais-tu pas ? avait demandé Scarlett, irritée d'être traitée comme une enfant et encore plus irritée d'être consciente de le mériter.

Après que la porte se fut refermée, Elizabeth resta complètement immobile, l'oreille aux aguets. Il était déjà arrivé que des hommes fassent semblant de quitter sa chambre pour mieux se dissimuler dans un coin sombre. Quand elle fut sûre d'être seule, elle se retourna et ouvrit prudemment les yeux. Il n'y avait effectivement personne.

Sautant du lit, elle se précipita à la fenêtre. La nuit commençait à tomber et la lune imprimait des reflets argentés sur les murs gris de l'antique château. Elle devait s'échapper maintenant, tant que la routine ne s'était pas installée et que tous les membres du clan

MacArran ne savaient pas encore qu'elle était une prisonnière.

En bas, quatre hommes enveloppés dans des plaids traversaient la cour. Un sourire aux lèvres, Elizabeth échafauda un plan. Une rapide et silencieuse inspection de la pièce lui permit de découvrir un coffre rempli de vêtements d'homme. Elle releva sa jupe, l'enroula et l'attacha autour de sa taille, puis enfila une large chemise et de grosses chaussettes de laine. L'espace d'une seconde, elle regarda ses jambes, répugnant à l'idée de se montrer si dénudée en public. Elle ne trouva pas de chaussures, et se contenta des siennes, qu'elle eut du mal à enfiler à cause de l'épaisseur des chaussettes. Le plus dur fut de batailler pour disposer à peu près convenablement un plaid autour de ses hanches, à la manière des Ecossais. Quand elle compléta sa tenue avec une ceinture, elle savait que le résultat n'était pas parfait, mais le temps pressait.

Retenant sa respiration, elle ouvrit prudemment la porte, priant pour qu'aucun garde ne soit posté devant la chambre. Ne voyant personne, elle se glissa par le mince interstice et s'engagea dans le couloir obscur. Elle avait mémorisé le chemin par lequel Miles l'avait conduite ici. S'arrêtant pour se repérer, elle tendit l'oreille.

Très loin, au-dessous d'elle et sur sa gauche, elle entendit des bruits de voix. Lentement, plaquée contre le mur, elle descendit l'escalier menant à la sortie principale. Au moment où elle passait devant la pièce où des gens discutaient, le nom de Chatworth lui parvint. Elle était toute proche de son but, mais avait en même temps envie de récolter des informations.

Sans faire plus de bruit qu'une ombre, elle s'approcha de manière à entendre.

— Allez tous les deux au diable, Miles ! gronda Stephen avec colère. Gavin n'a pas plus de bon sens que toi. Vous aidez Chatworth à accomplir ce qu'il veut. Il est sur le point de détruire notre famille.

Miles resta silencieux.

Scarlett posa la main sur son bras.

— Je vous en prie, libérez-la. Lady Elizabeth peut retourner en Angleterre avec une escorte et quand Gavin saura qu'elle a été relâchée il laissera Roger Chatworth partir.

Miles persista dans son mutisme.

— Bon Dieu, Miles, réponds-nous ! explosa Stephen.

Les yeux de Miles s'enflammèrent.

— Je ne libérerai pas Elizabeth. Ce que fait Gavin avec Roger Chatworth le concerne. Et Elizabeth est mon affaire.

— Si tu n'étais pas mon frère... commença Stephen.

— Si je n'étais pas ton frère, mes agissements n'auraient aucun effet sur toi, déclara-t-il calmement, mais le regard plein de colère.

Stephen leva les mains en signe d'impuissance.

— Parlez-lui, vous, dit-il à Scarlett. Aucun de mes frères n'a de bon sens.

Scarlett vint se planter devant son mari.

— Un jour, vous avez combattu Roger Chatworth pour défendre ce que vous croyiez posséder. Aujourd'hui, Miles fait exactement la même chose, et pourtant vous le désapprouvez.

— C'était différent, nota Stephen avec obstination. Vous m'aviez été donnée par le roi.

— Et Elizabeth m'a été donnée ! intervint Miles avec fougue. Scarlett, suis-je le bienvenu ici ? Sinon, moi et mes hommes partirons — avec lady Elizabeth.

— Vous savez que vous êtes le bienvenu, dit Scarlett avec douceur. A moins que Chatworth ne soit prêt à la guerre, il n'attaquera pas les MacArran. (Elle se tourna vers Stephen.) Quant au fait que Gavin détienne Roger Chatworth prisonnier, j'en suis ravie. Avez-vous oublié ce que Chatworth a fait à votre sœur Mary, et qu'il m'a gardée captive pendant un mois ?

Après avoir entendu ces mots, Elizabeth se glissa à l'extérieur du château. Elle allait leur montrer qu'elle n'était pas la docile prisonnière qu'ils imaginaient.

Une brume épaisse venait de la mer et la jeune femme sourit en remerciant le Seigneur pour son aide. La première nécessité était de trouver un cheval. Immobile, elle se mit à l'écoute de ce qui l'entourait, essayant de situer les écuries.

Elizabeth s'y entendait assez en capture de chevaux ; elle avait une grande pratique derrière elle. Les chevaux étaient comme les enfants : il fallait les aborder avec douceur, simplement, sans gestes brusques. Deux hommes se tenaient à l'une des extrémités de l'écurie. Ils riaient à gorge déployée en se racontant leurs dernières conquêtes féminines.

Avec agilité, Elizabeth sortit de sa stalle le premier cheval harnaché à sa portée. Décrochant une selle du mur, elle attendit d'être dehors pour la poser sur l'animal. Elle remercia le ciel du tapage que faisaient tous ces gens cohabitant sur seulement quelques acres de terre. Une charrette grinçante passa ; un homme vint attacher quatre chevaux non loin de l'écurie et deux d'entre eux commencèrent à se mordre l'un l'autre. En conséquence de quoi, trois hommes se mirent à hurler en faisant claquer leurs fouets. Cependant, personne n'accorda un seul regard à la silhouette retirée dans l'ombre et dont la tête était à moitié dissimulée sous un plaid.

Elizabeth monta en selle et suivit nonchalamment la charrette qui franchissait les portes de Larenston. Comme le conducteur la devançait, elle adressa un signe de la main aux gardes. Ceux-ci ne se trouvaient là que pour empêcher des entrées indésirables : les sorties ne les intéressaient visiblement pas.

Le seul chemin pour quitter la forteresse était un bras de terre étroit et vertigineux, entre mer et ciel. Le cœur d'Elizabeth, qui battait déjà à tout rompre, menaça d'exploser dans sa poitrine. La charrette devant elle était d'une étroitesse peu commune, néanmoins ses roues atteignaient juste les bords du précipice — le moindre faux mouvement pouvait être fatal.

Une fois sur la terre ferme, Elizabeth eut deux bonnes raisons de pousser un soupir de soulagement : elle avait réussi à traverser cet effrayant passage et, plus important encore, aucune alerte n'avait été donnée.

Le conducteur de la charrette jeta un coup d'œil par-dessus son épaule et lui sourit.

— Toujours content quand je sors de cette route. Tu vas dans cette direction ?

La route la plus facile était droit devant mais longeait des fermes, et Elizabeth ne tenait pas à rencontrer qui que ce soit. A droite, il y avait la falaise par laquelle elle était arrivée. Chevaucher à flanc de falaise, de nuit...

— Non, répondit-elle du ton le plus rugueux qu'elle put.

De toute évidence l'homme aurait voulu bavarder s'ils avaient fait route ensemble. Elle désigna la falaise du doigt.

— Ah, ces jeunes imprudents ! dit l'inconnu avec un petit rire. Eh bien, bonne chance. La lune est claire, mais fais quand même attention.

Sur ce, il fit claquer son fouet et s'éloigna.

Elizabeth ne perdit pas de temps à écouter sa peur et lança la jument au galop, vers le vide obscur devant elle. De nuit, cette route lui parut encore plus effrayante que dans son souvenir. Et quand le cheval commença à s'agiter, elle n'hésita pas à mettre pied à terre pour le conduire par la bride.

— Que Miles Montgomery soit maudit ! marmonna-t-elle.

Pourquoi avait-il fallu qu'il vienne dans un endroit aussi sauvage ? S'il voulait garder quelqu'un prisonnier, il aurait dû le faire dans des conditions plus civilisées.

Un hurlement proche la figea. En haut de la falaise, trois silhouettes de loups se détachaient. La gueule penchée vers elle, ils la suivaient des yeux. Comme le cheval donnait à nouveau des signes de nervosité, Elizabeth enroula les rênes autour de son poignet avant de se remettre à marcher. Les loups avancèrent aussi. Un quatrième vint se joindre au groupe.

Elizabeth avait l'impression d'avoir parcouru une interminable distance, mais le bout du passage n'était toujours pas visible. S'appuyant un moment contre la paroi, elle tenta d'apaiser les battements de son cœur.

Les loups, semblant croire que leur victime se rendait, grognèrent de concert. Le cheval rua, arrachant les rênes des mains d'Elizabeth et lui faisant perdre l'équilibre. En tentant d'éviter la chute, elle glissa et se retrouva la moitié du corps dans le vide. Tandis que la jument libérée partait au galop, Elizabeth se força à ne pas bouger. Elle devait avant tout se ressaisir et réfléchir calmement.

Au bout d'un moment, les mains agrippées au bord de la falaise, elle ramena avec précaution une jambe sur la terre ferme, l'autre restant toujours pendue dans le vide. Le menton collé au sol, elle avança le bras gauche et des pierres se détachèrent sous elle. Avec un hoquet de terreur, elle bougea son pied droit pour essayer de trouver un appui — mais ce fut peine perdue. D'autres pierres se détachèrent et elle comprit qu'elle devait agir vite.

Utilisant toute la force de ses bras, elle se hissa en faisant pivoter ses hanches. Quand enfin son autre genou toucha terre, ses yeux s'emplirent de larmes de soulagement. Centimètre par centimètre, elle ramena son corps endolori sur le chemin et rampa jusqu'à la paroi contre laquelle elle s'assit. Un flot de larmes coulait sur ses joues, ses bras et ses genoux étaient ensanglantés et douloureux.

Mais elle ne s'accorda pas un long répit. Bientôt sa disparition serait découverte et elle devait prendre de l'avance sur ses ennemis.

Une fois debout, elle sentit que ses blessures étaient plus graves qu'elle n'avait cru. Sa jambe gauche était raide, la cheville parcourue d'atroces élancements de douleur. Quand elle voulut sécher ses larmes, elle vit que ses mains étaient pleines de sang.

Ne lâchant pas le contact avec la muraille rocheuse, elle poursuivit néanmoins sa route.

Lorsqu'elle eut terminé sa lente traversée, la lune avait disparu. Mais elle fut satisfaite plutôt qu'effrayée de l'espace obscur qui s'ouvrait devant elle. Resserrant le plaid sur sa poitrine, elle ignora la faiblesse de ses jambes et continua d'avancer.

Quand deux points lumineux, à hauteur de son torse, surgirent devant elle, Elizabeth se figea, cherchant du regard une arme pour se défendre. Pendant un moment, elle ne quitta pas les yeux de l'animal — jusqu'à ce que ce dernier bouge. La bête était sur le point de la toucher quand elle s'aperçut qu'il s'agissait du chien de Scarlett.

Il hocha la tête d'un air comique et elle faillit pleurer de soulagement.

— Tu as tué les loups, n'est-ce pas ? dit-elle. Tu es un bon chien. Es-tu mon ami ?

Elle avança la main avec hésitation, et fut récompensée par un coup de langue. Comme elle le caressait affectueusement, il la poussa dans la direction du chemin de la falaise.

— Non, mon chien, murmura-t-elle. Je veux aller par là, pas retourner chez Scarlett.

Le chien aboya en entendant le nom de sa maîtresse.

— Non ! dit-elle fermement.

Il la regarda, comme s'il pesait ses paroles, puis se tourna vers la forêt.

— Brave chien, sourit-elle. Peut-être me conduiras-tu hors de cet endroit. Emmène-moi dans un autre clan qui me rendra à mon frère en échange d'une récompense.

Elle le suivit, mais quand elle commença à trébucher, il s'arrêta et vint se caler sous son bras pour lui servir d'appui.

— Quel est ton nom ? murmura-t-elle d'une voix lasse. George, Oliver, ou quelque nom écossais que je n'ai jamais entendu ?

Le chien ralentit encore le pas pour s'adapter au sien.

— Que penses-tu de Charlie ? J'aime assez ce prénom.

Sur ce, elle s'effondra sur lui, endormie ou peut-être évanouie. Il la flaira, frotta son museau contre son cou, lécha le sang sur son visage, mais comme il n'obtenait aucune réaction il se coucha à son tour et s'endormit.

Le soleil était haut dans le ciel quand Elizabeth se réveilla. La première chose qu'elle vit fut la grosse tête poilue du chien qui la regardait d'un air interrogateur et inquiet. Elle remarqua une vilaine blessure couverte de sang séché sous l'un des yeux de l'animal.

— Tu as été blessé en combattant les loups ? dit-elle en lui souriant.

Elle voulut se lever, mais ses jambes se dérobèrent sous elle et elle se rattrapa de justesse à l'encolure de son nouveau compagnon.

— Heureusement que tu es fort, Charlie, déclara-t-elle en s'appuyant sur son dos pour se redresser.

Quand elle fut enfin debout et s'examina, un petit cri plaintif lui échappa. Une partie de sa jupe avait glissé de sa taille et pendait lamentablement. Son genou gauche, gravement écorché, saignait encore, et le droit avait la chair à vif. Refusant de voir l'état de ses bras, elle les recouvrit avec le plaid, puis porta machinalement la main à ses cheveux. Elle la retira vivement quand ses doigts touchèrent les croûtes de sang séché.

— Peux-tu trouver de l'eau ? demanda-t-elle au chien. Eau ?

Il s'élança aussitôt à travers le paysage rocheux, puis revint quand il s'aperçut qu'Elizabeth avait du mal à le suivre. Progressant plus lentement, il la conduisit à une petite rivière où elle se nettoya du mieux qu'elle put. Elle tenait à être présentable lorsqu'elle rencontrerait ses libérateurs.

Ils marchèrent pendant des heures, suivant toujours les rochers et rencontrant parfois quelques arbres. A un moment, des bruits de chevaux se firent entendre et Elizabeth se cacha, entraînant le chien avec elle. Elle n'avait aucun moyen de le retenir s'il décidait de la quitter, mais pour l'instant il semblait se réjouir de sa compagnie.

Au crépuscule, le peu de forces qui lui restaient l'avaient abandonnée et elle ne réagit même pas quand le chien commença à aboyer contre quelque chose d'encore invisible.

— C'est sans doute Miles ou ta maîtresse, dit-elle d'une voix faible avant de glisser au sol et de fermer les yeux.

Quand elle les rouvrit, un inconnu d'une imposante carrure se tenait au-dessus d'elle, les mains sur les hanches. Le soleil couchant formait un halo brillant autour de ses cheveux gris et découpait des ombres inquiétantes sur son rude visage.

— Eh bien, Rab, dit-il d'une voix profonde en caressant le chien, que m'as-tu ramené cette fois ?

— Ne me touchez pas, murmura Elizabeth quand il se pencha vers elle.

— Vous n'avez rien à craindre de moi, jeune

dame. Je suis le MacGregor et vous êtes sur mes terres. Pourquoi le chien de Scarlett est-il avec vous ?

Il fixait ostensiblement ses vêtements anglais.

Elizabeth était épuisée et affamée, mais pouvait encore réfléchir. La façon dont cet homme avait prononcé le nom de Scarlett montrait qu'il était son ami. Des larmes coulèrent sur ses joues. Elle avait échoué. Aucun ami des MacArran ne la renverrait en Angleterre, et le fait qu'un Montgomery ait capturé Roger pouvait provoquer une guerre privée.

— Ne pleurez pas, jeune fille. Vous serez bientôt en sécurité, dans une agréable maison. On vous soignera, on vous donnera à manger et... Que diable !

Comme il s'était rapproché d'elle, Elizabeth lui avait vivement subtilisé son poignard et essayé de le lui planter dans le ventre. Mais sa trop grande faiblesse lui fit manquer son coup.

Lachlan MacGregor recula, lui arracha l'arme de la main et la hissa d'un seul mouvement sur son épaule.

— Ne me causez plus de problèmes, jeune fille, ordonna-t-il tandis qu'elle se débattait. En Ecosse on n'a pas l'habitude de remercier quelqu'un en le poignardant.

Il la jeta sans ménagement en travers de son cheval, siffla Rab et partit au galop.

9

Elizabeth était seule, enfermée dans une spacieuse chambre du château MacGregor. Le mobilier se résumait à un immense lit, un coffre et trois chaises, et la grande cheminée remplie de bûches n'avait pas été allumée.

Enveloppée dans le plaid de Scarlett, la jeune femme était blottie sur une chaise, ses genoux endoloris repliés sur sa poitrine. Plusieurs heures s'étaient écoulées depuis que le MacGregor l'avait jetée dans cette pièce, lui adressant à peine un regard avant de la laisser. On ne lui avait apporté ni nourriture, ni eau pour se laver, et le chien, Rab, avait disparu dès qu'ils avaient été en vue de la forteresse MacGregor. Trop épuisée pour dormir, l'esprit tourmenté, Elizabeth ne parvenait pas à trouver le repos.

Quand la voix familière lui parvint à travers l'épaisse porte de chêne, sa première réaction fut le soulagement. Mais elle se ressaisit bien vite. Avait-elle oublié que Miles Montgomery était son ennemi ?

Lorsqu'il pénétra dans la chambre, elle était prête à le recevoir. S'emparant d'une chope en argent posée sur le manteau de la cheminée, elle la lui lança à la tête.

Miles intercepta l'objet de la main gauche et continua d'avancer.

Elle lui jeta alors un petit écusson accroché au mur, qu'il attrapa de sa main droite.

Avec un sourire de triomphe, Elizabeth saisit un heaume cabossé sur la cheminée et le brandit au-dessus d'elle pour le projeter avec plus de force. Miles n'avait plus une main libre pour se défendre.

Mais avant qu'elle pût mettre son attaque à exécution, Miles se trouvait devant elle et l'attirait à lui.

— J'étais horriblement inquiet pour vous, murmura-t-il, le visage tout contre le sien. Pourquoi vous être enfuie ainsi ? L'Ecosse n'est pas l'Angleterre. C'est un pays dangereux.

Il ne la tenait pas très fort, du moins pas assez pour lui donner envie de se débattre, mais elle ressentait le curieux désir qu'il la serre dans ses bras. Cependant, choquée par l'absurdité de ses paroles, elle s'écarta de lui.

— J'ai été attaquée par des loups, j'ai failli tomber d'une falaise, un homme m'a transportée comme un vulgaire sac de grains et *vous* venez *me* dire que ce pays est dangereux !

Miles lui caressa la joue et elle ne se déroba pas à son contact. Une inhabituelle lueur brillait dans ses yeux.

— Elizabeth, vous vous créez vos propres problèmes.

— Je n'ai pas demandé à être livrée à mon ennemi, ni à être emmenée dans ce pays hostile. Quant à cet homme...

— Le MacGregor était plutôt furieux que vous

l'ayez menacé d'un couteau. Il y a quelques mois de cela, Scarlett a bien failli le tuer en employant la même arme.

— Mais ils semblent être amis...

La porte s'ouvrit à cet instant devant deux Ecossais bien bâtis transportant un grand baquet en chêne. A leur suite, une douzaine de femmes apportaient des seaux d'eau chaude. La dernière tenait un plateau avec trois carafes et deux coupes.

— Connaissant votre répugnance à vous laver, j'ai pris la liberté de demander un bain à votre place, déclara Miles en souriant.

Elizabeth ne répondit pas et, la tête haute, se dirigea vers la froide cheminée.

Quand ils furent à nouveau seuls, Miles vint poser une main sur son épaule.

— Allez prendre ce bain tant qu'il est chaud, Elizabeth.

Elle fit brusquement volte-face.

— Pourquoi vous imaginez-vous avoir droit à mon estime ? Je me suis échappée de Larenston pour vous fuir, mais vous croyez qu'il vous suffit d'apparaître pour que je me pâme dans vos bras. Quelle différence cela fait-il que je sois prisonnière du MacGregor ou d'un Montgomery ? Et si vous voulez la vérité, je préfère encore le MacGregor.

Les yeux de Miles s'assombrirent dangereusement.

— Je pense qu'il est temps de clarifier certaines choses entre nous, déclara-t-il, les dents serrées. Je me suis montré plus que patient jusqu'à présent. Je n'ai rien dit quand vous avez blessé sir Guy. J'ai partagé mon fils avec vous. Je n'ai pas non plus réagi quand vous avez mis tout le clan MacArran sens dessus dessous et que vous avez presque blessé le MacGregor, compromettant du même coup la trop récente et fragile paix entre les MacGregor et les MacArran. Vous rendez-vous compte que vous n'avez pas été loin de détruire ce que Stephen a mis un an à construire ? Et regardez-vous, Elizabeth ! Vous êtes-vous seulement vue ? Vous êtes couverte de sang séché, épuisée, amaigrie... Je crois que le moment est venu de ne plus vous laisser agir à votre guise.

— A ma guise ! répéta-t-elle, interloquée. Je ne veux pas être prisonnière ! Comprenez-vous cela ? Ou est-ce trop compliqué pour votre esprit étroit ? Je veux rentrer chez moi, retrouver mes frères, et je ferai tout pour y arriver.

— Chez vous ! ironisa-t-il avec amertume. Est-ce chez vous que l'on vous a appris à briser les doigts des hommes et à utiliser si efficacement un couteau ? Qu'est-ce qui vous a mis dans la tête que tous les hommes étaient des démons ? Pourquoi ne supportez-vous pas le moindre contact avec eux ?

Pendant un moment, Elizabeth se contenta de le regarder, l'air renfrogné.

— Edmund est mort, murmura-t-elle finalement.

— Jusqu'à quand refuserez-vous d'ouvrir les yeux, Elizabeth ? demanda-t-il d'une voix douce. Ne verrez-vous toujours que ce que vous avez envie de voir ? (Poussant un profond soupir, il lui tendit la main.) Venez prendre votre bain avant qu'il ne soit froid.

— Non. Je ne veux pas prendre de bain.

Comme d'habitude, l'extraordinaire rapidité de Miles la prit de court.

— Ma patience est à bout, Elizabeth, dit-il en arrachant le plaid humide qui la recouvrait. A partir de maintenant, vous allez apprendre à être obéissante — et confiante. Je ne vous ferai pas de mal ; je n'ai *jamais* maltraité une femme, mais je ne peux pas vous permettre plus longtemps de vous torturer vous-même.

Sur ce, il déchira le devant de sa robe, dénudant ses seins.

Elizabeth poussa un cri et, croisant les bras sur sa poitrine, bondit en arrière. Miles la rattrapa sans peine et la déshabilla en un éclair. Il ne sembla porter aucune attention à son corps nu tandis qu'il l'emportait dans ses bras pour la déposer doucement dans l'eau chaude.

Sans un mot, il saisit un gant de toilette et commença à lui nettoyer délicatement le visage.

— Si vous bougez, vous aurez du savon dans les yeux, la prévint-il pour la forcer à se tenir tranquille.

Elle garda un silence obstiné tandis qu'il savonnait son cou et descendait presque jusqu'à ses seins. Grâce au ciel, la mousse dissimulait ses joues rouges de honte.

— Comment vous êtes-vous blessée ? demanda-t-il sur le ton de la conversation, tout en nettoyant avec précaution son genou écorché.

L'eau chaude commençait à détendre Elizabeth et elle ne voyait aucune raison de ne pas raconter ses mésaventures à Miles. Fermant les yeux, elle lui relata la nuit passée sur le flanc de la falaise. Au bout d'un moment, Miles lui glissa une coupe de vin dans la main et elle la porta à ses lèvres assoiffées. L'alcool lui monta immédiatement à la tête et, comme plongée dans un rêve, elle poursuivit son récit.

— Rab est resté avec moi, conclut-elle en buvant

encore. Il a compris que je ne voulais pas retourner chez Scarlett, mais au lieu de cela il m'a emmenée chez l'ami de Scarlett.

Le vin la relaxait tellement qu'elle ne ressentait plus aucune colère, ni contre le chien ou le MacGregor ni contre qui que ce soit d'autre.

— Miles, dit-elle, inconsciente du plaisir qu'elle lui procurait en utilisant son prénom, pourquoi ne battez-vous pas les femmes ? Je n'arrive pas à croire que j'ai rencontré un homme n'usant pas de sa force pour parvenir à ses fins.

Il était en train de lui laver doucement les pieds.

— J'use peut-être d'une autre sorte de force.

Il n'en dit pas plus, et ils restèrent un long moment silencieux. Elizabeth ne s'était pas rendu compte qu'il avait rempli sa coupe au fur et à mesure qu'elle la vidait, et qu'elle avait en conséquence presque bu une carafe entière.

— Pourquoi avez-vous refusé de parler franchement à votre frère, ce matin ? Ou était-ce hier matin ?

Le fait qu'il s'arrête momentanément de la laver fut le seul signe qu'il avait entendu sa question. Elle ne lui avait jamais rien demandé d'aussi personnel auparavant, ni montré autant d'intérêt.

— Mes trois frères sont têtus comme des ânes. Gavin n'écoute que lui-même et Raine s'imagine être le martyr de toutes les causes perdues.

— Et Stephen ? demanda-t-elle, buvant une autre gorgée et le regardant à travers ses yeux à demi fermés.

Ses mains sur elle lui procuraient une sensation tellement agréable...

— Stephen fait croire à tout le monde qu'il est le plus conciliant des hommes, mais il agit finalement toujours à son idée. Scarlett a été la seule personne dont il a daigné considérer le point de vue, mais ce n'était pas gagné d'avance. Elle a obtenu cela en luttant d'arrache-pied contre lui — et elle lutte encore. Stephen prend trop à la légère ce qui est parfois vital pour Scarlett.

Elizabeth considéra un moment ces informations.

— Et vous êtes leur petit frère. Pour eux, vous étiez quelqu'un qu'il fallait éduquer et protéger.

— Vous aussi, vous étiez traitée ainsi, n'est-ce pas ? demanda-t-il dans un murmure.

Le vin et la chaleur déliaient la langue d'Elizabeth.

— Roger croit que je n'ai qu'un quart de cerveau. Une moitié manque parce que je suis une femme et le reste parce qu'il a le souvenir de moi emmaillotée dans des langes. Quand je lui racontais comment me traitait Edmund, il hésitait entre me croire ou non. Ou peut-être préférait-il ne pas savoir de quoi était capable son propre frère... Au diable tout cela ! lança-t-elle soudain en se dressant hors de l'eau et en jetant violemment sa coupe contre le mur. Je *suis* une moitié de femme. Savez-vous ce que je ressens quand je vois Scarlett et votre frère rire, se regarder amoureusement et se voler des caresses quand ils croient qu'on ne les regarde pas ? A chaque fois qu'un homme me touche, je...

Elle se tut, les yeux grands ouverts, la tête vacillant sous l'effet de l'alcool.

— Faites-moi l'amour, Miles Montgomery, murmura-t-elle d'une voix altérée.

— J'en avais l'intention, dit-il en la prenant dans ses bras, la gorge nouée d'émotion.

Quand il l'embrassa, elle lui rendit son baiser avec une passion décuplée par la rage d'avoir si longtemps été écartée de l'amour. Pendant que les autres femmes apprenaient à se laisser courtiser, Elizabeth avait appris à manier le poignard pour se défendre des amis de son frère. Et pour quoi avait-elle préservé sa précieuse virginité ? Pour le couvent ? Pour une vie où elle s'endurcirait un peu plus chaque jour, jusqu'à devenir aussi insensible qu'une pierre — une vieille femme solitaire et inutile ?

Miles s'écarta légèrement d'elle pour mieux contrôler la situation et éviter qu'Elizabeth, emportée par sa fougue, ne se fasse mal. Il caressait son dos humide, redessinant du bout des doigts chacun de ses contours. Il déplaça sa bouche jusqu'au coin de ses lèvres, s'y attardant un peu avant de glisser sur sa joue, tandis que ses mains continuaient à jouer avec sa peau.

Elizabeth rejeta la tête en arrière et Miles lui mordilla délicieusement le cou puis l'épaule. Peut-être était-ce pour cela qu'elle n'avait jamais permis à un homme de la toucher. Peut-être avait-elle toujours su qu'à moins de se débattre comme une diablesse elle succomberait ainsi — volontairement, sans réserve.

— Miles, souffla-t-elle, Miles.

— Toujours, murmura-t-il tout contre son oreille.

D'un seul mouvement, il la hissa hors de l'eau et l'emmena sur le lit. Elle était mouillée, ses cheveux froids lui collaient au corps, mais Miles l'enveloppa dans une serviette et commença à la frictionner. Une nouvelle vague de désir envahit Elizabeth. Partout où Miles la touchait, elle aurait voulu que ce soit encore plus, comme si le manque de toute une vie réclamait d'un coup son tribut.

Sans qu'elle sache comment, Miles fut soudain nu

à ses côtés, sa peau dégageant une chaleur irrésistible.

— Je vous appartiens, Elizabeth, comme vous m'appartenez, murmura-t-il en lui prenant la main pour la poser sur son torse.

— Comme vous êtes poilu ! dit-elle avec un petit rire.

Enfouissant les doigts dans la toison noire, elle attira Miles vers elle. Avec obéissance, il accepta sa volonté et vint se presser contre son corps doré.

— Comment est-ce ? demanda-t-elle avec anxiété.

— Vous le saurez bientôt, répondit-il en souriant. Quand nous ne ferons plus qu'un, il n'y aura plus de peur dans vos yeux.

— Ne faisons plus qu'un, murmura-t-elle tandis que Miles lui embrassait le cou.

Il s'y attarda longtemps avant de glisser sur son bras, explorant avec sa bouche chaque parcelle de peau. D'étranges frissons parcouraient Elizabeth par vagues de plus en plus fortes. Immobile, les yeux fermés, complètement abandonnée, elle laissait Miles l'emporter vers un monde de sensations inconnues. Ces puissantes mains, capables de tenir une épée, de consoler un enfant, de maîtriser un cheval fougueux, étaient en train d'embraser son corps, lentement, avec une infinie douceur.

Quand il quitta ses seins pour lui caresser la joue, elle saisit entre ses lèvres ces doigts à la fois si forts et délicats, jouant avec eux, les mordillant, les prenant dans sa bouche avec amour. Elle sentit son cœur s'affoler de bonheur en entendant Miles pousser des gémissements de plaisir.

— Elizabeth, souffla-t-il. Elizabeth... Comment ai-je pu attendre si longtemps ?

D'instinct, elle se cambra sous lui, soudain impatiente de le recevoir tout entier, mais il en décida autrement. Revenant à ses seins, il l'amena à un point d'excitation tel qu'elle faillit tomber du lit. Miles fut secoué d'un rire qui sembla envelopper le corps d'Elizabeth, comme un voile chaud et lumineux. L'amour et la joie, voilà ce que Miles avait apporté à sa vie.

Ses lèvres expertes sur ses seins poursuivirent leur douce torture, tandis qu'il saisissait ses hanches, les caressant, les hissant graduellement vers lui en leur imprimant un lent mouvement de va-et-vient.

Elizabeth s'accorda naturellement à ce rythme sensuel. Sa respiration s'accéléra, devint plus profonde et bientôt plus rien n'exista que le corps dur et sculptural qui se mouvait au-dessus d'elle, l'amenant inexorablement à lui.

— Miles, murmura-t-elle en enfouissant les mains dans ses cheveux pour attirer son visage.

Il s'empara de sa bouche, en un baiser mêlé de passion et de tendresse qui acheva de la conquérir. Faisant glisser ses jambes autour de sa taille, elle s'agrippa à ses hanches, l'appelant de tout son être, et il la pénétra.

Son désir de lui était si grand qu'elle ne ressentit aucune douleur, mais tout son corps trembla sous la puissance de cette sensation nouvelle. Miles resta immobile en elle, tremblant légèrement lui aussi, attendant que ce soit elle qui se donne à lui et commence à bouger au rythme que ses mains lui avaient appris.

Ils firent l'amour lentement, ensemble. Bientôt, Elizabeth se perdit dans un océan de passion dont elle n'avait jamais soupçonné l'existence. Miles la conduisit de plus en plus vite sur cette mer déchaînée, jusqu'à ce qu'ils atteignent au même moment les rives de l'extase. Elizabeth poussa un cri mêlé de plaisir et de peur quand elle sentit son corps se convulser, lui échapper, n'appartenir qu'à Miles.

— Tout doux, murmura Miles en se dressant sur un coude pour lui caresser le visage. Tout doux, mon ange. Vous n'aurez plus peur, maintenant.

Il se dégagea doucement d'elle pour la prendre dans ses bras.

— Mon petit ange, murmura-t-il encore. Mon ange de pluie et de lumière.

Elizabeth n'entendit pas complètement ce qu'il disait, mais pour la première fois de sa vie elle se sentait en sécurité. Elle sombra dans un profond sommeil, blottie tellement fort contre Miles qu'elle pouvait à peine respirer.

Quand elle s'éveilla, Elizabeth s'étira paresseusement, sentant chacun de ses muscles bouger sous sa peau. Une petite grimace lui échappa au contact du drap sur ses genoux écorchés. La première chose qu'elle vit en ouvrant les yeux fut la table remplie de plats fumants. Elle n'avait jamais été aussi affamée de sa vie. Saisissant au sol le plaid de Scarlett, elle le jeta négligemment sur ses épaules et se dirigea vers la table.

Elle avalait une délicieuse bouchée de saumon quand la porte s'ouvrit devant Miles. Elizabeth se figea, tandis que le souvenir de la nuit passée resurgissait. Miles la regardait d'un air si *entendu* qu'elle sentit une rage folle l'envahir. Mais avant qu'elle ait pu clarifier ses propres sentiments, il commença à enlever tout naturellement les vêtements écossais qu'il portait.

Quel droit avait-il... ! songea-t-elle en cherchant les mots pour exprimer son indignation. Mais il avait effectivement tous les droits, désormais. Après son comportement de cette nuit, il pouvait penser le pire à son sujet. Cependant, elle tenait à balayer cette expression de son visage.

Sans vraiment réfléchir, elle avisa une superbe tarte chaude, glissa la main sous le plat et, en souriant, les yeux plantés dans ceux de Miles, la projeta droit sur lui. Ne s'attendant pas du tout à recevoir un tel missile, Miles ne put l'éviter. La tarte percuta le haut de son torse, éclaboussa ses joues et dégoulina sur sa poitrine en une chaude coulée de cerises juteuses.

Elizabeth ignorait ce qui allait se passer maintenant, mais elle était au moins sûre d'avoir fait disparaître cette dégoûtante expression des yeux de Miles. Il était totalement sous le choc. Réprimant un éclat de rire, Elizabeth lui jeta deux autres tartes, atteignant sa hanche nue avec l'une et la chaise derrière lui avec l'autre.

Miles la fixa d'un air étrange, termina de se déshabiller et s'avança vers elle.

Le plaid glissa des épaules d'Elizabeth, tandis qu'elle lançait tous les desserts à portée de sa main. Une pointe de panique s'était emparée d'elle : elle n'aurait pu l'affirmer, mais il y avait comme une lueur meurtrière dans le regard gris de Miles.

Il continuait d'avancer, indifférent aux projectiles qui tapissaient progressivement son corps d'un mélange coloré de pêches, cerises, pommes, dattes et autres ornements parfumés.

Quand il fut juste en face d'Elizabeth, ses yeux se plantèrent dans les siens et elle n'osa plus bouger. Puis il sauta par-dessus la table pour s'asseoir à côté d'elle. Retenant son souffle, elle leva le regard vers lui. Mais à cet instant, une grosse cerise juteuse glissa de son front à son nez, où elle resta quelques instants en équilibre instable avant d'aller s'écraser au sol. Elizabeth ne put cette fois retenir un petit rire.

Lentement, tendrement, Miles l'attira dans ses bras.

— Ah, Elizabeth, vous êtes un tel bonheur pour moi.

Tandis que ses lèvres s'approchaient des siennes, Elizabeth ferma les yeux, ne se souvenant que trop des sensations de la nuit dernière. Il se pencha en arrière, la tenant toujours serrée contre lui, et elle s'abandonna à sa force. Il n'avait qu'à la toucher pour que tout son corps en frémisse.

Mais aucun baiser n'atteignit ses lèvres. A la place, une sirupeuse tarte aux pêches vint s'aplatir sur son visage. Ouvrant de grands yeux étonnés, elle aperçut entre deux morceaux de pêche la démoniaque figure de Miles.

Avant qu'elle ait pu protester, il la soulevait et l'allongeait sur la table — la plantant en plein milieu du deuxième plateau de tartes. Le jus des fruits se colla à ses jambes, englua ses cheveux, glissa jusqu'à son dos.

D'un air dégoûté, elle se frotta les mains l'une contre l'autre, mais le sucre resta collé. En désespoir de cause, elle décida de manger les deux tranches de pommes accrochées à son poignet.

— Un peu trop sucrées, nota-t-elle sérieusement

en regardant Miles. Il faudra peut-être le signaler à la cuisinière.

Nu devant elle, il était évident que Miles n'avait pas du tout l'esprit à des considérations culinaires. Elizabeth ouvrit de grands yeux de consternation moqueuse et tendit les bras vers son amant couvert de sucre.

Quand elle lui embrassa le cou et se recula vivement pour éviter d'avaler un noyau de cerise, ils éclatèrent de rire. Puis Miles commença à manger bruyamment le front au goût de pêche d'Elizabeth, tandis qu'elle entreprenait de déguster ses épaules à la prune.

L'enveloppant dans ses bras, il roula sur le dos, semant un peu plus la pagaille sur la table. Puis il pénétra en elle et ils s'aimèrent avec fougue, changeant plusieurs fois de position pour finalement retomber, épuisés et meurtris, parmi la vaisselle éparpillée.

Elizabeth resta couchée sur lui, immobile, vidée de ses forces, se sentant totalement incapable de bouger.

Avec un grognement, Miles se dressa pour enlever un bol de sous son dos et le jeter par terre.

— Vous n'êtes pas beau à voir, Miles Montgomery, dit Elizabeth en lui souriant et en lui ôtant l'œuf poché qui collait à ses cheveux.

— Vous n'êtes pas mal non plus...

Poussant un autre grognement, il extirpa une fourchette de dessous ses fesses.

— Que croyez-vous que votre MacGregor pensera de tout cela ? demanda-t-elle en se dégageant de lui.

Assise à côté de lui, jambes croisées, elle examina

la chambre. Les murs, le sol et les meubles étaient couverts de tartes écrasées et la table offrait un spectacle d'apocalypse. Avançant à quatre pattes, elle rampa parmi les plats renversés, poussa un cri aigu quand Miles lui caressa les fesses au passage, mais revint avec un saladier de poulet aux amandes et un morceau de pain.

Miles, toujours allongé sur le dos, se redressa sur un coude.

— Encore faim ? la taquina-t-il.

— Affamée.

Elle s'empara d'une cuillère coincée sous la cheville de Miles et s'attaqua au plat. Quand Miles leva vers elle un regard débordant de désespoir implorant, elle consentit à lui offrir une bouchée.

— N'y prenez pas trop goût, l'avertit-elle en lui donnant une autre cuillerée.

Miles se contenta de lui sourire et de lui baiser le bout des doigts.

Ils arrivèrent à trouver d'autres mets rescapés de la bataille. Et comme Miles ne daignait pas se nourrir seul, Elizabeth fut « forcée » de continuer à lui donner à manger.

— Inutile, voilà ce que vous êtes, déclara-t-elle en se grattant.

Le sucre sur son corps commençait à sécher et cela la démangeait horriblement.

— Ce dont vous avez besoin... murmura Miles en plantant de petits baisers le long de son bras... c'est...

— Je refuse d'entendre une seule de vos suggestions, Montgomery ! le prévint-elle. La nuit dernière vous m'avez enivrée et plongée de force dans un bain et maintenant... cela ! (Aucun mot ne pouvait décrire le désordre autour d'eux.) N'y a-t-il rien de normal en vous ?

— Rien, confirma-t-il en se levant nonchalamment et en commençant à se rhabiller. Il y a un lac, non loin d'ici. Que diriez-vous d'aller nager ?

— Je ne sais pas nager.

La saisissant par la taille, il la descendit de la table.

— Je vous apprendrai, dit-il si lascivement qu'Elizabeth éclata de rire et tenta de le repousser.

— Sous l'eau ? demanda-t-elle.

Comme Miles semblait considérer sérieusement la question, elle lui échappa des bras et courut se vêtir, glissant en route sur quelque chose de gluant et se rattrapant de justesse à la table. En un temps record, elle enfila une chemise safran, enroula un tartan autour de ses hanches et jeta un plaid sur ses épaules.

— Ai-je aussi mauvaise allure que vous ? s'enquit-elle alors que Miles lui enlevait de la nourriture des cheveux.

— C'est pire. Mais personne ne nous verra.

Sur cette mystérieuse parole, il se dirigea vers la tapisserie accrochée à l'autre bout de la pièce, la déplaça et révéla une cage d'escalier creusée dans la pierre. Prenant Elizabeth par la main, il l'entraîna dans l'obscur et froid passage.

10

Deux heures plus tard ils étaient lavés et Miles séchait Elizabeth à l'aide d'un plaid.

— Ces plaids sont très pratiques, n'est-ce pas ? murmura-t-elle en se drapant dans un tartan.

L'été écossais n'engageait pas à flâner en tenue d'Eve.

— Chez les Ecossais, de nombreuses choses allient l'utile à l'agréable. Il vous suffirait de vous intéresser à eux pour vous en rendre compte.

Elle arrêta de se frotter les cheveux.

— En quoi cela vous importe-t-il que j'aime ou non les Ecossais ? Je comprends que vous ayez envie de m'attirer dans votre lit, mais je ne saisis pas les raisons qui vous poussent à vous préoccuper de... mon bien-être.

— Elizabeth, si mon seul but avait été de coucher avec vous, je l'aurais fait le jour où l'on vous a livrée à moi.

— Et vous auriez perdu une partie de vous sous le tranchant de ma hache, rétorqua-t-elle vivement.

L'instant de stupeur passé, Miles éclata de rire.

— Vous et cette hache ! O Elizabeth, vous étiez si

charmante à voir, avec vos cheveux retombant sur votre jambe nue. Vous étiez...

— Je ne vois pas ce qu'il y avait de si risible, l'interrompit-elle avec raideur. Et je peux encore m'enfuir.

Cette dernière phrase le calma instantanément. Il l'attira au sol, à côté de lui.

— Je ne veux plus vivre de pareils moments. Rab avait disparu, nous avons découvert les cadavres des loups, et la jument que vous montiez est revenue blessée à la patte. Nous avons vraiment cru que vous étiez tombée de la falaise.

Elle le poussa car il la serrait au point de lui couper le souffle. Puis elle le regarda, les sourcils froncés. Elle avait toujours pensé qu'elle haïrait l'homme qui lui prendrait sa vertu, mais la haine était loin de ce qu'elle éprouvait pour Miles. Il y avait entre eux un véritable partage, comme s'il en avait été et en serait toujours ainsi.

— Est-ce toujours comme cela ? murmura-t-elle, le regard perdu dans le feuillage des arbres au-dessus d'eux.

Il y eut un moment de silence avant que Miles réponde.

— Non, dit-il, si doucement qu'elle l'entendit à peine.

Elle sentait qu'il avait compris de quoi elle parlait. Peut-être lui mentait-il, peut-être redeviendrait-il son ennemi le lendemain, mais en cet instant il ne l'était pas.

— Les jours comme celui-ci n'existaient pas du vivant de mon frère, commença-t-elle.

Puis elle se lança dans le récit de ses souvenirs. Bien qu'elle ait lutté contre Miles à chaque occasion, elle savait maintenant qu'elle n'avait jamais été en réel danger. Durant ces dernières semaines elle avait découvert la courtoisie, l'amour entre Scarlett et Stephen, celui entre Miles et son fils — et c'était bien la première fois qu'elle voyait des êtres s'aimer si simplement, s'offrir sans trop exiger en retour.

Au lieu de raconter toutes les atrocités commises par Edmund, elle parla des liens puissants l'unissant à ses deux autres frères. Roger était encore très jeune quand leurs parents avaient disparu, et qu'il s'était retrouvé soumis aux règles de son infâme frère. Il avait fait son possible pour protéger ses deux cadets, mais avait eu en même temps le légitime désir de vivre sa propre vie. A chaque fois que Roger avait relâché sa vigilance, Edmund était allé chercher Elizabeth dans son couvent et l'avait utilisée pour des jeux obscènes. Roger avait beau se repentir ensuite et jurer qu'il veillerait à ce que cela ne se reproduise plus, Edmund parvenait toujours à briser ses bonnes intentions par la ruse.

— Roger n'a jamais eu que nous, déclara Elizabeth. Il a vingt-sept ans, mais n'a pas encore rencontré l'amour. A cause de nous, il a perdu sa jeunesse.

— Et vous ? Ne pensiez-vous pas avoir droit à des distractions ?

— Des distractions. (Elle sourit et se blottit contre lui.) Je ne me souviens pas d'avoir ri avant qu'un certain jeune homme ne dévale une pente avec moi.

— Kit est un délicieux enfant, dit-il avec fierté.

— Kit ? Oh, je parlais de quelqu'un de plus grand qui, tout en roulant dans l'herbe, protégeait jalousement son épée.

— Vous l'aviez remarqué ? murmura-t-il doucement en glissant derrière son oreille une mèche de cheveux rebelle.

Ils restèrent un moment silencieux, Elizabeth le regardant d'un air intrigué.

— Vous n'êtes pas un ravisseur, déclara-t-elle finalement. Je vous ai observé et s'il y a une chose que vous sachiez faire c'est bien de respecter les femmes. Alors pourquoi ne me laissez-vous pas partir ? Est-ce parce que, comme vous dites, j'ai beaucoup de... problèmes ?

Elle avait prononcé ce dernier mot avec raideur. Considérant l'importance de sa question, Miles prit son temps pour lui répondre.

— Toute ma vie, je me suis réjoui de la compagnie des femmes. Rien ne me plaît plus que tenir une belle femme dans mes bras. Mes frères n'étaient pas loin de me considérer comme un homme amoindri, mais je suppose que l'on ne peut pas changer sa nature. Quant à vous, Elizabeth, vous m'avez fait découvrir quelque chose dont je ne soupçonnais pas l'existence — votre haine et votre colère contre les hommes. Ma belle-sœur Judith serait capable de diriger toute l'Angleterre, mais elle a néanmoins besoin de la force et de l'amour de mon frère. Scarlett aime les gens et peut obtenir ce qu'elle veut de quiconque, mais elle doute d'elle-même et a besoin de l'assurance obstinée de Stephen pour s'affirmer. (Il se tut un instant.) Mais vous, Elizabeth, vous êtes différente. Vous pourriez probablement vivre seule, sans même savoir ce que vous manquez de la vie.

— Alors pourquoi... pourquoi garder quelqu'un comme moi captif ? Une femme douce et docile vous conviendrait probablement davantage.

Il sourit en notant la pointe d'agressivité dans sa voix.

— A cause de votre passion, Elizabeth. Je pense que vous êtes la personne la plus passionnée de ce monde. Vous haïssez violemment et je suis sûr que vous aimerez avec autant de violence.

Elle fit un mouvement pour se lever, mais il la cloua au sol, son visage tout près du sien.

— Vous n'aimerez qu'une seule fois dans votre vie, poursuivit-il. Vous prendrez votre temps pour donner votre amour à un homme, mais quand cela sera fait, aucun pouvoir sur terre — ou en enfer — ne détruira cet amour.

Elle demeura immobile sous lui, subjuguée par ces étranges yeux gris qui la brûlaient au plus profond d'elle-même.

— Je veux être cet homme, dit-il avec douceur. Je veux plus que votre corps, Elizabeth Chatworth. Je veux votre cœur, votre esprit, votre âme.

Quand il se pencha pour l'embrasser, elle détourna la tête.

— Vous exigez beaucoup, Montgomery. Vous avez eu plus qu'aucun homme n'a jamais eu de moi — mais je ne pense pas avoir davantage à donner. Mon âme appartient à Dieu, mon esprit à moi-même et mon cœur à ma famille.

Il se leva et entreprit de se rhabiller.

— Vous m'avez demandé pourquoi je vous gardais prisonnière, et je vous ai répondu. Maintenant, nous allons retourner chez le MacGregor — où vous rencontrerez ses hommes — et vous lui présenterez vos excuses. Il n'a pas apprécié vos menaces.

Elizabeth, quant à elle, n'appréciait pas du tout l'attitude de Miles en cet instant précis.

— Il est l'ami des MacArran qui sont apparentés à mes ennemis, les Montgomery... (elle lui adressa un sourire tout miel)... de sorte que j'avais le droit de tout tenter pour me protéger.

— Je vous l'accorde, admit-il en lui tendant ses vêtements. Mais si le MacGregor ne se calme pas, cela pourrait causer de sérieux problèmes entre les clans.

L'air morose, Elizabeth commença à s'habiller.

— Je n'aime pas cela, marmonna-t-elle. Je ne pénétrerai pas sans arme dans une salle remplie d'hommes inconnus.

— Elizabeth, la rappela-t-il patiemment à l'ordre, vous ne pouvez pas brandir une hache à chaque fois que vous croisez un groupe d'hommes. En outre, ces Ecossais ont de très belles femmes. Vos charmes ne les captiveront peut-être pas assez pour les entraîner dans d'abominables actes de luxure.

— Ce n'est pas ce que je voulais dire ! jeta-t-elle en se détournant de lui. Vous moquerez-vous toujours... ?

Il l'interrompit en posant une main sur son épaule.

— Je n'ai pas l'intention de me moquer de vous, mais il est temps que vous discerniez plus justement la réalité. Je serai là pour vous protéger.

— Et qui me protégera de vous ?

Une étincelle éclaira le regard de Miles et il effleura ses seins.

— Vous serez sûrement satisfaite d'apprendre que personne ne vous protégera de moi.

Elle le repoussa et termina de s'habiller.

Les plans de Miles avaient soumis Elizabeth à une véritable torture. Lui tenant fermement le coude, au point de lui faire mal, il l'avait obligée à serrer la main de tous les hommes du MacGregor — c'est-à-dire au moins une centaine présents dans la grande salle du château. Une fois ce calvaire terminé, elle s'était lourdement laissée tomber sur une chaise et avait pris d'une main tremblante la coupe de vin que Miles lui avait tendue. Lorsqu'il l'avait félicitée comme on flatte un bon chien obéissant, elle lui avait adressé un sourire sarcastique qui lui avait valu un éclat de rire.

— Ce sera de plus en plus facile, avait-il déclaré avec assurance.

Cela devint en effet de plus en plus facile, mais cela nécessita plusieurs semaines d'efforts incessants. Miles ne lui permit jamais de s'écarter du but qu'il avait fixé pour elle. Il refusait qu'elle chevauche derrière les hommes, l'obligeant à regarder droit devant elle quand elle était tentée de tourner la tête pour s'assurer qu'il n'y avait pas de danger. Un jour, pendant une partie de chasse, Elizabeth fut accidentellement séparée de Miles. Trois MacGregor la rencontrèrent, se montrèrent très cordiaux envers elle, mais quand enfin elle rejoignit Miles ses yeux étaient emplis de terreur. Il la prit immédiatement dans ses bras pour la rassurer et, comme cela ne suffisait pas, il l'entraîna à l'écart pour lui faire l'amour.

Le seul homme du clan MacGregor contre lequel il la mit en garde fut Davy MacArran, le frère de Scarlett. Miles avait une antipathie prononcée pour ce « garçon » en fait plus âgé que lui. Et ce fut avec une certaine satisfaction qu'il rapporta comment ce dernier avait essayé de tuer sa propre sœur.

— Malgré leur incurable arrogance, mes frères

donneraient leur vie pour moi, comme je le ferais pour eux, déclara-t-il fièrement. Les individus qui attaquent leur propre famille ne sont pas dignes d'intérêt.

— C'est pourtant ce que vous attendez de moi, lui fit-elle remarquer. Vous voudriez que je renie mon frère et que je vous offre mon corps et mon âme.

Un éclair de colère dans les yeux, Miles quitta la chambre qu'ils partageaient.

Elizabeth regarda par la fenêtre les hommes se trouvant dans le cour. C'était une sensation étrange de penser qu'elle pouvait descendre se promener parmi eux sans courir aucun danger. Bien sûr, elle n'était pas pressée de le vérifier, mais l'envisager était assez agréable.

Elle aperçut le MacGregor et sa démarche orgueilleuse lui arracha un sourire. Scarlett, puis elle-même avaient porté une sérieuse atteinte à sa vanité et quand Miles l'avait pratiquement poussée devant lui il l'avait à peine regardée. Elizabeth, qui n'avait de sa vie jamais suscité une telle indifférence, s'était à son grand étonnement retrouvée en train de l'enjôler pour qu'il lui parle. Au bout de quelques minutes, elle l'avait senti céder sous son charme. Il aimait les jolies femmes et, vu son âge, devait se demander si la réciproque était encore vraie. Elizabeth avait très vite dissipé ses craintes.

Plus tard, Miles lui avait adressé un regard dégoûté.

— Il ne vous a pas fallu longtemps pour passer de la vierge effarouchée à la séductrice.

— Me trouvez-vous convaincante en séductrice ? l'avait-elle taquiné. Lachlan MacGregor est veuf. Peut-être...

Miles l'avait obligée à se taire en l'embrassant si durement qu'il avait failli la blesser. Un doigt posé sur sa bouche, elle l'avait suivi des yeux quand il s'était éloigné — et avait souri. Elle avait commencé à comprendre qu'elle possédait un certain pouvoir sur Miles, sans cependant mesurer l'exacte étendue de ce pouvoir.

A présent, tandis qu'elle observait les allées et venues dans la cour, des hommes portant la cocarde des MacArran arrivèrent à cheval. Les MacGregor gardèrent une attitude faussement nonchalante, mais chacun d'eux se prépara à tirer l'épée si cela s'avérait nécessaire. Miles sortit de la maison et se dirigea vers les MacArran.

Elizabeth regarda la scène un moment, puis quitta la fenêtre en soupirant et se mit à rassembler les affaires de Miles. Elle était certaine qu'ils allaient partir.

Miles entra peu après dans la chambre, s'immobilisa un instant en voyant ce qu'elle était en train de faire, puis vint l'aider.

— Mon frère Gavin est à Larenston.

— Avec Roger ? demanda-t-elle en interrompant sa tâche.

— Non. Votre frère s'est échappé.

Elle fit volte-face.

— Sain et sauf ? Il n'a pas été blessé ?

— Autant que je sache, il ne lui est rien arrivé de mal. (Il prit ses mains dans les siennes.) Elizabeth...

Elle le repoussa.

— Peut-être devriez-vous demander à une de ces jolies Ecossaises de ranger vos affaires, dit-elle d'une voix blanche avant de courir se réfugier dans le passage secret.

Malgré tous ses efforts pour ne pas pleurer, des larmes ne tardèrent pas à couler sur ses joues. Elle trébucha dans l'escalier obscur, faillit tomber et se retrouva finalement assise sur la pierre froide, provoquant les cris de protestation des rats qu'elle avait dérangés.

Sanglotant comme si sa vie était finie, elle savait pourtant qu'elle n'avait aucune raison de pleurer. Son frère, contrairement à elle, n'était plus prisonnier. Et si Gavin Montgomery s'était déplacé jusqu'en Ecosse, c'était sûrement pour ordonner à Miles de la libérer. Pas plus tard que demain, elle serait probablement en route pour chez elle. On ne la forcerait plus à serrer la main d'hommes inconnus. Elle ne serait plus captive, mais libre de retourner dans sa famille.

Un bruit au-dessus d'elle la fit se retourner et elle sut, bien que l'obscurité l'empêchât de voir, que c'était Miles. Impulsivement, elle tendit les bras vers lui.

Miles la serra si fort que le souffle lui manqua, mais elle s'accrocha à lui avec la même ferveur. Ils étaient comme deux enfants se cachant de leurs parents, effrayés par le lendemain, profitant le plus possible de l'instant présent.

Dans un même élan passionné, ils se déshabillèrent l'un l'autre, leurs corps se détachant à peine. La violence de leur union fut inhabituelle, Miles ayant toujours été si doux et attentif dans ces moments-là. Comme l'escalier de pierre heurtait durement le dos d'Elizabeth, Miles la saisit par les hanches et la ramena vers lui sans cesser de bouger en elle avec toute la puissance et la fougue de son désir. Elizabeth s'accorda à ce rythme, prenant appui sur ses pieds pour s'offrir avec toute la vigueur de son jeune corps.

Le plaisir fulgurant qu'ils atteignirent les laissa tremblants, comme deux naufragés après une tempête.

Miles fut le premier à se ressaisir.

— Nous devons y aller, murmura-t-il d'un ton las. Ils nous attendent.

— Oui. Le grand frère réclame son dû.

Même dans le noir, elle pouvait sentir que Miles la regardait.

— N'ayez pas peur de Gavin, Elizabeth.

— Le jour où une Chatworth aura peur d'un Montgomery... commença-t-elle avant que Miles ne l'interrompe d'un baiser.

— Je préfère entendre cela ! Maintenant, s'il vous est possible d'arracher vos mains de mon corps, il faut y aller.

— Oh, vous ! lança-t-elle en s'apprêtant à lui faire regretter ces paroles.

Mais avant qu'elle pût faire quoi que ce soit, il était déjà en haut de l'escalier. Elle poussa un gémissement de douleur en se levant, maudissant le cruel escalier et émergea dans la chambre, courbée en deux, une main appuyée sur ses reins. Le rire de Miles la fit se redresser péniblement.

— Si les femmes n'étaient pas toujours forcées de se retrouver sur le dos...

Elle s'interrompit net en apercevant le MacGregor à l'autre bout de la pièce.

— J'allais justement vous demander si vous aviez apprécié votre séjour parmi nous, lady Elizabeth.

Ses yeux brillaient tellement de malice qu'Elizabeth l'ignora et se replongea dans le rangement des bagages. Elle s'y absorba si bien qu'elle ne sentit pas le MacGregor se glisser derrière elle. Sa réaction fut vive quand il lui toucha l'épaule, mais Miles la saisit par le bras et lui adressa un regard d'avertissement.

— Nous sommes heureux de vous avoir connue, Elizabeth, déclara le MacGregor en remplaçant la simple épingle qui retenait son plaid à l'épaule par une broche en argent, frappée de la bannière des MacGregor.

— Merci, dit-elle avant de l'embrasser rapidement sur la joue, au grand étonnement des deux hommes.

— J'espère que vous reviendrez me voir, ajouta le MacGregor.

— Je le ferai, assura-t-elle en lui souriant.

Ils descendirent tous trois dans la cour où des chevaux les attendaient. Elizabeth regarda une dernière fois les guerriers MacGregor, sachant déjà qu'ils allaient lui manquer. Dans un mouvement impulsif qui ne manqua pas de la surprendre, elle serra même la main de certains d'entre eux. Miles restait à ses côtés et elle était consciente de sa présence rassurante, mais la peur qu'elle éprouvait à toucher ces hommes n'était juste que cela — de la peur, pas de la terreur.

Quand elle eut terminé, elle monta en selle. A sa suite chevaucheraient les hommes de Scarlett, une fois de plus des inconnus. Pourquoi devait-elle quitter cet endroit, juste au moment où elle commençait à prendre confiance ? songea-t-elle avec une soudaine envie de pleurer.

Miles se pencha pour serrer sa main dans la sienne.

— Souvenez-vous que je suis là, dit-il.

Elle hocha la tête, éperonna son cheval, et ils partirent.

Pour combien de temps serez-vous là ? avait-elle envie de lui demander. Elle savait beaucoup de choses sur Gavin Montgomery. C'était un individu avide et perfide, dont l'infidélité avait fait perdre la raison à Alice Chatworth. Il dirigeait la famille Montgomery et ne laisserait pas son jeune frère agir à sa guise. Roger était tenu responsable de la mort de Mary Montgomery. Gavin utiliserait-il Elizabeth pour se venger des Chatworth ?

— Elizabeth, qu'avez-vous en tête ? demanda Miles.

Elle ne daigna pas lui répondre et garda la tête haute tandis qu'ils passaient les portes de Larenston.

— Nul doute que mon vieux frère m'attend toutes griffes dehors, déclara-t-il d'un ton amusé en l'aidant à mettre pied à terre.

— Comment pouvez-vous en rire ?

— L'humour est le seul moyen d'aborder mon frère, remarqua-t-il sérieusement. Je vous retrouve plus tard.

— Non ! s'exclama-t-elle. Je veux vous accompagner.

Miles la sonda du regard.

— Auriez-vous l'intention de me protéger de mon frère ?

— Vous êtes un homme sensible et...

Il éclata de rire si brusquement que les chevaux prirent peur.

— Douce enfant, dit-il en déposant un baiser sur sa joue. Restez donc avec moi pour me protéger, mais je garderai un œil sur les pieds de Gavin.

Gavin, Stephen et sir Guy les attendaient dans le

salon du dernier étage. Gavin était de la même taille que Miles, mais les lignes de son visage étaient plus dures et son expression trahissait une rage sans mélange.

— Est-ce Elizabeth Chatworth ? demanda-t-il, les dents serrées. (Il ne se soucia pas de la réponse.) Emmenez-la ailleurs, sir Guy.

— Elle reste, dit froidement Miles. Asseyez-vous, Elizabeth.

Elle lui obéit, s'installant sur une chaise basse qui la faisait paraître plus petite.

Après un regard noir à Elizabeth, Gavin se tourna vers Miles qui était en train de se servir du vin.

— Bon Dieu, Miles, tu mériterais d'aller en enfer ! hurla-t-il. Tu arrives ici tranquillement, comme si tu n'avais pas failli provoquer une guerre au sein de notre famille, et tu amènes cette... cette...

— Lady, dit Miles, les yeux assombris.

— Si elle était une lady, elle ne doit plus l'être après avoir passé des semaines en ta compagnie.

Les yeux de Miles devinrent deux gouffres noirs. Il porta la main à son épée, mais sir Guy l'arrêta d'un geste.

— Gavin, intervint Stephen, tu n'as pas le droit de l'insulter ainsi. Dis simplement ce que tu as à dire.

Gavin s'avança vers Miles.

— Sais-tu ce que ta petite escapade coûte à notre famille ? Raine est obligé de se cacher dans une forêt et j'ai dû supporter un mois entier ce bâtard de Chatworth — tout cela pour essayer de réparer tes bêtises.

Elizabeth s'attendait à ce que Miles rétablisse la vérité : il n'était aucunement responsable du fait que

Raine soit hors la loi. Mais Miles garda le silence, ses yeux toujours noirs de colère rivés à ceux de son frère.

La joue de Gavin s'agita de tics.

— Je me chargerai d'elle et la ramènerai à son frère. J'avais espéré que tu retrouverais la raison et que tu la libérerais, mais ce n'est visiblement pas le cas. Tu lui as sans doute pris sa virginité et cela me coûtera sûrement très cher, mais...

— Ce sera toi qui paieras, ou Judith ? demanda calmement Miles en lui tournant le dos.

Un silence pesant s'installa et même Elizabeth retint son souffle.

— Arrêtez, tous les deux, intervint Stephen. Et, pour l'amour de Dieu, Gavin, calme-toi ! Tu sais comment réagit Miles quand tu insultes ses femmes. Et toi, Miles, tu exagères. Gavin n'a capturé Chatworth que pour te donner le temps de libérer lady Elizabeth, et tu peux imaginer son désappointement quand Chatworth s'est échappé et que tu retenais toujours sa sœur prisonnière. Tout ce que tu as à faire c'est la laisser partir avec Gavin, et tout ira bien.

Elizabeth, les yeux fixés sur le dos de Miles, retint à nouveau son souffle. Au bout d'un moment, elle s'aperçut que Gavin l'observait. Elle décida à cet instant qu'elle n'aimait pas cet homme et lui rendit un regard au moins aussi arrogant que le sien.

— Je ne la relâcherai pas, déclara doucement Miles en se retournant pour regarder Elizabeth.

— Bon Dieu ! hurla Gavin. La famille ne signifie donc rien pour toi ? Risquerais-tu de souiller notre nom, le nom de plusieurs générations de Montgomery, simplement pour continuer à te vautrer entre les cuisses d'une femme ?

Gavin ne s'attendait pas au coup de poing qui l'atteignit en plein visage, mais il ne lui fallut pas longtemps pour se ressaisir et se jeter sur Miles.

11

Les forces conjuguées de Stephen et de sir Guy ne furent pas de trop pour séparer les deux hommes.

Gavin fut le premier à se calmer. Se dégageant des bras de Stephen, il se dirigea vers la fenêtre, et quand il se retourna il avait repris contenance.

— Fais sortir lady Elizabeth, dit-il calmement.

Sir Guy lâcha Miles et ce dernier fit un signe de tête à Elizabeth. Elle faillit protester, mais comprit que ce n'était pas le moment. En outre, elle était certaine que Miles ne la livrerait pas à Gavin.

Quand elle fut partie, Gavin se laissa tomber sur une chaise.

— Frère contre frère, déclara-t-il d'un ton lourd. Chatworth adorerait voir cela. Stephen, sers-moi du vin.

Une fois sa coupe à la main, il poursuivit :

— Le roi Henri a ordonné que la querelle entre les Montgomery et les Chatworth cesse. J'ai plaidé l'innocence totale de notre famille. Raine a attaqué Chatworth à cause de ce qui était arrivé à Mary et je sais que tu n'es pour rien dans la capture de cette Elizabeth.

Il but une longue gorgée de vin. Il était habitué à monologuer devant ses jeunes frères et n'attendait pas de réponse. Quant à obtenir un mot de Miles, mieux valait ne pas l'espérer.

— Ton Elizabeth t'a-t-elle parlé de la chanteuse qui était avec elle quand Pagnell l'a capturée ? Tu devrais lui demander des détails parce que Raine a récemment épousé cette chanteuse.

Les yeux de Miles s'agrandirent légèrement.

— Ah ! enfin une réaction, nota Gavin d'un ton sarcastique.

— Gavin, le prévint Stephen, en quoi la femme de Raine est-elle mêlée à tout cela ?

Gavin eut un vague geste de la main.

— Pagnell lui en voulait pour quelque raison, l'a jetée dans un cachot, et Elizabeth Chatworth a tenté de la sauver. Elizabeth Chatworth a été prise sur le fait et, par plaisanterie, livrée à notre licencieux petit frère. Pourquoi diable ne l'as-tu pas renvoyée à son frère dès que tu as su qui elle était ?

— Comme il m'a renvoyé ma sœur ? demanda calmement Miles. Depuis quand es-tu devenu si pacifiste ?

— Depuis que j'ai vu ma famille déchirée par cette haine. Ne t'est-il pas venu à l'esprit que le roi aurait son mot à dire ? Il a puni Raine en le déclarant hors la loi et Chatworth a dû payer une lourde amende. Que te fera-t-il quand il apprendra que tu tiens cette Chatworth captive ?

— Gavin s'inquiète pour toi, intervint Stephen. Je sais que tu t'es attaché à cette fille, mais tout ceci est plus grave que tu ne le penses.

— Elizabeth mérite plus que d'être renvoyée dans l'enfer de la maison Chatworth, déclara Miles.

Gavin poussa un soupir découragé et ferma les yeux un moment.

— Tu es resté près de Raine trop longtemps, déclara-t-il finalement. Quelle que soit ton opinion sur Chatworth et quoi qu'il ait fait, il a cru agir de bon droit. J'ai passé des semaines avec lui et...

— Il est notoire que tu es du côté des Chatworth, l'interrompit calmement Miles, faisant référence à la longue liaison de Gavin avec Alice Chatworth. Je ne libérerai pas Elizabeth et personne ne me forcera à le faire. Cette femme m'appartient. Maintenant, si vous voulez bien m'excuser, je voudrais rendre visite à Scarlett.

Malgré la certitude qu'il lui serait permis de rester avec Miles, Elizabeth faisait nerveusement les cent pas dans la chambre. Elle se maudissait car elle savait qu'elle voulait rester en Ecosse, rester dans un endroit où elle apprendrait à ne plus avoir peur. Roger, le cher, le protecteur, l'irritable Roger était quelque part en Angleterre en train de la chercher frénétiquement, cependant elle espérait de tout son cœur qu'il ne parvienne pas à la trouver.

— Juste encore un peu de temps, murmura-t-elle. Juste encore un petit mois, et je serai prête à partir. J'aurai assez de souvenirs pour toute une vie.

Trop absorbée dans ses pensées, elle n'entendit pas la porte s'ouvrir derrière elle. Et quand elle perçut les légers bruits de pas, elle fit volte-face, prête à l'affrontement.

— Est-ce que... est-ce que vous vous êtes amusée chez les MacGregor ? balbutia Kit, impressionné par la dureté de son visage.

Instantanément, l'expression d'Elizabeth se radoucit. S'agenouillant, elle tendit les bras à l'enfant et le serra très fort contre elle.

— Tu m'as tellement manqué, Kit, murmura-t-elle. (Elle ne poursuivit pas tout de suite, trop émue pour parler.) J'étais installée dans une grande chambre, avec un escalier secret derrière une tapisserie, et ton papa et moi avons fait une bataille de tartes et nous nous sommes baignés dans un lac glacé.

— Scarlett m'a donné un poney et oncle Stephen m'a emmené chevaucher, raconta Kit à son tour. A quoi étaient les tartes ? (Il se pencha pour lui parler à l'oreille.) Avez-vous mis papa en colère ?

— Non, sourit-elle. Pas même quand je lui ai planté une tarte aux cerises en pleine figure. Viens t'asseoir à côté de moi et je vais te raconter comment le chien de Scarlett m'a sauvée des loups.

Plus tard, Miles les trouva tous deux endormis, l'air parfaitement paisible et heureux. Il resta un long moment à les contempler, jusqu'à ce que des hennissements de chevaux dans la cour lui indiquent que Gavin était sur le point de partir. Alors il se pencha pour embrasser le front d'Elizabeth.

— Je vous donnerai d'autres enfants, Elizabeth, murmura-t-il.

— Je ne le ferai certainement pas ! s'opposa Elizabeth en affrontant le regard de Miles. Jusqu'à présent, quoi qu'il m'en ait coûté, j'ai fait ce que vous vouliez, mais je ne resterai pas seule ici pendant que vous prendrez du bon temps en courant la campagne.

— Elizabeth, dit Miles avec patience, je vais seulement chasser et vous ne serez pas seule. Les MacArran...

— Les MacArran ! jeta-t-elle. Tous ces hommes autour de moi pendant trois jours ! Je viens à la chasse avec vous.

— Vous savez que j'aimerais vous avoir avec moi, mais je pense que vous avez besoin de rester ici. Il y aura des moments où je ne pourrai pas être près de vous et il faut que vous appreniez...

Comme elle lui tournait le dos, il s'interrompit.

— Je n'ai besoin ni de vous ni d'aucun autre homme, Montgomery, déclara-t-elle avec raideur.

Miles la toucha, mais elle s'écarta.

— Elizabeth, nous avons trop vécu de choses ensemble pour en arriver à nous disputer ainsi. Je crois que vous devriez rester ici avec Kit et essayer de vaincre vos peurs. Si vous pensez ne pas en être capable, dites-le-moi et je vous emmènerai bien sûr avec moi. Vous me trouverez en bas.

Elizabeth ne lui accorda pas un regard tandis qu'il quittait la chambre. Près de deux mois s'étaient écoulés depuis le départ de Gavin... Deux mois au cours desquels Elizabeth avait découvert ce qu'était le bonheur. Miles, Kit et elle avaient passé de merveilleuses et longues journées ensemble, à jouer dans la neige nouvellement tombée et à rire aux éclats. Et Noël avait été fêté en famille. Une vraie fête, dans une vraie famille...

Elle avait en outre appris énormément de choses au contact de Scarlett, surtout en l'accompagnant visiter les fermes du domaine. Il y avait bien sûr eu quelques incidents, comme lorsque Elizabeth avait menacé d'un couteau un homme qui l'avait suivie de trop près. Mais à chaque fois Scarlett avait réussi à la raisonner et à la calmer. Peu à peu, l'hostilité initiale entre les deux femmes avait disparu. Au lieu d'une rivale potentielle, Scarlett semblait considérer Elizabeth comme une petite sœur, à qui elle s'adressait désormais aussi librement qu'à n'importe qui d'autre.

Rab aussi avait adopté Elizabeth et lui obéissait docilement. Et si Stephen avait le malheur de critiquer Rab, il avait à présent droit aux foudres réunies de Scarlett et d'Elizabeth.

Jour après jour, Miles et Elizabeth s'étaient rapprochés. Parfois, quand elle le regardait s'entraîner torse nu, sa poitrine luisant de sueur, elle sentait ses genoux faiblir. Il devinait *toujours* sa présence dans ces moments-là et lui renvoyait un regard si brûlant qu'elle en tremblait. Un jour, la lance de Stephen faillit heurter la tête de Miles parce que ce dernier était trop concentré à incendier Elizabeth des yeux. Stephen avait été si furieux qu'il avait violemment bousculé Miles.

— Un centimètre de plus et j'aurais pu te tuer ! avait-il grondé avec rage.

Scarlett, Elizabeth, Rab et sir Guy s'étaient mêlés à la querelle. Stephen, rouge de colère, avait ordonné que Miles tienne Elizabeth à l'écart du terrain d'entraînement. Miles, complètement insensible à la fureur de son frère, avait accepté de bonne grâce. Et quel merveilleux après-midi cela avait été ensuite ! Malgré son calme apparent, Miles avait été secoué par la surprenante fureur de son frère et, durant de longues heures, avait alternativement agressé et aimé Elizabeth avec fougue. Ils avaient fait l'amour sur le lit, sur une chaise, contre un mur...

Par malchance, Miles avait plaqué Elizabeth contre une tapisserie et la jeune femme n'avait eu d'autre choix que de s'y agripper. Le lourd panneau poussiéreux était tombé sur eux, les clouant au sol — mais ils avaient continué jusqu'à suffoquer. Scellés l'un dans l'autre, ils avaient rampé à l'extérieur et poursuivi leurs ébats sur le sol de pierre glacé. Quand ils étaient apparus au dîner, épuisés, les yeux brillants, tout le clan MacArran avait éclaté de rire. Toujours en colère, Stephen s'était borné à répéter qu'il ne voulait plus voir Elizabeth sur le terrain d'entraînement.

Deux mois et une semaine ensemble, presque cinq mois depuis sa « capture », songea-t-elle.

Mais elle savait que ce temps serait bientôt fini.

Gavin avait envoyé un messager à Miles. Roger Chatworth et Pagnell s'étaient rendus à la cour pour déclarer que Raine tentait de monter une armée contre le roi Henri et que Miles détenait Elizabeth en captivité. Le roi avait décrété que si Miles ne relâchait pas Elizabeth, il serait considéré comme traître et ses terres confisquées. Sa Majesté projetait en outre de mettre le feu à la forêt où se cachait Raine.

Gavin avait essayé de ramener Miles à la raison. Ce dernier avait ensuite passé de nombreux jours dans un mutisme presque total. A sa manière nostalgique de la regarder, Elizabeth avait compris que leurs jours ensemble étaient comptés. Miles l'avait de plus en plus encouragée à passer du temps avec les MacArran, comme s'il tenait à préparer son avenir — un avenir sans lui.

Elizabeth ne savait quelle décision prendre. Elle voulait à la fois vaincre sa peur des hommes et ne pas quitter Miles et Kit. Comment avait-elle pu tomber dans une telle dépendance, elle qui avait toujours été si autonome ?

Lorsque Gavin était revenu en Ecosse, sa rage n'avait fait que croître et pour la première fois Elizabeth s'était sentie coupable de souhaiter rester dans la paisible demeure des MacArran. Elle avait demandé à Miles la permission de repartir avec Gavin, mais il ne lui avait même pas laissé une chance d'argumenter, et sa fureur avait été bien pire que celle de Stephen et Gavin réunis. Il avait hurlé des jurons innommables, mis la pièce sens dessus dessous, brisé une chaise à mains nues. Quand il en était arrivé à saisir une hache sur la table, Tam et sir Guy étaient intervenus.

De toute évidence, Gavin et Stephen n'avaient jamais vu leur petit frère dans un tel état. Après cette scène, Gavin avait abdiqué et était rentré chez lui.

Cette nuit-là, Elizabeth avait atteint le fond du désespoir. Couchée près de Miles, elle avait pleuré à chaudes larmes en le regardant dormir. Elle pensait à son frère, qui était en train de retourner toute l'Angleterre pour la retrouver, à son foyer qui l'attendait... Mais c'était surtout Miles qui hantait son esprit. Miles... son ennemi, mais aussi un homme qui l'avait protégée, s'était montré patient et doux et lui avait appris le bonheur de vivre.

Miles avait entrouvert les yeux.

— Vous ai-je fait peur, tout à l'heure ? avait-il demandé d'une voix altérée.

Elle n'était parvenue qu'à hocher la tête.

— Je m'effraie moi-même, avait-il poursuivi en lui prenant la main pour la poser sur sa joue. Ne me quittez pas, Elizabeth. Vous m'avez été donnée ; vous m'appartenez.

Il avait répété ces derniers mots et avait sombré dans le sommeil.

Cela s'était passé seulement quatre jours auparavant, et maintenant il prévoyait de la laisser seule pendant trois jours pour aller chasser. Peut-être ne sentait-il pas à quel point elle était terrorisée. Peut-être était-il si sûr de lui qu'il n'envisageait même pas l'éventualité de leur séparation. Mais Roger se préparait à venir en Ecosse avec son armée et quand il serait là, que ferait Elizabeth ? Supporterait-elle de voir les MacArran combattre son frère, ou pire, de voir Miles et Roger se battre ? Tiendrait-elle Kit dans ses bras en regardant Miles mourir, ou retrouverait-elle la nuit sur le corps de Miles l'odeur du sang de son frère ?

— Elizabeth ? l'appela Scarlett, sur le seuil de la porte. Miles m'a dit que vous ne veniez pas à la chasse.

— Non, répondit-elle avec une pointe d'amertume. Je resterai ici, entourée d'hommes. Des hommes de tous côtés, surveillant chacun de mes mouvements.

Scarlett garda le silence un moment, observant sa nouvelle amie.

— Etes-vous inquiète pour Miles ou pour votre frère ?

— Pour tous les deux, répondit honnêtement Elizabeth. N'aviez-vous pas d'inquiétude lorsque vous avez ramené votre mari anglais en Ecosse ? Ne vous demandiez-vous pas si vous pouviez lui faire confiance ?

Les yeux de Scarlett étincelèrent de gaieté.

— L'idée m'a traversé l'esprit. Tout ce que Stephen voulait, c'était que j'admette que je l'aimais.

Mais pour en être sûre, j'avais besoin d'autre chose que ce que me disaient mes sentiments.

— Et vous l'avez eu ?

— Oui. Je suppose que certaines femmes peuvent aimer un homme en dépit de ce qu'il est profondément. Mais pour moi, il était essentiel que Stephen convienne à mon clan au moins autant qu'à moi-même.

— Qu'auriez-vous fait si votre clan ne l'avait pas accepté mais haï ?

— J'aurais choisi mon clan, déclara-t-elle en fixant Elizabeth dans les yeux. Je renoncerais à n'importe quoi, même à ma propre vie, pour éviter qu'une guerre éclate au sein de mon clan.

— Et vous pensez que je devrais en faire autant ! soupira lourdement Elizabeth. Que je devrais retourner chez mon frère. Maintenant, durant l'absence de Miles, ce serait le moment idéal. Si quelques-uns de vos hommes m'escortaient, je pourrais...

Elle s'interrompit, fixant Scarlett dans les yeux, attendant son verdict.

— Je respecte la volonté de mon beau-frère, déclara finalement Scarlett. Je ne vous aiderai pas à vous échapper.

Dans un élan d'affection, Elizabeth se précipita vers elle et la serra dans ses bras.

— Que dois-je faire ? Vous avez vu la réaction de Miles quand j'ai émis l'idée de rejoindre mon frère. Dois-je tenter de m'enfuir à nouveau ? O Seigneur ! (Elle s'écarta.) J'oublie que vous êtes mon ennemie.

— Parce que je ne le suis pas, sourit Scarlett. Les Montgomery non plus ne sont pas vos ennemis et Kit vous suivrait jusqu'au bout du monde. Mais le jour viendra où il vous faudra choisir. Jusque-là, personne ne peut vous aider. Maintenant, descendez dire au revoir à Miles avant qu'il ne détruise d'autres meubles. Il y a eu assez de dégâts comme cela. Au fait, comment cette tapisserie est-elle tombée par terre ?

Devant le visage rouge de honte d'Elizabeth, Scarlett éclata de rire.

— Elizabeth, murmura Miles avec bonheur en l'entraînant dans un coin sombre alors qu'elle le couvrait de baisers, je ne pars que trois jours. Vais-je tellement vous manquer ?

— Vous êtes le plus vil des démons. Si à votre retour une demi-douzaine d'hommes ont les pieds brisés, ce sera votre faute.

Il lui caressa la joue.

— Après ce qui est arrivé à sir Guy, je crois que cela leur serait égal.

— Que voulez-vous dire ?

— Scarlett a confié cet affreux géant aux bons soins d'une jolie jeune fille et ils sont maintenant inséparables. Elle l'envoie lui chercher de l'eau et s'il était capable de tenir une aiguille, je suis sûr qu'il lui broderait ses cols de chemisiers.

Elizabeth pinça Miles parce que la chemise qu'il portait sous ses vêtements écossais était une de celles dont elle avait brodé le col.

— Doucement, ma petite captive, soyez sage ou je vous renvoie chez vous.

A ces mots, le regard d'Elizabeth se durcit, mais Miles sourit et frotta son visage contre son cou.

— Vos yeux ne mentent jamais. Embrassez-moi encore.

Quelques minutes plus tard, Elizabeth se retrouvait seule, le cœur lourd. Quelque chose allait arriver et elle le savait. Sa première impulsion fut de se précipiter dans l'abri de sa chambre et d'y rester pendant trois jours. Mais Miles avait raison : elle devait saisir cette opportunité de vaincre ses peurs.

En début d'après-midi, elle organisa une sortie à cheval avec Kit... et une dizaine de MacArran, dont Tam. Ils iraient visiter des ruines dont Scarlett lui avait parlé.

Quand ils atteignirent le site, son cœur battait à tout rompre, mais elle réussit à sourire à Tam tandis qu'il l'aidait à descendre de cheval. Et lorsqu'elle sentit la présence d'un des MacArran derrière elle, elle se força à ne pas se retourner brusquement. Rencontrant le visage de Jarl, elle fut récompensée par le sourire plein de fierté du jeune homme et laissa échapper un petit rire.

— Savent-ils tous qui je suis ? demanda-t-elle à Tam.

— Mon clan a beaucoup de respect pour vous parce que vous savez vous faufiler dans un bois comme n'importe quelle femme écossaise. Nous aimons les gens capables de se battre.

— Se battre ! Mais je suis sous le contrôle de mes ennemis.

— Non, jeune fille, la détrompa-t-il en riant. Vous avez seulement eu le bons sens de reconnaître combien le peuple écossais est admirable — et aussi, dans une moindre mesure, les Montgomery.

Elizabeth joignit son rire au sien et à ceux des hommes qui les entouraient.

Plus tard, assise sur une pierre du château en ruine, Elizabeth constata que toute appréhension l'avait quittée. Comme c'était agréable d'accepter sans crainte la compagnie de ces vigoureux guerriers ! Et elle devait cela à Miles Montgomery.

Plongée dans ses pensées, et surtout loin de se méfier d'un quelconque danger, elle ne prit tout d'abord pas garde au sifflement provenant de la forêt. Quand elle le perçut enfin, son corps se figea, en alerte. Les MacArran, qui regardaient d'un œil attendri Kit jouer avec le petit Alex, n'avaient manifestement rien entendu.

Lentement, prenant l'air le plus naturel possible, Elizabeth se leva et se dirigea vers la lisière des arbres. Une fois sous leur couvert, elle atteignit rapidement une petite clairière et s'immobilisa, soudain envahie par les souvenirs de son enfance.

Brian avait toujours eu besoin de protection. Plus âgé qu'Elizabeth, il paraissait pourtant plus jeune et, contrairement à elle, n'était pas parvenu à se forger ses propres défenses. Elizabeth savait brandir un couteau si un homme l'attaquait, mais pas Brian. Plus d'une fois, elle avait dû intervenir pour le sauver des griffes des amis d'Edmund. Et tandis que ce dernier riait à gorge déployée devant la terreur de son jeune frère, Roger et Elizabeth se chargeaient de consoler le fragile et maladif Brian.

Pour appeler à l'aide, Brian utilisait souvent un signal convenu, que seuls Elizabeth et Roger savaient interpréter. Ce signal n'était autre que le sifflement qu'elle venait d'entendre.

Toujours immobile, Elizabeth attendait que Brian se montre. Etait-il seul, ou en compagnie de Roger ?

Le jeune homme qui lui apparut était un total étranger et, pendant un moment, elle ne put que le regarder, les yeux grands ouverts de stupeur. Son visage à la beauté délicate s'était transformé en un masque blême et décharné, comme s'il venait tout droit du royaume des morts.

— Brian ? souffla-t-elle.

Il hocha la tête.

— Tu sembles en bonne santé. La captivité te convient-elle ?

Elizabeth faillit en rester sans voix. Jamais son jeune frère ne s'était exprimé de cette manière envers quiconque, et encore moins envers elle.

— Est-ce... est-ce que Roger est avec toi ?

Les traits de Brian se durcirent davantage.

— Ne prononce pas cet ignoble nom en ma présence.

— Quoi ? hoqueta-t-elle en s'avançant vers lui. Que veux-tu dire par là ?

L'espace d'une seconde, le regard de Brian s'adoucit et il leva instinctivement la main pour caresser les cheveux de sa sœur. Mais il interrompit son geste avant de la toucher.

— Beaucoup de choses se sont passées depuis la dernière fois que nous nous sommes vus.

— Raconte-moi, murmura-t-elle.

Il s'éloigna d'elle.

— Roger a kidnappé Mary Montgomery.

— Je l'ai entendu dire, mais je ne peux imaginer Roger...

Brian fit volte-face, ses yeux jetant des éclairs noirs.

— Crois-tu que le sang d'Edmund coule impunément dans les veines de Roger ? Crois-tu que l'un d'entre nous ait échappé au démon qui dirigeait notre frère aîné ?

— Mais Roger...

— Ne prononce pas ce nom, l'interrompit-il.

J'aimais Mary, plus que je ne pourrai jamais aimer. Elle était pure et incapable de faire le moindre mal, mais notre frère l'a violée et elle s'est suicidée de désespoir.

— Non, dit calmement Elizabeth. Je ne peux pas le croire. Roger est bon. Il n'a pas souhaité cette guerre entre les Montgomery et les Chatworth. Il a recueilli Alice, alors que sa propre famille la rejetait. Et il...

— Il a attaqué Stephen Montgomery dans le dos. Il a menti à Scarlett MacArran et l'a retenue prisonnière. Quand Mary est morte, j'ai libéré Scarlett et ramené le corps de Mary à Gavin. T'ont-ils raconté la rage de Miles Montgomery quand il a vu le cadavre de sa sœur ? Il est resté dans cet état pendant plusieurs jours.

— Non, murmura Elizabeth, imaginant la fureur de Miles. Ils m'en ont très peu dit au sujet de cette guerre.

En effet, d'un accord implicite, Miles et elle avaient cessé au bout de quelques jours d'évoquer les problèmes entre leurs deux familles.

— Brian, reprit-elle avec douceur, tu as l'air épuisé. Rentre avec moi à Larenston et repose-toi. Scarlett te...

— Je ne prendrai pas de repos tant que mon frère sera vivant.

Elizabeth le fixa avec ahurissement.

— Brian, tu ne peux penser ce que tu dis. Nous contacterons Roger et discuterons avec lui de tout ceci.

— Tu ne veux pas comprendre, n'est-ce pas ? J'ai l'intention de tuer Roger Chatworth.

— Brian ! Aurais-tu tout oublié en un seul jour ?

Ne te souviens-tu pas comme Roger nous protégeait ? N'a-t-il pas risqué sa vie pour toi quand le cheval d'Edmund a failli t'écraser ?

Le visage de Brian ne perdit pas une once de dureté.

— J'aimais Mary et Roger l'a tuée. Un jour, tu comprendras peut-être ce que cela signifie.

— Quand bien même j'aimerais des centaines de gens, cela n'effacerait pas mon amour pour Roger, qui a tant fait pour moi. Même aujourd'hui, il emploie toute son énergie à me retrouver.

Brian la jaugea d'un regard inquisiteur.

— Tu t'es facilement dérobée à la surveillance de tes gardes. Si tu es si libre de tes mouvements, pourquoi ne t'es-tu pas enfuie pour rejoindre Roger ?

Elizabeth se détourna, mais il la rattrapa par le bras.

— Les frères Montgomery ont-ils tant de pouvoir sur toi ? Lequel est-ce ? Celui qui est marié ou le jeune garçon ?

— Miles est loin d'être un jeune garçon, rectifia-t-elle. L'âge est parfois trompeur.

Elle s'interrompit en voyant l'expression de Brian.

— Oublies-tu que je me suis rendu au domaine Montgomery et que je les ai vus ? Ainsi, Miles a attiré ton amour. C'est un bon choix. Cet homme a assez de fougue en lui pour affronter la tienne.

— Ce que je ressens pour lui ne change rien à mes sentiments pour Roger.

— Vraiment ? Alors pourquoi n'es-tu pas allée vers lui ? Ces Ecossais n'ont pas l'air très vigilants. Et, pour toi qui as pendant des années glissé entre les doigts d'Edmund, leur échapper aurait été un jeu d'enfant.

Elle garda le silence un moment.
— Ce n'est pas seulement Miles, déclara-t-elle finalement. Je n'avais jamais connu une telle paix. Ici, personne ne me menace. Larenston n'est pas envahi de cris de terreur. Et je peux circuler à mon aise, sans chercher le moindre coin d'ombre où me dissimuler.
— J'ai aussi goûté la saveur d'une telle sérénité, dit Brian. Mais Roger l'a étouffée dans l'œuf et je vais le tuer pour cela.
— Brian ! Tu dois prendre du repos et réfléchir.
Il ignora la suggestion.
— Sais-tu où est Raine Montgomery ?
— Non, répondit-elle, étonnée. Dans une forêt, quelque part... J'ai rencontré une chanteuse qui a été avec lui.
— Où puis-je la trouver ?
— Pourquoi veux-tu savoir où est Raine Montgomery ? Lui dois-tu quelque chose ?
— Je veux qu'il m'apprenne à combattre.
— Pour affronter Roger ? s'inquiéta-t-elle. (Elle sourit.) Brian, Roger ne luttera jamais contre toi. Et puis, regarde-toi. Tu es deux fois moins grand que lui et tu parais amaigri. Reste ici, repose-toi quelques jours et nous...
— Ne prends pas ce ton protecteur, Elizabeth. Je sais ce que j'ai à faire. Raine Montgomery est un vaillant guerrier. Il m'apprendra ce que j'ai besoin de savoir.
— Attends-tu vraiment une aide de ma part ? demanda-t-elle avec colère. A supposer que je le sache, penses-tu sérieusment que je te dirais où trouver ce Montgomery ? Non, je n'irai pas dans le sens de ta folie.

— Elizabeth, dit-il avec douceur, je suis venu te dire adieu. J'ai attendu de longues semaines dans ces bois, mais tu étais toujours étroitement gardée. Maintenant que je t'ai vue, je peux partir. Je combattrai Roger, et l'un de nous mourra.

— Je t'en prie, Brian, réfléchis encore.

Il déposa un baiser sur son front, comme l'aurait fait un vieil homme.

— Vis en paix, ma petite sœur, et garde-moi dans ton cœur.

Figée d'émotion, Elizabeth ne put prononcer un seul mot et regarda avec impuissance sa silhouette s'éloigner. Mais soudain des Ecossais surgirent d'entre les arbres. Stephen Montgomery, épée à la main, se planta devant Brian Chatworth.

12

— Ne lui faites pas de mal, déclara Elizabeth, sans vraiment croire Stephen capable de cruauté envers Brian.

Stephen rangea son épée.

— Suivez mes hommes, dit-il à Brian. Ils vous donneront à manger.

Après un dernier regard à Elizabeth, Brian, entouré par les MacArran, quitta la clairière.

Elizabeth n'eut qu'à observer le visage embarrassé de Stephen pour tout comprendre. Un sourire penaud aux lèvres, il s'adossa contre un arbre et entreprit de tailler un bout de bois avec son couteau.

— Miles n'est au courant de rien, commença-t-il.

— Vous m'avez utilisée comme appât pour capturer mon frère, n'est-ce pas ?

— Vous pourriez en effet voir les choses ainsi. Il rôdait dans ces bois depuis plusieurs jours et nous étions curieux de connaître ses intentions. Par deux fois, alors que vous étiez avec Miles, il s'est approché, mais la vue de mes hommes l'a fait fuir. Nous avons donc décidé de vous laisser aller à lui, sans toutefois cesser de vous surveiller.

Elizabeth s'assit sur une large pierre.

— Vos procédés sont ignobles.

— Auriez-vous préféré que nous l'abattions à vue ? Il y a seulement quelques années de cela, un Anglais n'aurait pas pu parcourir le domaine MacArran et vivre assez longtemps pour s'en vanter ensuite. Mais ce garçon semblait si... hors de lui-même, que nous avons voulu en savoir plus.

Elle considéra la question un moment. Les méthodes de Stephen lui déplaisaient mais elle devait bien admettre qu'il avait raison.

— Et maintenant que vous le tenez, que comptez-vous faire de lui ? (Elle releva la tête.) Scarlett est-elle au courant de vos parties de cache-cache ?

Elle n'aurait pu l'affirmer, mais crut voir ses lèvres blanchir légèrement.

— Non. Et heureusement pour moi ! répondit-il spontanément. Scarlett n'agit pas en cachette — du moins pas souvent. Elle aurait traîné le garçon à Larenston et Miles...

Il s'interrompit subitement.

— Miles hait les Chatworth, termina-t-elle à sa place.

— Uniquement les hommes, rectifia-t-il en souriant. Roger Chatworth est responsable de la mort de notre sœur et Miles n'est pas près de lui pardonner. Vous n'avez vu de lui que ce qu'il montre au beau sexe. Face à un homme qui maltraite les femmes, il ne se contrôle plus.

— Alors vous étiez sûr que Brian était un Chatworth ?

— Il a quelque chose de Roger.

Elizabeth garda le silence. Elle avait effectivement vu quelque chose de Roger sur le visage de Brian : cet air de méfiance et de colère, caché sous un masque de froide indifférence.

— Vous avez entendu notre conversation, reprit-elle. Pouvons-nous garder Brian avec nous et le tenir à l'écart de Roger ?

— Je pense qu'il en deviendrait fou. Il n'est d'ailleurs pas loin d'avoir perdu la raison.

— Oui, dit-elle d'un ton lourd. Il n'en est pas loin.

Elle fixa Stephen, en attente de sa décision.

— Je crois que je vais faire ce que Brian demande : je le conduirai à Raine.

— Non ! s'exclama-t-elle en se levant d'un bond. Raine Montgomery le tuera. N'a-t-il pas attaqué Roger ?

— Elizabeth, tenta-t-il de la raisonner, Raine aidera Brian parce que Brian a aidé Mary. S'il y a une chose que l'on ne peut enlever à Raine, c'est son sens de la justice. En outre (un petit sourire étira ses lèvres), mon frère fera travailler Brian si dur que le garçon n'aura plus le temps de cultiver sa haine. En moins de trois jours, il sera si épuisé qu'il ne songera plus qu'à dormir.

Elle l'étudia un moment.

— Pourquoi vous préoccuperiez-vous d'un Chatworth ? Mary était aussi votre sœur.

— Je pensais que vous ne croyiez pas votre frère responsable de la mort de Mary.

— Si Miles tuait la sœur d'un étranger, ne lui demanderiez-vous pas des explications avant de le haïr ? Roger est peut-être impliqué dans tout cela, mais peut-être avait-il des raisons de l'être. Je ne condamnerai jamais aucun de mes frères sans connaître leur version des faits.

— Je vous comprends... Ce que votre frère a fait

ne peut me porter à l'aimer, cependant c'est à lui seul que j'en veux, pas à sa famille. Mes frères ne voient pas les choses de cette façon, ce qui explique l'attitude de Gavin envers vous. Pour lui, la famille représente tout.

— Et Raine ? Haïra-t-il Brian dès le premier regard ?

— Peut-être. Voilà pourquoi j'accompagnerai Brian. Je parlerai à Raine et, si je ne me trompe pas sur son compte, il finira par adopter votre jeune fugitif. (Il jeta le bout de bois et rangea son couteau.) Maintenant je dois partir. Il nous faudra plusieurs jours pour trouver Raine.

— Vous partez tout de suite ? s'étonna-t-elle. Avant que Scarlett et Miles rentrent de la chasse ?

— Oh oui. (Il fit une grimace.) Je préfère ne pas être là quand ma chère femme s'apercevra que je l'ai sciemment éloignée de Larenston pour avoir les coudées franches.

— Ou Miles, compléta-t-elle, les yeux pétillants de malice. Je ne crois pas qu'il prendra cela avec sérénité. (Le grognement de Stephen lui arracha un rire.) Vous êtes un lâche, Montgomery, le taquina-t-elle.

— De la pire sorte, acquiesça-t-il sans hésitation avant de redevenir sérieux. Vos prières m'accompagneront-elles ? Si Raine et Brian s'entendent, ce sera peut-être un pas vers la fin de cette guerre.

— Je l'espère. Brian a beaucoup de qualités et Roger l'aime sincèrement. Stephen, ajouta-t-elle d'une voix plus basse, si je vous pose une question, me répondrez-vous ?

— Je vous dois bien cela.

— Quelqu'un a-t-il vu Roger ?

— Non. Il est introuvable. Les MacGregor le cherchent et mes hommes sont constamment en alerte, mais il n'y a aucun signe de lui.

Ils se regardèrent un moment en silence. Seulement quelques mois auparavant cet homme était l'ennemi d'Elizabeth, au même titre que tous les hommes. S'avançant vers lui, elle leva la main pour lui effleurer la joue.

Stephen parut comprendre et apprécier toute l'importance de ce simple geste. Saisissant la main d'Elizabeth, il la porta à ses lèvres.

— Nous, les Montgomery, sommes des sentimentaux, dit-il, les yeux brillants d'amusement. Nous arrêterons cette querelle avec des mots d'amour en guise d'armes.

Elle le repoussa comme s'il venait de l'insulter, mais un rire lui échappa.

— Mes prières ne seront effectivement pas de trop. Maintenant partez avant que mon Miles ne vous trouve et ne vous donne une bonne correction.

A cette remarque, il haussa un sourcil.

— Pauvre petit frère... Quand une femme décide qu'il lui appartient...

Sur ce, il s'en alla, la laissant seule dans la clairière.

Elizabeth y resta un long moment, écoutant les bruits qui l'entouraient. Ses sens à nouveau aiguisés lui indiquèrent que deux MacArran se tenaient encore tout près de là, sous le couvert des arbres. Au loin résonnaient les rires de Kit et la voix rauque de Tam.

Ces derniers mois avaient été tellement baignés de bonheur qu'elle avait perdu l'habitude de se tenir sur ses gardes. Devant ses yeux flottait le visage fou de rage de Brian... Pour l'avoir ressentie elle-même, elle savait ce que cette rage signifiait. Elle espérait de tout son être que Stephen — ou peut-être Raine Montgomery — parviendrait à effacer la haine qui emprisonnait le cœur de Brian.

L'âme en peine, elle reprit le chemin du château en ruine. Dans quelques jours, elle devrait affronter la colère de Miles et cela serait certainement assez éprouvant pour lui faire oublier ses problèmes.

Scarlett rentra à Larenston le jour suivant et alla tout de suite voir Alexander, son petit garçon de cinq mois. Trop souvent absente, elle avait chargé une nourrice d'allaiter son enfant, mais n'en tenait pas moins son rôle de mère. Tandis qu'elle berçait son fils avec tendresse, Elizabeth lui parla de Brian et lui apprit que Stephen l'avait conduit auprès de Raine.

Les yeux de Scarlett lancèrent des éclairs.

— Maudit soit-il ! marmonna-t-elle entre ses dents avant de se calmer quand Alex poussa un petit gémissement. Tout doux, mon amour, murmura-t-elle. (Une fois Alexander à nouveau endormi, elle regarda Elizabeth.) Je n'apprécie pas qu'il vous ait utilisée ainsi. Il aurait dû amener votre frère à Larenston. Stephen a oublié que Brian m'a tirée des griffes de Roger. Je n'aurais pas fait de mal à ce garçon.

— Je pense que Stephen craignait davantage la réaction de Miles.

Elizabeth se pencha pour caresser la tête d'Alexander. Scarlett n'eut pas besoin de l'observer longtemps pour comprendre.

— Quand votre enfant naîtra-t-il ? demanda-t-elle tout naturellement.

Leurs regards se croisèrent un instant, puis Scarlett se leva pour déposer Alexander dans son berceau.

— Morag m'a rapporté certaines de ses observations, précisa-t-elle. Vous n'êtes pas malade, au moins ?

— Pas du tout. Je me demandais ce qui se passait, mais j'ai assez vite compris. A qui l'avez-vous dit ?

— A personne. Pas même à Stephen. Surtout pas à lui : nul doute qu'il aurait voulu fêter cela. Avez-vous l'intention d'épouser Miles ?

— Il ne me l'a pas proposé, et de toute façon les choses ne peuvent se dérouler aussi simplement. Même si je devenais une Montgomery, Roger n'abandonnerait pas la partie. Il exigerait l'assurance que je me suis mariée de ma propre volonté, sans y être forcée.

— Et Miles aurait-il besoin de vous forcer ?

— Vous savez bien qu'il ne me force en rien, sourit Elizabeth. Mais je ne crois pas qu'il m'apprécierait en tant qu'épouse. J'exigerais d'un mari la fidélité, et Miles Montgomery ne connaît pas le sens de ce mot.

— A votre place, je me méfierais des apparences en ce qui concerne les Montgomery, la prévint Scarlett. Ils ont peut-être l'air arrogant et inflexible, mais leur personnalité ne se limite pas à un visage séduisant et un corps viril.

— En êtes-vous sûre ? plaisanta Elizabeth tandis qu'elles quittaient la chambre du bébé.

Le jour suivant, Scarlett retourna à la chasse et Elizabeth passa la plupart de son temps à jouer avec Kit. Au moment où la jeune fille en détresse qu'elle incarnait allait être sauvée des griffes d'un terrible dragon crachant du feu, elle se figea subitement.

— Elizabeth ! s'impatienta Kit, son épée en bois brandie au-dessus de sa tête.

Il y avait un problème. Elle ignorait quoi, mais des frissons la parcouraient tout entière.

— Miles, murmura-t-elle. Occupez-vous de Kit, ordonna-t-elle à la femme qui tenait Alex dans ses bras.

Une seconde plus tard, elle dévalait les escaliers, sortait dans la cour et se dirigeait vers les écuries. Elle était sur le point de seller un cheval quand Douglas apparut soudain à ses côtés.

— Je ne peux pas vous laisser partir, déclara-t-il, une note de regret dans la voix.

— Personne ne m'en empêchera ! jeta-t-elle. Miles est en danger et je vais le rejoindre.

Bien qu'il n'ait vu aucun messager, Douglas ne perdit pas de temps à lui demander d'où elle tenait une telle information. Faisant un pas vers l'entrée des écuries, il siffla et deux de ses frères accoururent aussitôt.

Elizabeth n'avait pas l'habitude de seller son propre cheval et l'opération fut laborieuse, mais les hommes ne l'aidèrent pas. Douglas se contenta de vérifier si les sangles étaient bien serrées et d'aider sans ménagement la jeune femme à se hisser sur sa monture. Elizabeth n'eut pas un seul frémissement quand il la toucha.

Tandis qu'elle partait au galop, elle ne réfléchit pas sur la direction à prendre, mais fit au contraire le vide dans son esprit, essayant de visualiser Miles. Douglas, Jarl et Francis suivaient. Les quatre chevaux traversèrent à un train d'enfer l'étroit et vertigineux passage conduisant hors de Larenston, tournèrent à droite puis s'engagèrent sur la route à flanc de falaise.

Elizabeth ne s'inquiétait ni du danger de ce parcours ni des hommes derrière elle. Une fois à nouveau en terrain plat, elle ne s'arrêta que quelques secondes. A sa gauche s'étendait le domaine MacGregor, à sa droite, un territoire inconnu d'elle. Ecoutant son instinct, elle s'engagea vers la droite.

L'un des MacArran poussa un cri d'avertissement et elle s'aplatit sur le cou en sueur de son cheval, évitant de justesse une branche d'arbre. Ensuite les trois guerriers gardèrent le silence, s'efforçant de tenir le rythme effréné qu'elle leur imposait.

Au bout de ce qui sembla une interminable chevauchée, Rab surgit soudain de derrière des buissons. Comme s'il avait attendu Elizabeth, il aboya très fort et la devança pour lui montrer le chemin.

Ils durent ralentir leur allure tandis qu'ils progressaient en terrain de plus en plus dense, si dense que le soleil y pénétrait à peine. Rab se remit à aboyer quand ils arrivèrent en vue du groupe des chasseurs. Scarlett et ses hommes étaient attroupés, les yeux baissés sur quelque chose à terre. Sir Guy était à genoux.

Aux aboiements de son chien, Scarlett se retourna et regarda Elizabeth avec surprise. Sans attendre que son cheval s'arrête tout à fait, cette dernière glissa de sa selle et se précipita vers l'attroupement, écartant les gens sur son passage.

Miles gisait sur le sol, les yeux fermés, le corps complètement couvert de sang. A travers ses vêtements déchirés, elle vit d'impressionnantes blessures, en particulier sur la cuisse gauche et le côté droit.

Poussant sir Guy, elle s'agenouilla à sa place, prit la tête de Miles au creux de son bras et, utilisant le bord de sa jupe, commença à enlever le sang de son visage.

— Réveillez-vous, Montgomery, dit-elle d'une voix ferme, où ne transparaissait ni compassion ni pitié. Réveillez-vous et regardez-moi.

Une éternité parut s'écouler avant que les paupières de Miles ne frémissent. Quand il vit Elizabeth, un léger sourire étira ses lèvres et il referma les yeux.

— Ange, murmura-t-il.

— De l'eau, dit Elizabeth aux visages pétrifiés au-dessus d'elle. J'ai besoin d'eau pour nettoyer ses plaies. Y a-t-il une ferme près d'ici ? (Elle laissa juste le temps à Scarlett de hocher la tête.) Allez-y et préparez notre arrivée. Je ne veux personne là-bas. Emmenez les fermiers à Larenston, mais laissez-moi seule avec Miles. Dites à Morag de venir avec ses remèdes et il me faudra aussi une aiguille et du fil solide. Guy ! Trouvez-moi une couverture pour le transporter. Eh bien ! Qu'est-ce que vous attendez, tous ? Au travail !

Instantanément, les hommes se dispersèrent, se hâtant d'obéir à ses ordres.

Scarlett adressa un rapide sourire à Elizabeth.

— Etes-vous sûre de ne pas avoir du sang écossais ? demanda-t-elle avant de prendre la direction de Larenston.

Une fois seule avec Miles, Elizabeth se pencha tendrement vers lui.

— Vous guérirez, Montgomery, murmura-t-elle. J'y veillerai.

Sans perdre plus de temps en sensiblerie, elle prit l'épée posée à terre et s'en servit pour couper les vêtements de Miles, de manière à mieux examiner ses blessures. Il semblait avoir sur lui plus de sang qu'un homme pouvait en contenir.

Rab vint près d'elle tandis qu'elle déchirait la chemise de Miles.

— D'où vient ce sang, Rab ? demanda-t-elle. Va et trouve qui a fait cela à Miles.

Le chien aboya en signe de compréhension et s'éloigna à toute allure.

A son grand soulagement, Elizabeth ne découvrit pas d'autre blessure sur le torse. La plaie sur le côté droit n'était pas profonde, mais nécessiterait tout de même des points. Par contre, la blessure à la cuisse était beaucoup plus sérieuse et il y avait d'autres plaies à une cheville.

Elle le souleva légèrement pour tenter d'examiner son dos.

Miles poussa un grognement de douleur, ouvrit les yeux et la regarda.

— Vous devrez vous mettre au-dessus, sinon je saignerai sur vous, dit-il en regardant son torse nu.

— Du calme ! ordonna-t-elle. Gardez vos forces pour vous rétablir.

Pendant qu'elle parlait, Rab avait réapparu dans la clairière, traînant le cadavre d'un énorme sanglier. La gueule de la bête sauvage était couverte de sang et plusieurs entailles de couteau striaient son flanc.

— C'était donc cela, déclara-t-elle, tout en enveloppant tendrement Miles dans le plaid qu'elle portait sur ses épaules. Je suppose que vous vous croyez assez invincible pour prendre le risque de chevaucher seul...

Avant qu'elle en ait dit davantage, Rab ramena une autre dépouille, dans le même état que la première.

Elizabeth termina de nettoyer le visage de Miles.

— Nous allons vous emmener non loin d'ici, dans

un endroit chaud et calme. Maintenant, je veux que vous vous reposiez.

Bientôt, sir Guy et une femme arrivèrent, les bras chargés de couvertures.

— Il y a une bonne soupe d'orge sur le feu, annonça la femme. Et des galettes d'avoine dans le foyer. Scarlett enverra d'autres couvertures si vous en avez besoin.

Posant un genou à terre, sir Guy souleva le plaid qui recouvrait Miles et examina ses blessures. Entre-temps, Rab revint avec un troisième cadavre de sanglier.

— Combien y en avait-il ? demanda Elizabeth avec stupeur.

— Cinq, dit sir Guy. Son cheval a dû le désarçonner en plein milieu d'une famille. Il n'avait que son épée et son poignard, mais les a tués tous les cinq et a réussi à revenir jusqu'ici. Rab nous a conduits jusqu'aux sangliers, puis a disparu avant que nous trouvions lord Miles.

— Il est venu à moi, lui apprit-elle. Pouvez-vous transporter Miles ?

Sans le moindre effort visible, sir Guy souleva avec délicatesse son jeune maître, comme il l'aurait fait d'un enfant. Aussitôt les plaies recommencèrent à saigner.

— Attention ! cria Elizabeth, prise de panique, mais sir Guy la rassura du regard.

Sir Guy pénétra le premier dans la ferme et déposa Miles sur le lit accolé au mur. L'unique pièce, minuscule et sombre, était seulement éclairée par une cheminée. Hormis le lit, l'ameublement se limitait à une table et deux chaises. Une marmite d'eau chauffait au-dessus de l'âtre. Sans perdre une seconde, Elizabeth y plongea les linges qu'on avait laissés pour elle et commença à nettoyer Miles. Elle avait presque terminé de le laver quand Morag et Scarlett arrivèrent, Morag portant un plein panier de remèdes.

— Je n'y vois plus aussi bien qu'avant, déclara-t-elle en baissant les yeux sur les plaies béantes de Miles. L'une de vous devra se charger des soins.

— Ce sera moi, décréta immédiatement Elizabeth. Je peux le faire si vous me dites comment procéder.

Coudre la peau d'un homme était bien différent de coudre un vêtement, s'aperçut-elle très vite. Tous les muscles de son corps se crispaient à chaque fois qu'elle plantait l'aiguille dans la chair de Miles.

Ce dernier, d'une pâleur alarmante, ne bougeait pas et respirait à peine. Scarlett aidait Elizabeth, enfilant les aiguilles et coupant les fils.

Quand Elizabeth eut enfin terminé, ses mains tremblaient.

— Buvez cela, lui conseilla Scarlett.

— Qu'est-ce que c'est ?

— Dieu seul le sait. J'ai appris depuis longtemps à ne pas demander ce que Morag met dans ses préparations. Quoi qu'il en soit, malgré le goût abominable, cela vous fera du bien.

Adossée au mur, les yeux fixés sur Miles, Elizabeth avala le breuvage. Quand Morag s'approcha du blessé pour porter une coupe à ses lèvres, Elizabeth la rejoignit.

— Buvez, dit-elle doucement à Miles en lui soulevant la tête. Vous devez retrouver vos forces.

Miles ouvrit à demi les yeux pour la regarder.

— Cela en vaut la peine, murmura-t-il avant de boire.

Morag eut un gloussement de dérision.

— Il restera couché une année entière, si vous continuez à le cajoler comme ça.

— Et quand bien même il le ferait ! jeta Elizabeth en retour.

Scarlett éclata de rire.

— Venez vous asseoir, Elizabeth, et reposez-vous. J'aimerais savoir comment vous avez appris que Miles avait été blessé. Nous venions juste de le trouver quand vous êtes arrivée.

Elizabeth s'assit par terre, à la tête de Miles, et haussa les épaules. Elle ignorait elle-même comment elle l'avait su...

Son répit ne fut pas long. Il lui sembla qu'une seule petite minute s'était écoulée quand Morag lui tendit quelque chose d'autre à faire avaler à Miles.

A la nuit tombée, Scarlett rentra à Larenston. Elizabeth, assise près de Miles, le regardait, sentant qu'il ne dormait pas. Morag, installée sur une chaise, hochait songeusement la tête.

— Comment... murmura Miles. Comment est la femme de Raine ?

Elizabeth pensa qu'il délirait, puisqu'elle n'avait rencontré ni Raine ni son épouse.

— Chanteuse, dit Miles. Pagnell.

Ces deux mots lui permirent de comprendre, mais elle fut surprise qu'un des Montgomery ait choisi d'épouser une simple chanteuse. Elle raconta à Miles dans quelles circonstances elle avait connu Alyxandria Blackett, cette petite chanteuse à la voix d'or qu'elle avait tenté de sauver des griffes de Pagnell — ce qui avait entraîné sa propre capture.

Miles sourit et lui prit la main. Il ne s'endormit

qu'aux premières lueurs de l'aube, sa main serrant toujours celle d'Elizabeth.

Morag se leva et commença à préparer d'autres mixtures à base d'herbes, de champignons séchés et de plusieurs ingrédients qu'Elizabeth ne reconnut pas.

Elles ôtèrent les bandages ensanglantés et Morag appliqua une couche d'onguent sur chaque blessure.

L'après-midi, tandis que Miles s'était à nouveau endormi, Elizabeth sortit pour la première fois de la ferme. Sir Guy, assis au pied d'un arbre, leva vers elle un regard interrogateur.

— Il se repose, l'informa-t-elle.

Sir Guy hocha la tête et ses yeux fixèrent un point dans le lointain.

— Il n'y a pas beaucoup d'hommes capables de tomber au milieu de cinq sangliers et de s'en sortir vivants, nota-t-il avec fierté.

Les larmes aux yeux, Elizabeth posa une main sur l'épaule du géant.

— Je ferai tout ce qui est en mon pouvoir pour qu'il guérisse.

Sir Guy hocha à nouveau la tête, sans la regarder.

— Vous n'avez aucune raison de l'aider. Nous ne vous avons pas bien traitée.

— Ce n'est pas vrai, le détrompa-t-elle. Auprès de vous j'ai découvert la courtoisie ; et j'ai reçu de l'amour.

Sur ces paroles, elle s'éloigna en direction de la rivière qui traversait les terres MacArran. Elle se lava, attacha ses cheveux, s'assit pour se reposer un moment, enveloppée dans son plaid... et ne se réveilla qu'à la nuit. Sir Guy veillait, non loin d'elle.

Encore tout ensommeillée, elle se précipita vers la ferme.

Le pli soucieux qui barrait le front de Miles disparut quand il la vit.

— La voilà, bougonna Morag. Maintenant, peut-être que vous accepterez d'avaler un peu de ça.

— Elizabeth, dit Miles.

Elle le rejoignit et lui soutint la tête pendant qu'il buvait. Puis il s'endormit ainsi, le visage blotti dans les mains d'Elizabeth.

13

— Vous ne vous lèverez pas, décréta fermement Elizabeth. Je n'ai pas passé toutes ces nuits blanches à vous soigner pour vous permettre maintenant la moindre imprudence.

Miles leva vers elle un regard implorant.

— Je vous en prie, Elizabeth.

L'espace d'une seconde, elle faillit céder, mais éclata de rire devant sa propre naïveté.

— Vous êtes trop rusé, Montgomery. Tenez-vous tranquille ou je vous attache au lit.

— Vraiment ? dit-il en haussant les sourcils.

Elle rougit en comprenant à quoi il pensait.

— Soyez raisonnable ! Je veux que vous mangiez davantage. Vous ne guérirez jamais si vous refusez de vous nourrir.

Il lui saisit la main et l'attira à lui avec une force surprenante. Ou peut-être qu'Elizabeth n'avait pas opposé une bien grande résistance... Il était à moitié assis, le dos calé contre des oreillers. Avec précaution, elle s'allongea près de lui. Cela faisait seulement cinq jours que Miles avait été blessé, mais sa vigoureuse constitution commençait déjà à reprendre le dessus, et son état n'était plus inquiétant.

— Pourquoi êtes-vous restée ici ? demanda-t-il. L'une des femmes de Scarlett pourrait veiller sur moi.

— Pour qu'elle saute dans votre lit et rouvre vos blessures ? suggéra-t-elle d'un ton indigné.

— C'est ce qui va arriver si vous me faites rire. Comment aurais-je pu toucher une autre femme, alors que vous êtes si proche ?

— Une fois que j'aurai le dos tourné, je suis sûre que vous en trouverez le courage.

Il plongea la main dans sa chevelure, attira son visage vers lui et s'empara possessivement de sa bouche.

— N'avez-vous pas encore compris que vous m'appartenez ? grogna-t-il à moitié. Quand l'admettrez-vous ?

Sans lui accorder une chance de répondre, il l'embrassa à nouveau. Elizabeth lui rendit son baiser avec toute la force de sa tension et de son inquiétude accumulées ces derniers jours.

La sensation d'un objet métallique et froid sur la gorge de Miles les figea soudain dans leur étreinte. Spontanément, Miles chercha son épée sous les couvertures, mais sa main ne croisa que du vide.

Roger Chatworth les surplombait, les yeux remplis de haine, la pointe de son épée appuyée sur le cou de Miles.

— Ne lui fais pas de mal, dit Elizabeth en s'écartant de Miles.

— Je voudrais tuer tous les Montgomery, déclara Roger Chatworth.

D'un mouvement vif, Miles se déplaça sur le côté et saisit le poignet de son ennemi.

— Non ! s'écria Elizabeth en se cramponnant au bras de son frère.

Les bandages de Miles commençaient à rougir.

— Il est blessé, reprit-elle. Attaquerais-tu un homme incapable de se défendre ?

Roger reporta toute son attention sur elle.

— Serais-tu devenue l'une des leurs ? Les Montgomery t'auraient-ils détournée de ton propre sang ?

— Non, Roger, bien sûr que non.

Elle essayait de garder son calme. Mieux valait ne pas déclencher la sauvagerie qui couvait en Roger, prête à éclater à la moindre étincelle. Quant à Miles, malgré son épuisement, elle savait qu'il pouvait bondir à tout moment et risquer de rouvrir ses blessures.

— Es-tu venu pour moi ?

Un lourd silence pesa tandis que les deux hommes la regardaient. Elle devait partir avec Roger, sinon il tuerait Miles. Elle en était certaine. Sous l'emprise de la colère, Roger était capable de tout.

— J'aimerais rentrer à la maison, poursuivit-elle en se forçant à sourire.

— Elizabeth ! l'avertit Miles.

Elle l'ignora.

— Viens, Roger, qu'attends-tu ?

Son cœur battait si fort qu'elle entendait à peine sa propre voix.

— Elizabeth ! cria Miles, la main sur sa poitrine haletante.

Roger les regarda l'un après l'autre et parut hésiter.

— Je suis à bout de patience, Roger ! Trouves-tu que mon exil n'a pas été assez long ?

Elle alla jusqu'à la porte et se retourna, les yeux

uniquement fixés sur Roger. Regarder Miles était au-dessus de ses forces.

Visiblement intrigué, Roger la suivit lentement. Un cheval les attendait à l'extérieur. Elizabeth avança, se refusant à regarder autour d'elle car elle savait qu'elle verrait le corps de sir Guy. Seule la mort avait pu empêcher le géant de protéger son maître.

— Elizabeth ! entendit-elle Miles hurler une fois de plus.

Ravalant le nœud qui lui serrait la gorge, elle laissa Roger l'aider à monter en selle.

— Nous aurons besoin de nourriture, dit soudain ce dernier en retournant vers la maison.

— Roger ! le rappela-t-elle. Si tu lui fais du mal, je...

Mais il ne l'écoutait pas. En un éclair, elle mit pied à terre et s'élança à sa suite...

Elle arriva pour voir Roger enfoncer son épée dans le bras de Miles et contempler le spectacle de son adversaire se vidant de son sang.

— La femme de Raine a épargné ma vie et c'est à elle que vous devez le peu de souffle qui vous reste, déclara-t-il à Miles avant de se tourner vers Elizabeth. Remonte en selle, ou je l'achève.

Tremblante, privée de ses forces, Elizabeth lui obéit. Quelques secondes plus tard, il la rejoignit, se hissa derrière elle et lança son cheval au galop.

Assise devant un métier à broder, Elizabeth travaillait à une nappe d'autel représentant saint Georges terrassant le dragon. Il y avait dans un coin un petit garçon ressemblant étrangement à Kit et saint

Georges... le saint avait quelque chose de Miles Montgomery. Elizabeth interrompit sa tâche en sentant son bébé s'agiter dans son ventre.

Alice Chatworth, installée en face d'elle, contemplait dans un miroir à main la moitié intacte de son visage.

— J'étais si belle alors, disait-elle. Absolument aucun homme ne pouvait me résister. Ils étaient tous prêts à sacrifier leur vie pour moi. Il me suffisait de désigner ce que je désirais et cela m'était donné. (Elle tourna le miroir sur les horribles cicatrices couvrant l'autre partie de son visage.) Jusqu'à ce que les Montgomery aient fait ça ! siffla-t-elle. Judith Revedoune était jalouse de ma beauté. Elle est tellement laide, avec ses cheveux rouges et ses taches de rousseur, qu'elle a eu peur de perdre mon cher Gavin. Et elle avait bien raison de s'inquiéter.

Elizabeth bâilla ostensiblement, ignora le regard haineux d'Alice et se tourna vers Roger qui, la mine sombre, se tenait devant le feu, une chope de vin à la main.

— Roger, aimerais-tu faire une promenade avec moi dans le jardin ?

Comme d'habitude, les yeux de Roger s'arrêtèrent un instant sur le ventre d'Elizabeth avant de glisser vers son visage.

— Non, je dois parler à mon intendant, marmonna-t-il presque en la fixant comme s'il cherchait la clé d'un mystère.

Elle sentait ce qu'il avait envie de dire, ce qu'il lui avait déjà répété maintes et maintes fois : Tu as changé.

Depuis deux semaines qu'elle était de retour dans sa « famille », Elizabeth s'était elle-même rendu compte à quel point ces cinq mois avec les Montgomery l'avaient transformée. Parfois, elle avait l'impression d'être une autre personne, d'autant plus que, durant sa longue absence, absolument rien ne s'était modifié dans la demeure Chatworth.

Malgré sa conviction que Roger était différent d'Edmund, elle voyait bien qu'il n'avait rien entrepris pour imposer ses propres règles dans son domaine. Sur beaucoup de plans, tout continuait exactement comme au temps d'Edmund. La totale indifférence de Roger lui permettait même de cohabiter sans problème avec Alice : il ignorait complètement sa présence. En fait, plongé dans un profond tourment intérieur, il ne prêtait plus aucune attention à ce qui se passait autour de lui.

A son arrivée, Elizabeth avait à peine mis pied à terre, épuisée par le long voyage, que deux des hommes de Roger, anciennement au service d'Edmund, avaient commencé à lui lancer des remarques offensantes. Il leur tardait de se retrouver seuls avec elle, avaient-ils insinué.

La première réaction d'Elizabeth avait été la peur. Soudain, tout s'était passé comme si elle n'avait jamais quitté le domaine Chatworth : dans son esprit avait défilé l'inventaire des ruses qu'elle connaissait pour échapper aux attaques des hommes. Mais ses pensées étaient ensuite revenues à sir Guy. Comment elle lui avait brisé les doigts de pied, comment il avait boité pendant des semaines... et comment plus tard, elle s'était retrouvée assise à ses côtés, partageant avec lui la même inquiétude pour la vie de Miles.

Pas question qu'elle laisse à nouveau la peur diriger son existence ! s'était-elle alors dit. Elle avait eu trop de mal à vaincre sa terreur des hommes pour gâcher en une seconde le fruit de ses efforts.

Se tournant vers Roger, elle lui avait ordonné d'éloigner immédiatement ses hommes.

Roger n'avait pas caché sa surprise et s'était hâté de la conduire hors des écuries. Il avait essayé de la calmer d'un ton protecteur, mais Elizabeth n'avait rien voulu entendre. L'idée que sa chère petite sœur ait pu lui tenir tête avait à la fois choqué et blessé Roger. A son sens, il venait juste de la sauver de l'enfer et ne méritait pas cette ingrate révolte.

Pour la première fois de sa vie, Elizabeth avait dit à Roger toute la vérité sur Edmund. Roger, le visage blême, s'était laissé tomber sur une chaise, comme privé de la moindre force. Pendant toutes ces années, il avait cru protéger sa petite sœur mais, en vérité, elle avait vécu un véritable martyre. Il n'avait jamais su qu'Edmund la faisait revenir du couvent dès qu'il tournait le dos et qu'Elizabeth avait dû apprendre à se défendre seule contre les hommes.

Et quand Elizabeth eut terminé son récit, il était prêt à aller tuer les malotrus qui l'avaient agressée dans l'écurie.

Quand elle se déclenchait, la fureur de Roger Chatworth n'avait pas de limites. En l'espace de trois jours, il avait installé la peur dans le cœur de ses sujets. Beaucoup d'hommes furent renvoyés, et si l'un de ceux qui restaient osait seulement regarder Elizabeth avec convoitise, celle-ci en rendait aussitôt compte à son frère. Jamais plus elle n'accepterait ce genre d'insolence. Autrefois, elle ignorait comment une lady se devait d'être traitée, mais à présent, à la lueur de son expérience chez les Montgomery, elle savait exactement quels étaient ses droits... et entendait bien les faire respecter.

Roger avait accédé à toutes ses exigences mais elle avait senti à quel point son attitude l'avait offensé. Par le passé, Brian et elle avaient trop souvent ménagé la susceptibilité de leur grand frère. Ce dernier pouvait se montrer si doux et en même temps si cruel... Elle n'avait tenté qu'une seule fois de lui parler des Montgomery, mais sa colère avait été telle qu'elle n'avait osé insister.

Comme il ne l'avait pas vue depuis plusieurs mois, il avait vite noté le changement de son corps. Quand il le lui avait fait remarquer, elle avait déclaré, le menton levé et sans aucun regret dans la voix, qu'elle portait l'enfant de Miles Montgomery.

Elle s'était attendue à sa fureur, s'y était préparée, mais la profonde douleur qui avait empli les yeux de Roger l'avait décontenancée.

— Va. Laisse-moi seul, avait-il murmuré, et elle avait obéi.

Cette nuit-là, comme chaque nuit depuis qu'elle avait quitté Miles, Elizabeth avait pleuré toutes les larmes de son corps avant de s'endormir. Miles comprendrait-il qu'elle avait suivi Roger pour le sauver ou la haïrait-il ? Et Kit ? Comment lui avait-on expliqué son départ ? Inlassablement, elle songeait à tous ces êtres qu'elle avait appris à aimer, là-bas, en Ecosse.

Elle brûlait d'envoyer un message en Ecosse, mais ne pouvait se fier à personne pour le faire parvenir. Cependant, la veille, au cours de sa promenade matinale, une femme âgée qu'elle ne connaissait pas s'était approchée d'elle, lui offrant un panier de pains. Elle avait commencé par refuser, mais la femme, soulevant le linge qui recouvrait les pains, avait laissé entrevoir la cocarde des MacArran. Elizabeth s'était alors vivement emparée du panier et l'inconnue avait disparu avant qu'elle pût la remercier.

Fébrilement, elle avait fouillé le panier et trouvé un message de Scarlett. Celle-ci lui assurait qu'elle avait compris les raisons de son départ — contrairement à Miles. Sir Guy avait été blessé par trois flèches, mais on ne craignait pas pour sa vie. Miles, dans sa fureur, avait rouvert ses blessures. Morag l'avait retrouvé en proie à une forte fièvre qui l'avait tenu trois jours et avait bien failli l'emporter. Dès qu'il avait appris ce qui était arrivé à Miles, Stephen était revenu du camp de hors-la-loi de Raine. Ce dernier avait pris le jeune Brian sous sa protection et Stephen nourrissait tous les espoirs d'une paix prochaine entre les deux familles. Scarlett ajoutait que Miles se remettait lentement et qu'il refusait qu'on mentionne devant lui le nom d'Elizabeth.

A présent, au souvenir de cette dernière phrase, un frisson glacé s'empara d'Elizabeth.

— Tu devrais porter un manteau, dit la voix de Roger derrière elle.

— Mon plaid me suffit, murmura-t-elle.

— Pourquoi m'imposer la vue de cette chose ? explosa-t-il. N'est-ce pas suffisant que tu portes un Montgomery en toi ? A chaque fois que je te vois, c'est comme si tu me frappais en plein visage.

— Roger, je veux que cette haine prenne fin. Je veux...

— Tu veux être la putain de mon ennemi ! cingla-t-il.

Lui lançant un regard noir, elle se détourna de lui.

Il la rattrapa par le bras. Ses yeux étaient emplis de douceur quand ils croisèrent les siens.

— Ne peux-tu te mettre à ma place ? J'ai vécu l'enfer pour te retrouver. Raine Montgomery m'a menacé de son épée quand je suis allé lui demander où tu étais. Si son épouse ne s'était pas interposée, je serais mort à présent. Penses-tu qu'il m'a été facile de requérir le roi et de me mettre à genoux devant lui ? Je déteste cet homme depuis qu'il m'a taxé si lourdement à cause de ce qui est arrivé à Mary Montgomery. Mais pour toi, je me serais traîné aux genoux de n'importe qui. (Il s'interrompit et posa les mains sur les bras d'Elizabeth.) Et cela n'a pas été non plus facile de pénétrer en Ecosse et d'en ressortir. Pourtant, quand je t'ai trouvée, tu t'accrochais à Miles Montgomery comme si tu voulais devenir une partie de lui-même. Et la comédie que tu m'as jouée ! Je me sentais comme un ennemi, alors que j'étais là pour te délivrer de l'homme qui te tenait captive et t'avait pris ta vertu. Peux-tu m'expliquer cela, Elizabeth ? conclut-il d'un ton lourd.

Elle posa la tête sur sa poitrine.

— Comment te dire ? Comment t'expliquer ce qui m'est arrivé durant ces derniers mois ? J'ai rencontré l'amour et...

— L'amour ! lança-t-il avec cynisme. Crois-tu qu'un homme t'aime parce qu'il t'a mise dans son lit ? Miles Montgomery t'a-t-il juré un amour éternel ? T'a-t-il demandé de devenir sa femme ?

— Non, mais...

— Tu connais si peu les hommes, l'interrompit-il. Tu n'as été qu'un pion dans cette querelle. Sais-tu que les Montgomery se réjouissent du fait qu'une

Chatworth porte l'enfant d'un Montgomery ? Ils pensent qu'ils ont gagné.

— Gagné ! répéta-t-elle durement en le repoussant. Tout ceci n'est-il qu'un jeu, pour toi ? Que devrais-je raconter à mon enfant ? Qu'il n'était qu'une pièce d'échiquier, utilisée dans une guerre stupide entre deux familles ?

— Stupide ? Comment peux-tu dire cela, alors que Brian nous a quittés et qu'il me hait probablement à cause des Montgomery ?

Elizabeth ne lui avait pas rapporté sa rencontre avec Brian en Ecosse.

— Ne t'est-il pas venu à l'esprit, Roger, que Brian avait pu partir à cause de *toi* ? J'aimerais bien entendre ta version sur ce qui est arrivé à Mary Montgomery.

Il se détourna d'elle.

— J'avais bu. C'était un affreux... accident. (Il la regarda à nouveau, les yeux implorants.) Je ne peux ramener cette femme à la vie et le roi m'a largement puni avec ses amendes. Brian m'a abandonné et tu m'es revenue, portant l'enfant de mon ennemi dans ton sein et m'accablant de questions et de reproches au lieu de me donner ton amour. Quelle autre punition voudrais-tu m'infliger ?

— Je suis désolée, Roger, dit-elle avec douceur. Peut-être ai-je changé. Je ne sais pas si Miles m'aime. J'ignore s'il veut m'épouser pour donner un nom à notre enfant, mais je sais que je l'aime et que je le suivrais n'importe où s'il le demandait.

Seuls les yeux de Roger montraient l'immense douleur qui l'accablait.

— Comment peux-tu te retourner aussi radicalement contre moi ? Tes nuits de plaisir dans les bras de cet homme t'ont-elles fait oublier l'amour que je te porte et t'ai toujours porté ? Cinq mois avec lui ont-ils effacé dix-huit ans avec moi ?

— Non, Roger. Je t'aime. Mais je vous veux tous les deux.

Cette dernière phrase lui arracha un sourire.

— Comme tu es jeune, Elizabeth ! Tu veux un homme qui, d'après ce que j'ai entendu dire, est aussi convoité par la moitié des femmes d'Angleterre. Tu veux un homme qui t'a mise dans son lit, t'a fait un enfant, mais ne t'a jamais parlé de mariage. Et quelle sorte d'union cela serait-il ? T'occuperais-tu de tous ses bâtards, comme tu l'as fait pour son fils aîné ?

— Que sais-tu de Kit ?

— Je sais beaucoup de choses sur mes ennemis, Miles Montgomery aime les femmes. Pour lui, tu n'en es qu'une parmi tant d'autres et je le respecte au moins pour ne pas t'avoir menti en te jurant que tu serais son seul et unique amour. (Il lui toucha doucement le bras.) Elizabeth, si tu veux un mari, je peux t'en trouver un. Je connais plusieurs hommes qui seraient prêts à t'épouser, même si tu portes l'enfant d'un autre, et qui feraient de très bons époux. Avec ce Montgomery, je ne te donnerais pas un an pour être malheureuse.

— Peut-être, déclara-t-elle, essayant de penser rationnellement.

Avait-elle perdu la raison au contact de Miles ? Il avait été gentil avec elle, mais il l'était aussi avec n'importe quelle servante. Si elle abandonnait son frère pour un Montgomery, Roger la haïrait. Et que serait son amour pour Miles dans quelques années ? Que ressentirait-elle si on lui « livrait » une autre jeune fille, pour plaisanter, et qu'il décide de l'ajouter à la liste de ses possessions ? La ramènerait-il à la maison, souriant, s'attendant à ce qu'Elizabeth prenne soin de cette nouvelle recrue, comme elle le ferait de ses bâtards ?

— Laisse-moi te trouver quelqu'un, reprit Roger. Je ferai venir plusieurs prétendants et tu choisiras librement. Accepte au moins de les voir. Si aucun ne te convient, je respecterai ta décision de ne pas te marier.

Elle lui adressa un regard plein d'affection. Roger serait la risée de tous s'il permettait à sa sœur d'accoucher d'un bâtard. Un autre aurait pu menacer de la tuer si elle refusait de se marier. Roger, lui, malgré les disgrâces qu'il avait endurées, était encore prêt à risquer son honneur à cause d'elle.

Ils échangèrent un sourire et, pour la première fois depuis longtemps, Roger parut avoir à nouveau une raison de vivre.

— J'accepte de rencontrer ces hommes, déclara-t-elle.

Elle s'efforcerait de tomber amoureuse de l'un d'eux. Elle aurait alors un mari aimant et attentionné, des enfants à chérir et retrouverait ses frères — car, d'une manière ou d'une autre, elle réunirait Brian et Roger.

Les jours suivants, Elizabeth comprit beaucoup de choses sur l'amour. Avant d'avoir rencontré Miles, elle n'avait jamais eu aucune idée de ce qu'était ce sentiment. Elle n'avait même pas envisagé l'éventualité d'aimer un homme, mais Miles était apparu et avait changé tout cela. Sa patience et son humour avaient eu raison de ses résistances. Elizabeth savait qu'elle garderait toujours un penchant pour Miles, mais il existait d'autres hommes capables de gentillesse et de patience en ce monde. Il ne lui restait plus qu'à tomber amoureuse de l'un d'eux et tout serait résolu.

Mais elle sous-estimait ses propres sentiments.

Roger fit défiler devant ses yeux une parade d'hommes prêts à la servir. Il y en avait de toutes sortes... grands, petits, minces, gros, laids, beaux à couper le souffle, élégants et sûrs d'eux, enjôleurs à l'humour irrésistible... il y en eut même un qui chantait à merveille.

Au début, Elizabeth se sentit flattée par leurs attentions, mais au bout de quelques jours ses anciennes terreurs la reprirent. Il suffisait qu'un homme lui touche l'épaule pour qu'elle sursaute et porte la main à son poignard. Après une semaine de ce régime, elle commença à invoquer la moindre excuse pour regagner sa chambre, et s'éloignait le moins possible de Roger.

Puis, sans crier gare, Roger quitta le domaine. Accompagné de huit chevaliers, il partit à bride abattue. Une servante expliqua à Elizabeth qu'il avait reçu un message apporté par un vieil homme crasseux et édenté, et qu'il avait aussitôt pris la route. Le message avait été jeté au feu.

Elizabeth faillit fondre en larmes à l'idée que onze invités se trouvaient en bas et qu'elle était désormais leur seule hôte. Constamment sur ses gardes, elles était incapable de discuter de manière cohérente avec l'un d'entre eux. Le courage qu'elle avait acquis grâce à Miles s'évanouissait à chaque instant un peu plus. Elle en arriva un jour à abattre un vase de cuivre sur la tête d'un homme qui venait de marcher un peu trop près derrière elle.

Les pans de sa jupe volant autour d'elle, elle se précipita dans sa chambre, refusant de réapparaître dans la grande salle.

Allongée sur son lit, ses pensées se tournèrent à nouveau vers Miles. Aucun des hommes qu'elle avait rencontrés n'avait soutenu la comparaison avec lui. Pourtant, certains possédaient incontestablement toutes les qualités. Un jour, elle avait permis à l'un d'eux de l'embrasser dans le jardin. Elle s'était retenue juste à temps de lui planter son talon dans le pied, mais n'avait pu s'empêcher de s'essuyer la bouche du revers de la main. Le pauvre chevalier en avait été terriblement offensé.

Malgré sa bonne volonté, aucun des prétendants n'éveillait le moindre intérêt en elle. Si seulement elle pouvait demander conseil à Scarlett ! Elle était sur le point de lui écrire une lettre, quand son univers bascula.

Un Roger hagard et épuisé revint, portant le corps mutilé de Brian.

Elizabeth se précipita pour l'accueillir, mais il la regarda sans la voir et monta le corps de son frère dans une chambre où il s'enferma. Il y resta deux jours et quand il en ressortit, ses yeux cernés étaient noyés de larmes.

— Tes Montgomery ont fait cela, dit-il d'une voix rauque en dépassant Elizabeth et Alice.

Brian fut enterré cet après-midi-là, mais Roger ne réapparut pas. Elizabeth déposa des roses sur la tombe et pleura pour ses deux frères.

Dès lors, Alice traqua Elizabeth sans relâche, répétant de sa voix criarde que les Montgomery méritaient la mort. Fascinée par les lampes remplies d'huile bouillante, elle les balançait devant ses yeux, les contemplant d'un regard fou, et disait à Elizabeth que son enfant naîtrait avec la marque de Satan et serait maudit pour l'éternité.

Un par un, les prétendants quittèrent cette demeure à l'atmosphère malsaine, et Elizabeth se retrouva seule avec sa belle-sœur.

Au tout début du mois de mars, un messager du roi se présenta.

C'était la veille du jour où les hommes envoyés par Elizabeth retrouvèrent Roger — seul dans la cabane en pierre d'un berger. Il semblait n'être que l'ombre de lui-même, avec ses joues creusées sous sa barbe, ses cheveux longs et sales, et ses yeux emplis d'une lueur sauvage et effrayante.

En présence d'Elizabeth, il lut le message, puis le jeta dans le feu.

— Dis au roi que ma réponse est non, déclara-t-il calmement au messager.

Elizabeth ne put que réprimer un cri de surprise et se demander quelle avait été la teneur de ce pli royal. Une fois le messager reparti, elle décida de s'armer de patience. Quoi que Roger ait refusé, cela ne tarderait pas à se savoir quand le roi aurait reçu sa réponse. Posant une main sur son ventre, elle s'interrogea sur l'avenir de son enfant. Aurait-il à craindre toute sa vie d'être traité de bâtard ?

14

Six jours après le départ du messager du roi, Elizabeth marchait seule dans le jardin. Elle n'avait pas revu Roger ni eu de ses nouvelles, et la mort de Brian avait enlevé à Alice le peu de raison qui lui restait. Non pas que cette femme regrettât Brian, mais pour le simple fait qu'un Montgomery fût l'auteur du crime. Quant à Elizabeth, son cœur s'emplissait de haine quand elle pensait à Raine Montgomery.

Une ombre se profila devant ses pas et elle sursauta avant de lever les yeux — et de rencontrer le sombre et intense regard de Miles Montgomery. Il la détailla avec mépris des pieds à la tête, notant le somptueux satin ivoire de sa robe, le double rang de perles et le rubis sur sa poitrine.

Elizabeth le dévisageait, se remplissant de son image comme un assoiffé plongeant dans une source d'eau. Ses yeux cernés et sa pâleur montraient qu'il n'était pas encore totalement remis de sa fièvre.

— Venez, dit-il d'une voix rauque.

Elle n'hésita pas à le suivre hors du jardin, à travers la forêt du domaine Chatworth. Des gardes étaient supposés y patrouiller mais, contre toute attente, Miles avait réussi à y pénétrer sans qu'on le repère.

Il ne lui adressa pas la parole, ne la regarda pas et elle ne se rendit à l'évidence que lorsqu'ils eurent atteint les deux chevaux qui attendaient : Miles la haïssait. Son corps rigide, ses yeux froids, tout en lui criait la haine.

Elle se raidit à son tour.

— Où m'emmenez-vous ?

Il se retourna et s'approcha d'elle.

— Le roi a ordonné notre mariage. Votre frère a refusé cet ordre. Si nous désobéissons, votre frère et moi serons déclarés traîtres et aurons nos terres confisquées. (Son regard se baissa sur le rubis.) Ne craignez rien. Après la cérémonie, je vous ramènerai à votre précieux frère et vous n'aurez pas à renoncer à toutes ces choses auxquelles vous tenez tant.

Il s'éloigna vers son cheval. Elizabeth tenta de monter en selle, mais sa robe longue et les tremblements qui agitaient son corps l'en empêchèrent. Miles la rejoignit et, la touchant le moins possible, la hissa sur sa monture.

En complet état de choc, Elizabeth ne fut même pas capable de penser tandis qu'ils se dirigeaient rapidement vers le nord. Ses yeux étaient tellement secs qu'ils en devenaient brûlants et son regard ne pouvait s'attacher qu'à la crinière de l'étalon claquant dans le vent.

Ils s'arrêtèrent environ une heure plus tard, aux abords d'un petit village, devant une charmante maison jouxtant une église. Miles mit pied à terre et ignora les difficultés qu'Elizabeth éprouvait à en faire autant.

Un prêtre leur ouvrit la porte.

— Voici donc la jolie mariée, Miles, dit-il avec un sourire. Entrez. Je sais comme vous êtes impatient.

Comme Miles passait le seuil sans tenir compte d'Elizabeth, celle-ci se précipita vers lui et l'attrapa par le bras. Le regard qu'il posa sur sa main avant de remonter vers son visage lui fit l'effet d'une gifle. Elle retira vivement sa main.

— Quand cela sera fini, pourrons-nous parler ? murmura-t-elle.

— Si ce n'est pas trop long, répondit-il froidement. Mon frère m'attend.

— Non, rétorqua-t-elle en essayant de récupérer sa dignité. Je ne vous retiendrai pas longtemps.

Rassemblant ses jupes, elle le devança.

Le mariage fut conclu en quelques minutes. Aucun membre de leurs familles n'était présent, seulement des étrangers convoqués par le prêtre. Et les participants prononcèrent leurs vœux d'engagement avec si peu de conviction qu'ils auraient pu aussi bien être en train de négocier une vente de grains.

Quand ils furent déclarés mari et femme, Miles se tourna vers Elizabeth et celle-ci retint son souffle.

— Je crois que nous pouvons parler dans la sacristie, lui indiqua-t-il simplement.

Le menton fièrement levé, Elizabeth le devança à nouveau.

Quand ils furent seuls dans la pièce, Miles s'appuya nonchalamment contre un mur.

— Je vous écoute.

La première envie d'Elizabeth fut de l'envoyer au diable, mais elle se ressaisit.

— J'ignorais l'ordre du roi sur notre mariage. Si j'avais été au courant, je n'aurais pas refusé. Je ferais n'importe quoi pour que cette querelle cesse.

— Même coucher avec votre ennemi ? railla-t-il.

Elle serra les dents.

— La mort de Brian a mis Roger hors de lui.

— Peut-être n'avez-vous pas entendu dire que Raine a survécu de justesse au poison de votre frère.

— Du poison ! hoqueta-t-elle. De quoi allez-vous encore accuser Roger ?

— Il ne s'agit pas de Roger. C'est Brian qui a empoisonné Raine.

— Eh bien, Brian a payé pour cela, non ? Il paraît que Raine est un homme robuste. A-t-il pris plaisir à déchiqueter mon fragile frère ? S'est-il réjoui d'entendre ses os se briser sous ses coups ?

Le regard de Miles se durcit.

— Je vois qu'une fois de plus vous ne connaissez qu'une version des faits. Roger vous a dit que Raine avait tué Brian ?

— Pas directement, mais...

Miles s'écarta du mur.

— Alors demandez-le-lui. Que votre irréprochable frère vous dise la vérité sur le meurtre de Brian Chatworth. Maintenant, si vous n'avez pas d'autre accusation à porter contre moi, je dois partir.

— Attendez ! s'écria-t-elle. Je vous en prie, donnez-moi des nouvelles. Comment va sir Guy ?

Les yeux de Miles devinrent aussi noirs que les ténèbres.

— En quoi diable cela vous importe-t-il ? Depuis quand vous souciez-vous de quelqu'un d'autre que de votre ignoble frère ? Sir Guy a failli succomber à ses flèches. Quelques centimètres de plus et il était atteint en plein cœur.

— Et Kit ? murmura-t-elle.

— Kit ! répéta-t-il, les dents serrées. Kit a pleuré

pendant trois jours après votre départ, mais maintenant il évite de se retrouver dans la même pièce que la nurse de Philip. Elle s'appelle Elizabeth.

— Je n'avais pas l'intention de... commença-t-elle. J'aime Kit.

— Non, Elizabeth, vous ne l'aimez pas. Nous ne représentions rien pour vous. Vous nous avez fait payer votre captivité. Après tout, vous êtes une Chatworth.

— Je ne supporterai pas davantage vos insinuations ! explosa-t-elle. Qu'étais-je supposée faire quand mon frère vous tenait au bout de son épée ? Il vous aurait tué ! Ne comprenez-vous pas que je suis partie pour sauver votre vie ?

— C'est donc cela que je devrais croire ? dit-il à voix basse. Vous vous tenez devant moi, couverte de perles, arborant un rubis qui a plus de valeur que tout ce que je possède, et vous prétendez que vous avez suivi votre frère pour épargner ma vie ? Me prenez-vous pour un imbécile ?

— Alors dites-moi, vous qui êtes si intelligent, ce que j'aurais dû faire, rétorqua-t-elle du tac au tac.

— Si votre frère vous aime autant que vous le clamez, vous auriez dû lui expliquer que vous vouliez rester avec moi.

Elle leva les mains au ciel.

— Comment n'y avais-je pas pensé ? Roger aurait certainement rangé son épée et serait docilement rentré à la maison. Le tempérament de Roger n'a d'égal que le vôtre. Et, Montgomery, comment pouvais-je savoir si *vous* vouliez que je reste avec vous ?

Il garda le silence un moment.

— Mes désirs ont toujours été clairs. J'ai entendu dire que beaucoup d'hommes vous entouraient ces temps-ci. J'espère que votre statut de femme mariée ne dérangera pas vos activités, bien que mon enfant risque de rendre vos formes momentanément moins attrayantes.

Très calmement, avec lenteur, Elizabeth s'avança vers lui et le gifla à toute volée.

Quand Miles la regarda à nouveau, ses yeux étincelaient. D'un mouvement vif et brutal, il lui saisit les deux mains et la plaqua contre le mur. Ses lèvres s'emparèrent durement des siennes.

Réagissant avec toute la force de son désir, Elizabeth se pressa contre lui. La bouche de Miles traça un sillon de feu sur son cou.

— Vous m'aimez, n'est-ce pas, Elizabeth ?

— Oui, murmura-t-elle.

— A quel point ? souffla-t-il tout près de son oreille.

— Miles, je vous en prie... (Il avait bloqué ses mains au-dessus de sa tête et elle brûlait d'envie de le toucher.) Je vous en prie...

Brusquement, il s'écarta d'elle et la relâcha.

— Que ressent-on quand l'être que l'on aime vous rejette ? demanda-t-il froidement. Je vous ai suppliée de rester, mais vous avez choisi votre frère. Maintenant, veillez à ce qu'il vous donne ce dont vous avez besoin. Adieu, Elizabeth... Montgomery.

Il quitta la pièce et referma la porte derrière lui.

Pendant un long moment, Elizabeth se sentit incapable de bouger, puis elle réussit à marcher jusqu'à une chaise et à s'y asseoir. Elle était là, perdue dans une sorte d'affreux brouillard, quand le prêtre surgit, visiblement agité.

— Lord Miles doit partir, mais une escorte vous

attend dehors. Et il y a ceci pour vous. (Comme Elizabeth ne réagissait pas, il lui prit la main et la referma sur un objet froid et lourd.) Prenez votre temps. Les hommes patienteront.

Il fallut encore un moment avant qu'Elizabeth ait la force de se lever. L'objet qu'elle tenait à peine tomba, résonnant contre le sol de pierre. Elle s'agenouilla pour le ramasser. C'était une bague en or, avec une grosse émeraude sertie dans une monture représentant les trois léopards de la famille Montgomery.

Sa première impulsion fut de lancer le bijou à travers la pièce, mais avec une grimace résignée elle le glissa à son doigt et alla rejoindre les gardes qui l'attendaient.

A environ un demi-mile du domaine, Roger apparut au loin, accompagné de ses hommes en armes. Elizabeth se lança vers lui au galop.

— Mort à tous les Montgomery ! hurla Roger.

Elizabeth saisit la bride de son cheval, tirant de toutes ses forces pour obliger l'animal à se cabrer. Roger et elle bataillèrent un moment pour calmer les deux bêtes.

— Pourquoi chevauches-tu escortée par des Montgomery ? cria Roger.

— Parce que *je* suis une Montgomery ! cria-t-elle en retour.

Cette affirmation figea instantanément Roger.

— Comment as-tu osé me cacher l'ordre du roi ? s'emporta-t-elle de plus belle. Quel autre mensonge m'as-tu fait ? Qui a tué Brian ?

Roger était littéralement rouge de colère.

— Un Montgomery... commença-t-il.

— Non ! Je veux la vérité !

Roger regarda les hommes derrière elle, comme s'il était en train d'organiser leur mort.

— Dis-moi tout de suite la vérité ou je retourne avec eux en Ecosse. Je viens juste d'épouser un Montgomery et mon enfant a parfaitement le droit d'être élevé comme l'un des leurs.

Roger respirait si fort que sa poitrine se gonflait démesurément.

— *J'ai* tué Brian, hurla-t-il avant de se calmer. J'ai tué mon propre frère. C'est cela que tu voulais entendre ?

Elizabeth s'était attendue à toutes les réponses, sauf à celle-là. La fureur qui l'animait s'évanouit instantanément.

— Rentrons, Roger. Nous devons parler.

Quand ils furent seuls, Elizabeth demanda à Roger de tout lui raconter sur la querelle entre les Chatworth et les Montgomery. Ce ne fut pas une histoire facile à entendre et ce fut encore plus difficile d'amener Roger à parler sans détour. Sa version des faits prenait les couleurs de ses émotions.

En Ecosse, il avait vu une chance d'épouser Scarlett MacArran, ce qui aurait été pour lui une union très avantageuse. Il s'était présenté à la jeune femme de manière à lui plaire, c'est-à-dire en usant de quelques petits mensonges — mais qui n'en usait pas quand il s'agissait de courtiser ? Il avait même manœuvré pour que Stephen Montgomery se batte en duel pour gagner la dame, mais devant la trop facile victoire de Stephen il avait été pris d'une rage aveugle et l'avait attaqué dans le dos. Ce combat lui avait laissé un goût d'humiliation insupportable. Alors, seulement pour montrer aux Montgomery qu'il était un adversaire de taille, il avait capturé

Scarlett et Mary. Faire du mal à ces femmes n'avait jamais été son intention.

— Mais tu as fait du mal à Mary, lui rappela Elizabeth avec colère.

— Brian voulait l'épouser ! se défendit-il. J'avais souffert par les Montgomery et voilà que Brian se mettait en tête d'épouser leur sœur aînée, une fille simple et dénuée d'esprit. Personne d'autre en Angleterre n'aurait voulu d'elle. Imagines-tu ce qu'aurait été la réaction des Chatworth ? Nous aurions été la risée de notre famille.

— Ton orgueil me dégoûte. Brian est mort maintenant. Est-ce ce que tu souhaitais ?

— Non, murmura-t-il.

— Moi non plus, déclara-t-elle lourdement en s'asseyant. Roger, écoute bien ce que je vais te dire. La haine entre les Montgomery et les Chatworth n'a plus lieu d'être. Je suis désormais une Montgomery et mon enfant sera aussi un Montgomery. Il n'y aura plus de guerre.

— S'il essaie encore de te prendre...

— Me prendre ! l'interrompit-elle en se levant si brusquement que la chaise tomba à la renverse. Ce matin j'ai supplié Miles Montgomery de m'emmener avec lui, mais il a refusé. Et je le comprends ! Sa famille a perdu un être cher à cause de toi, et pourtant ils ne t'ont pas tué comme ils auraient probablement dû le faire.

— Brian...

— C'est *toi* qui as tué Brian ! hurla-t-elle. Tu es responsable de tous ces malheurs et, que Dieu me pardonne, si à l'avenir tu adresses ne serait-ce qu'un regard malveillant à un Montgomery, c'est moi qui tirerai l'épée contre toi.

Sur ce, elle quitta la pièce, trébuchant presque sur Alice qui, comme d'habitude, écoutait aux portes.

Elizabeth mit trois jours à se calmer suffisamment pour pouvoir recommencer à penser. Quand elle y parvint, elle considéra sa situation et ce qu'elle devait en faire. Son enfant serait éduqué dans les meilleures conditions possibles. Elle ne vivrait probablement jamais avec Miles, alors celui qui se rapprocherait le plus d'un père pour son enfant serait Roger.

Elle le trouva en train de se morfondre devant la cheminée. S'il n'avait pas été un homme, elle l'aurait tiré de son fauteuil et lui aurait donné un bon coup de pied au derrière.

— Roger, dit-elle d'une voix doucereuse, je ne m'en étais pas rendu compte avant, mais tu as pris du ventre.

Surpris, il posa une main sur son ventre plat.

Elizabeth réprima un sourire. Roger était très séduisant et avait l'habitude que les femmes le remarquent.

— Peut-être est-ce normal, pour un homme de ton âge, de devenir plus corpulent et moins musclé, poursuivit-elle.

— Je ne suis pas si vieux, se défendit-il en se levant et en inspectant son ventre.

— C'était une des choses que j'appréciais en Ecosse. Les hommes y sont si minces et fermes.

Il releva vivement la tête.

— Qu'essaies-tu de provoquer, Elizabeth ?

— J'essaie de te tirer de ton apitoiement sur toi-même. Brian est mort et ce n'est pas en t'enivrant toutes les nuits que tu le ramèneras. Maintenant, va secouer tes paresseux chevaliers et mets-les au travail.

Une pointe de sourire éclaira les yeux de Roger.

— Peut-être ai-je besoin d'exercice, dit-il avant de quitter la pièce.

Six semaines plus tard, Elizabeth mit au monde un beau bébé plein de santé qu'elle appela Nicholas Roger. L'enfant avait hérité les hautes pommettes de Gavin Montgomery. Roger le considéra tout de suite comme son propre fils.

Dès qu'elle fut remise de ses couches, Elizabeth s'employa à construire un vrai foyer autour du petit Nicholas. Elle commença par ordonner qu'un garde reste contamment aux côtés du bébé : Alice semblait croire qu'il était l'enfant de Judith et de Gavin, et Elizabeth se méfiait des réactions de cette femme insensée.

Nicholas avait à peine un mois quand la première lettre de Judith Montgomery arriva. En termes réservés, elle s'enquérait du nouveau-né et disait ses regrets de n'avoir pas encore rencontré Elizabeth. Miles n'était mentionné nulle part.

Elizabeth lui répondit aussitôt, décrivant le petit Nick et sa ressemblance avec Gavin. Judith aurait-elle quelques conseils à donner à une nouvelle mère ?

La réponse de Judith fut une malle pleine d'adorables vêtements pour bébé que son fils, maintenant âgé de dix mois, ne mettait plus.

Avec une pointe de méfiance, Elizabeth montra les vêtements à Roger et lui annonça qu'elle avait entamé une correspondance avec Judith Montgomery. Roger, qui venait de rentrer en sueur du terrain d'entraînement, ne fit aucun commentaire. Alice, elle, ne s'en priva pas.

Ce ne fut qu'à la cinquième lettre que Judith mentionna Miles, d'une manière apparemment fortuite. Miles vivait avec Raine, tous deux étaient sans leur femme et tous deux malheureux. Cette nouvelle fit passer une semaine merveilleuse à Elizabeth. S'amusant avec Nick, elle lui parla de son père et de son demi-frère, Kit.

En septembre, Elizabeth envoya à Judith des bulbes de fleurs pour son jardin et un pourpoint qu'elle avait confectionné pour Kit. Judith lui écrivit que le pourpoint avait beaucoup plu à Kit, mais que ce dernier et Miles croyaient que c'était elle qui l'avait cousu — ce qui avait provoqué l'hilarité de Gavin, qui ne connaissait que trop l'aversion de son épouse pour la couture.

Juste après Noël, Judith fit parvenir une longue lettre, très sérieuse. Raine et sa femme étaient à nouveau réunis et Miles leur avait rendu visite avant de retourner sur ses propres domaines. Judith s'inquiétait du changement de Miles. Il avait toujours été solitaire, mais à présent il ne parlait presque plus. Et, pire que tout, son amour des femmes semblait avoir disparu. Ces dernières lui couraient toujours après, mais il les considérait avec méfiance — quand il ne les ignorait pas tout à fait. Judith avait essayé de le questionner sur son état, et sa réponse avait été : « Je suis un homme marié, vous vous souvenez ? Maris et femmes se doivent fidélité. » Puis il avait éclaté de rire et s'en était allé. Judith suppliait Elizabeth de pardonner à Miles et l'avertissait que tous les Montgomery étaient d'une jalousie maladive.

Elizabeth répondit par une très longue lettre de révolte. Miles était le seul homme à l'avoir jamais touchée ; elle l'avait supplié de l'emmener avec lui, mais il avait refusé. Elle raconta comment elle était partie avec Roger, pour sauver la vie de Miles. Bien sûr, la confiance aveugle qu'elle avait accordée à son frère était stupide, mais c'était Miles qui faisait durer leur séparation, pas elle.

Dès qu'elle eut donné ce pli au messager, Elizabeth aurait voulu qu'il lui soit rendu. Après tout, elle n'avait jamais rencontré Judith Montgomery. Et si seulement le quart de ce que racontait Alice était vrai, cette femme était un monstre. Elle pouvait définitivement ruiner ses chances de réconciliation avec Miles.

Le mois d'intervalle avant la réponse de Judith faillit rendre Elizabeth folle. Roger ne cessait de lui demander ce qui n'allait pas. Quant à Alice, elle se contenta de se glisser dans la chambre d'Elizabeth, de lire les lettres de Judith et d'aller en rendre compte à Roger. Celui-ci s'éloigna avec désintérêt, mettant Alice dans une rage dévastatrice qui dura une journée entière.

La réponse de Judith fut courte : Miles camperait non loin du domaine Chatworth, le seize février, aux abords du village de Westermore. Sir Guy était prêt à aider Elizabeth du mieux qu'il pourrait.

Elizabeth dormit avec cette lettre, puis la transporta partout avec elle, pour finalement la cacher sous une pierre de la cheminée. Elle vogua sur des nuages pendant plusieurs jours, puis redescendit sur terre. Pourquoi s'imaginait-elle que Miles voudrait encore d'elle ? Que pourrait-elle faire pour qu'il la désire à nouveau ?

— Vous êtes à moi, Elizabeth, avait-il dit. Vous m'avez été livrée.

Une idée commença à germer dans son esprit. Non, elle ne pouvait pas... Un petit rire lui échappa. Elle n'en serait pas capable... Et pourtant... Si elle « se livrait » une nouvelle fois à Miles ?

Pendant qu'Elizabeth se berçait d'images plus délicieuses les unes que les autres, Alice se glissait dans sa chambre et la fouillait de fond en comble. Quand elle trouva la lettre de Judith, elle l'apporta à Roger qui, cette fois, ne se détourna pas.

Les jours suivants, au domaine Chatworth, trois personnes échafaudaient des plans. Chacune poursuivait un but différent.

15

— Je ne le ferai certainement pas ! déclara sir Guy en baissant les yeux vers Elizabeth.

Il parlait à voix basse, mais ses paroles claquaient comme des coups de fouet.

— Mais Judith m'a dit que vous étiez prêt à m'aider.

Sir Guy se redressa de toute sa hauteur. La cicatrice sur son visage avait viré au pourpre étincelant.

— *Lady* Judith (il appuya sciemment sur ce titre honorable) n'imaginait pas que vous me demanderiez quelque chose d'aussi absurde. Comment une telle idée vous est-elle venue ? s'étonna-t-il, gêné.

Elizabeth se détourna de lui et alla donner un coup de pied dans le tapis roulé à terre. Sur le moment, elle avait trouvé cette idée lumineuse : sir Guy l'aurait livrée à Miles, nue, enroulée dans un tapis. La répétition de la scène l'aurait peut-être fait rire et il lui aurait pardonné. Mais sir Guy refusait de coopérer.

— Alors que vais-je faire ? demanda-t-elle d'un ton lourd. Je sais qu'il n'acceptera pas de me voir si je m'adresse à lui directement.

— Lady Alyx a envoyé sa fille à lord Raine et l'enfant a fait office d'émissaire.

— Oh non ! Je ne laisserai pas Miles mettre la main sur Nick. Il emploierait une nouvelle nurse et ajouterait Nick à sa collection. Et je ne reverrais ni Miles ni mon fils.

Elle s'adossa contre un arbre et essaya de clarifier la situation. Si elle arrangeait une rencontre avec Miles, nul doute qu'il refuserait de l'écouter. Sa seule chance de le désarmer était de ranimer son désir. Peut-être pourrait-elle lui parler, une fois qu'ils auraient fait l'amour.

Tout en réfléchissant, elle jouait machinalement avec la bordure de vison de son long manteau de velours noir. C'était un très beau vêtement, qui la recouvrait de la tête aux pieds... Elle leva vers sir Guy des yeux emplis d'une lueur nouvelle.

— Pourriez-vous m'arranger une rencontre en tête à tête avec Miles ? Dans les bois, par exemple ? Et vraiment en tête à tête ! Il appellera certainement sa garde, mais je ne veux voir personne.

— Cette idée ne me plaît pas. Que se passera-t-il si un réel danger survient ?

— Craignez-vous que je le plaque au sol et que je pointe mon poignard sur sa gorge ? lança-t-elle d'un ton railleur.

Sir Guy haussa un sourcil et mit ostensiblement en avant le pied qu'Elizabeth lui avait brisé.

Elizabeth lui adressa un petit sourire.

— Je vous en prie, sir Guy... Je n'ai pas l'intention de blesser Miles. Il est mon mari ; je l'aime et je veux seulement essayer de regagner son amour.

— Lord Miles ne vous aime pas — il est littéralement obsédé par vous —, mais vous avez heurté sa fierté. Aucune autre femme ne lui avait jusqu'à présent posé le moindre problème.

— Je ne me repentirai pas d'avoir quitté l'Ecosse avec Roger, parce que c'était la seule chose à faire... Alors ? M'aiderez-vous à voir Miles seul ?

Sir Guy prit son temps avant de hocher la tête.

— J'ai l'impression que je le regretterai.

Elizabeth le gratifia d'un sourire éclatant de bonheur.

— Je vous choisirai comme parrain de notre prochain enfant.

Il poussa un grognement renfrogné.

— Lord Miles sera à cet endroit dans une heure. Je vous laisserai une heure avec lui.

— En ce cas, vous nous trouverez dans une situation embarrassante, déclara-t-elle franchement. J'ai l'intention de séduire mon mari. Accordez-nous au moins trois d'heures d'intimité.

— Vous n'êtes pas une lady, Elizabeth Montgomery, remarqua-t-il, une lueur malicieuse dans les yeux.

— Et je n'ai plus aucun amour-propre, surenchérit-elle. Maintenant, allez, pendant que je me prépare.

Une fois seule, Elizabeth sentit son assurance diminuer. Cette rencontre serait peut-être sa seule chance de récupérer Miles, et elle priait pour que tout se passe bien. Les mains tremblantes, elle défit les boutons de sa robe. Ne se trompait-elle pas en supposant que Miles ne lui résisterait pas physiquement ?

Elle cacha ses vêtements sous des buissons et enveloppa son corps nu dans le long manteau de velours. Puis elle s'assit sur une souche d'arbre et attendit.

Aux bruits de pas qui approchaient, elle se raidit, reconnaissant la démarche souple et rapide de Miles. Elle se leva, prête à la confrontation.

Quand il la vit, Miles lui adressa tout d'abord un regard accueillant, dénué de colère, puis ses yeux semblèrent s'embrumer et s'emplirent de froideur.

— Votre ange gardien de frère n'est pas avec vous ? demanda-t-il sèchement.

— Miles, j'ai arrangé cette rencontre pour vous demander si nous pouvions vivre ensemble comme mari et femme.

— Tous les trois ?

— Oui, sourit-elle. Nous deux, et notre fils Nicholas.

— Je vois. Et que deviendra votre frère sans la sœur pour laquelle il a si souvent tué ?

Elle s'avança vers lui.

— Nous ne nous sommes pas vus depuis longtemps, et j'espérais que vous aviez mis à profit cette séparation pour dompter une partie de votre jalousie.

— Je ne suis pas jaloux ! jeta-t-il. Vous aviez une décision à prendre et vous l'avez prise. Cet entretien a assez duré. Je vais vous faire escorter jusque chez vous. Gardes !

Miles parut stupéfait que personne ne réponde à son appel, mais avant qu'il ait pu dire un mot, Elizabeth écarta les pans du manteau, révélant sa nudité. La stupéfaction de Miles se transforma en fascination muette.

Elizabeth ne se débarrassa pas complètement du vêtement, le laissant juste assez ouvert pour offrir à Miles la même vision que lors de leur première rencontre. Furtivement, comme une chasseuse, elle marcha jusqu'à lui et glissa une main sur sa nuque.

Malgré lui, Miles effleura du bout des doigts la peau satinée de sa hanche.

— Dois-je vous supplier, Miles ? murmura-t-elle, les yeux rivés à ses lèvres. Je me suis trop souvent trompée pour écouter mon amour-propre. Je vous aime et je veux vivre avec vous. Je veux d'autres enfants de vous.

Lentement, les lèvres de Miles se rapprochèrent des siennes. Il semblait puiser dans ses dernières ressources pour lui résister.

— Elizabeth, murmura-t-il en touchant légèrement sa bouche.

Les feux de leur désir si longtemps contenu explosèrent en eux. Glissant les bras autour de son corps nu, Miles l'entraîna au sol en l'embrassant comme s'il voulait la dévorer.

— Vous m'avez tellement manqué ! Il y a eu des moments où j'ai cru devenir fou.

— J'espère bien que je vous ai manqué, répondit-elle, riant et pleurant à la fois. Comment ne vous rendiez-vous pas compte que je n'aimais que vous ? Je n'aurais pas supporté qu'un autre homme me touche.

Il sécha ses larmes du bout des lèvres.

— Il paraît que John Bascum a quatre cicatrices sur le crâne, en souvenir de votre rencontre.

Elle le fit taire d'un baiser, puis ses mains impatientes cherchèrent à le dévêtir, tandis que celles de Miles traçaient des sillons de feu sur son corps.

— Lâchez-la ! ordonna une voix sinistre au-dessus d'eux.

Elizabeth et Miles mirent un moment à comprendre ce qui leur arrivait.

Roger Chatworth pointait son épée sur Miles.

Ce dernier adressa un regard méprisant à Elizabeth et se leva.

— Elle est à vous, concéda-t-il sans aucun regret dans la voix.

— Que le diable t'emporte, Roger ! intervint Elizabeth avec force en s'emparant d'une poignée de pierres et en la lui jetant à la tête. Ne peux-tu pas, juste une fois, rester en dehors de ma vie ? Ecarte cette épée, avant que quelqu'un ne soit blessé !

— Je blesserai un Montgomery s'il...

— Essayez donc, ricana Miles en tirant son épée.

— Non ! s'écria Elizabeth en bondissant pour s'interposer entre les deux hommes. Roger, je veux que les choses soient claires une bonne fois pour toutes : Miles est mon époux et je vais vivre avec lui, s'il m'accepte encore après ce que mon propre frère lui a fait subir.

— Drôle de mari, grinça Roger. Il t'a abandonnée pendant des mois et n'a même pas vu son fils. Est-ce ce que tu désires, Elizabeth ? Tu renoncerais au foyer que je t'offre pour un homme qui ne se soucie pas de toi ? Combien de femmes avez-vous engrossées depuis Elizabeth, Montgomery ?

— Plus que vous ne pourrez dans toute votre vie, répliqua Miles avec morgue.

Comme Roger s'élançait en avant, Elizabeth se plaça juste devant Miles.

— Si j'avais une once de bon sens, je vous enverrais tous les deux au diable, déclara-t-elle avec colère.

— Laisse-moi te délivrer de lui... commença Roger, mais il s'interrompit net quand la pointe de son épée toucha le manteau d'Elizabeth. N'as-tu pas honte ? Tu as accueilli cet homme dans cette... tenue ?

— Roger, tu n'es qu'un idiot entêté qui ne comprend que ce qui l'intéresse.

Faisant volte-face, elle se hissa sur la pointe des pieds et planta un baiser sur la bouche de Miles. Ce dernier commençait à comprendre qu'elle l'avait choisi, passant outre la volonté de son frère. La saisissant par la taille, il s'empara longuement de ses lèvres.

Roger, fulminant de rage, ne prit pas garde à l'homme qui se glissait derrière lui. Il n'entendit pas non plus le sifflement d'air quand la massue s'abattit sur le côté de son crâne. Sans un cri, il s'effondra au sol.

Miles et Elizabeth voguaient dans un autre monde, mais quelque chose fit subitement ouvrir les yeux d'Elizabeth. Une massue était en train de retomber sur la tête de Miles. Elle le poussa, juste assez pour recevoir le coup à sa place.

Miles ne comprit pas tout de suite ce qui avait rendu Elizabeth si molle entre ses bras. La soutenant d'une main, il se retourna, mais trop tard pour éviter d'être assommé à son tour.

Trois hommes de forte carrure, couverts de crasse, surplombaient leurs victimes.

— Lequel est Montgomery ? demanda l'un d'eux.

— Comment je le saurais ?

— Alors lequel on emporte ?

— Les deux ! décréta le troisième.

— Et la femme ? dit l'un d'eux en écartant du bout de sa massue les pans du manteau d'Elizabeth.

— On l'emmène aussi. La Chatworth a dit qu'il y aurait peut-être une femme et qu'il fallait s'en débarrasser. On la fera payer pour chaque corps. Bon. Déshabillez celui-là, pendant que je m'occupe de l'autre.

Le troisième homme coupa une mèche des cheveux blonds d'Elizabeth et la fourra dans sa poche.

— Allez, dépêchons ! La charrette n'attendra pas toute la journée.

Quand Elizabeth reprit conscience, les battements douloureux dans son crâne lui firent presque regretter de s'être réveillée. Même le sol sous elle semblait bouger. Comme elle tentait de s'asseoir, elle tomba à la renverse, se cognant la tête contre ce qui lui parut être un plancher en bois.

— Du calme, ma douce, dit la voix de Miles derrière elle.

Elle se retourna pour croiser son regard intense. Il ne portait que son fin sous-vêtement de lin, ses bras et ses jambes étaient ligotés. A côté de lui, également ligoté, Roger ronflait.

Les pensées d'Elizabeth se faisant plus claires, elle se rendit compte qu'elle aussi avait les chevilles et les poignets attachés.

— Où sommes-nous ? murmura-t-elle en essayant de dissimuler sa peur.

— Dans la cale d'un bateau, répondit Miles de sa voix profonde et réconfortante. Et j'imagine que nous sommes en partance pour la France.

— Mais qui nous a enlevés ? Pourquoi ?

— Votre frère nous donnera peut-être la réponse, déclara-t-il sans se démonter. Pour l'instant, nous devons nous libérer. Je vais essayer de défaire vos liens avec mes dents et vous me détacherez ensuite.

S'exhortant intérieurement au calme, Elizabeth

hocha la tête. Si son frère avait quelque chose à voir dans tout ceci, il ne serait pas là, se dit-elle. Quand ses mains furent libres, elle poussa un grand soupir de soulagement, se tourna vers Miles et, au lieu de le libérer, ouvrit son manteau, pressa son corps contre le sien et lui offrit ses lèvres.

— Avez-vous pensé à moi ? murmura-t-elle tout près de sa bouche.

— A chaque instant.

Il se pencha pour s'emparer de sa bouche avec avidité.

— Ne vaut-il pas mieux que je vous détache ? remarqua-t-elle en riant et en le repoussant.

— Il y a une partie de moi qui est encore libre, lui susurra-t-il à l'oreille en collant ses hanches contre les siennes.

Elizabeth s'agrippa à ses épaules et l'embrassa avec fougue.

Mais le lourd grognement de Roger qui s'éveillait la fit s'écarter.

— Si je ne haïssais pas votre frère avant, maintenant c'est fait, déclara Miles avec une conviction profonde, tandis qu'Elizabeth lui libérait les poignets.

— Qu'est-ce qui se passe ? demanda Roger. (Il s'assit, perdit l'équilibre, puis réussit à se rasseoir.) Qu'avez-vous encore manigancé, Montgomery ?

Miles ne releva pas la provocation, mais massa ses poignets endoloris avant de commencer, tout comme Elizabeth, à libérer ses chevilles. Roger explosa à nouveau.

— Avez-vous l'intention de vous libérer et de me laisser là ? Elizabeth, comment as-tu pu oublier...

— Tiens-toi tranquille, Roger, ordonna-t-elle. Tu

as déjà assez fait de mal comme cela. As-tu une idée de la direction qu'a prise ce bateau ?

— Interroge ton amant. Je suis sûr qu'il est responsable de tout.

Miles ignora complètement Roger et se tourna vers Elizabeth.

— Je veux être sûr de votre loyauté. Si quelqu'un ouvre l'écoutille, je l'attraperai et vous le ligoterez avec ces cordes. Puis-je compter sur vous ?

— Si incroyable que cela vous paraisse, je vous ai toujours gardé ma loyauté, remarqua Elizabeth avec froideur.

— Avez-vous essayé de négocier notre liberté ? s'enquit Roger. Offrez-leur de l'argent.

— En trouverez-vous au fond de vos poches ? rétorqua Miles en désignant du regard le simple sous-vêtement que portait Roger.

Plus personne ne dit un mot tandis que l'écoutille s'entrouvrait et qu'un pied se posait sur l'échelle.

— Couchez-vous ! souffla Miles.

Elizabeth et Miles se plaquèrent aussitôt au sol, feignant de dormir. Miles se glissa en silence vers le bas de l'échelle.

Le marin jeta un coup d'œil dans la cale, parut satisfait de l'immobilité des deux prisonniers et continua de descendre. Puis il hésita, venant sans doute de se rendre compte qu'un des hommes manquait. Miles le saisit par les deux pieds et l'envoya bouler à terre. Il n'y eut qu'un bruit sourd, perdu au milieu des craquements du navire.

Roger se précipita vers le marin et lui souleva la tête par les cheveux.

— Il en a pour un moment, constata-t-il.

Miles dégrafait les vêtements de l'homme.

— Vous attendez-vous à ce que je reste ici pendant que vous vous échapperez avec ses vêtements ? demanda Roger. Je ne me soumettrai pas aux volontés d'un Montgomery.

— Oh si, tu t'y soumettras ! intervint Elizabeth avec fermeté. J'en ai plus qu'assez de ta méfiance, Roger. *Tu* es responsable de la plupart des problèmes entre les Montgomery et les Chatworth, et maintenant, si nous devons sortir d'ici, tu dois apprendre à coopérer. Que pouvons-nous faire, Miles ?

Miles la regardait tout en bataillant pour loger son corps dans ces vêtements trop étroits. Les marins étaient souvent choisis pour leur petite taille, parce qu'ils pouvaient circuler plus facilement dans les confins du bateau.

— Je reviendrai dès que j'aurai du nouveau, dit Miles.

Il grimpa aussitôt l'échelle et sortit.

Elizabeth et Roger ligotèrent et bâillonnèrent le marin avant de le transporter dans un coin.

— Seras-tu toujours de son côté ? demanda Roger d'un air maussade.

Elizabeth s'adossa à la paroi de la cale. Sa tête tambourinait douloureusement et son estomac vide supportait mal les tangages du navire.

— Je dois lui prouver que je suis de son côté. Peut-être avait-il raison... Peut-être aurais-je dû réagir autrement, le jour où tu es venu à la ferme. Tu n'as jamais été facile à raisonner, mais j'aurais pu au moins essayer.

— Tu m'insultes ! J'ai toujours été bon pour toi.

— Non ! Tu voulais surtout que je te sois redevable. Maintenant, écoute-moi bien. De quelque manière que ce soit, il nous faut sortir d'ici. Et tu dois coopérer.

— Avec un Montgomery ?

— Avec *deux* Montgomery !

Roger garda le silence un moment.

— Alice, marmonna-t-il finalement. Elle m'a apporté la lettre de l'épouse de Gavin Montgomery. Elle savait où tu allais rencontrer ton...

— Mon mari, termina-t-elle à sa place. O Roger ! s'exclama-t-elle soudain avec panique. Nicholas est seul avec Alice. Nous devons retourner auprès de mon fils.

Roger posa une main sur son bras.

— Le petit est gardé et mes hommes ont reçu l'ordre de ne pas laisser Alice s'approcher de lui. Ils ne désobéiront pas.

— Mais que lui arrivera-t-il si nous ne revenons pas ?

— Les Montgomery prendront sans doute soin de lui.

Leurs regards se croisèrent et un moment passa avant que Roger mesure la portée de ses propres paroles. Il n'était pas loin d'admettre qu'il s'était éventuellement trompé en accusant les Montgomery de toutes les ignominies. L'obstination d'Elizabeth commençait-elle à porter ses fruits ?

Comme l'écoutille s'ouvrait à nouveau, ils retinrent leur souffle, puis poussèrent un soupir de soulagement en voyant descendre Miles.

Elizabeth se précipita vers lui et s'accrocha à son cou, renversant presque les paquets qu'il tenait.

— Nous pensons que c'est Alice qui a tout manigancé. O mon chéri, vous n'avez pas été blessé ?

Il lui adressa un regard suspicieux.

— Vous passez très vite de la froideur à la chaleur... Non, il ne m'est rien arrivé. J'ai apporté de la nourriture et des vêtements.

Il lança une miche de pain à Roger et tendit le ballot de linge à Elizabeth. Après un regard sur le marin ligoté qui ouvrait de grands yeux terrorisés, Miles s'assit près de ses deux compagnons d'infortune. Outre le pain, ils partagèrent de la viande séchée et un grog au goût infect.

— Qu'avez-vous vu ? demanda Roger.

Miles sentit à quel point Roger avait dû ravaler sa fierté pour lui poser une telle question.

— Ce navire est une véritable ruine dirigée par un équipage à moitié ivre ou mourant. S'ils savent que nous sommes prisonniers, cela ne les intéresse nullement.

— Cela correspond bien au genre d'hommes qu'Alice peut connaître, nota Elizabeth avec dégoût. Nous dirigeons-nous vers la France, comme vous le supposiez ?

— Oui. J'ai reconnu la côte. Quand la nuit sera tombée, nous irons prendre une des barques et nous ramerons jusqu'à terre. Je préfère ne pas rencontrer le comité d'accueil quand le bateau arrivera au port.

Il regarda Roger et celui-ci acquiesça de la tête.

— Et comment retournerons-nous en Angleterre ? demanda Elizabeth.

— J'ai des parents qui habitent à environ cinq jours de cheval de l'endroit où nous accosterons. Si nous arrivons jusqu'à eux, nous serons saufs.

— Nous n'avons ni chevaux ni suffisamment de nourriture pour ce voyage, nota Roger en buvant une gorgée de l'affreux breuvage.

— Peut-être trouverons-nous une solution, dit calmement Miles.

Il avait légèrement appuyé sur le « nous ».

— Oui, peut-être, rétorqua Roger sur le même ton tranquille.

Ils mangèrent en silence, puis Roger et Elizabeth revêtirent les tenues des marins. Le tricot de coton rayé moulait étroitement les seins d'Elizabeth et elle remarqua avec plaisir la lueur d'intérêt dans les yeux de Miles. Il avait déjà prouvé que, même en colère contre elle, il la désirait toujours — et n'avait-il pas dit qu'il avait pensé à elle « à chaque instant » ?

Quand l'obscurité s'intensifia davantage dans la cale, Miles se glissa à nouveau au-dehors et, cette fois, son absence fut d'une longueur inquiétante. Il revint les mains vides.

— J'ai mis dans la barque toute la nourriture que j'ai pu trouver. (Il regarda Roger.) Je dois vous faire confiance pour me couvrir. Elizabeth sera entre nous.

Roger, tout comme Miles, était trop grand pour tenir debout dans la cale. Miles pouvait passer pour un marin, avec sa barbe de plusieurs jours et ses yeux sauvages et perçants, mais pas Roger. Son aristocratique blondeur était très éloignée de l'apparence commune d'un voyageur des mers. Quant à Elizabeth, elle ne faisait pas une seconde illusion : ses formes délicates ne ressemblaient en rien à celles d'un homme.

Sous les yeux attentifs de leur prisonnier, qui essayait de se fondre le plus possible dans le décor, ils gravirent l'échelle. Miles les devança de quelques pas, un petit couteau à la main. C'était la seule arme qu'il avait rapportée et il n'avait donné aucune explication sur la manière dont il se l'était procurée.

Après l'atmosphère confinée de la cale, l'air frais de la mer fit à Elizabeth l'effet d'un baume régénérant. Peu à peu, ses pensées s'éclaircirent. Miles lui toucha le bras pour éveiller sa vigilance.

Trois hommes se tenaient sur le pont — un au gouvernail et les deux autres flânant de chaque côté du navire.

Miles avança à pas de loup, pour disparaître derrière un tas d'énormes cordes. Aussitôt, Roger et Elizabeth suivirent son exemple. Accroupis, ils progressèrent lentement, aussi silencieux que des ombres, le long de la coque du bateau.

Miles s'arrêta et agita un bras. Roger parut comprendre. Il se glissa par-dessus bord et Elizabeth retint son souffle, en attente du bruit qu'il ferait en tombant. Mais rien ne vint briser le silence. Miles agita à nouveau le bras, cette fois à l'intention d'Elizabeth. Sans hésiter, elle passa une jambe à l'extérieur, et le reste suivit. Roger l'attrapa et l'installa dans la barque.

Le cœur d'Elizabeth battait à tout rompre tandis que Roger aidait Miles à descendre la barque. Sous l'effort qu'il fournissait pour l'amener à l'eau le plus doucement possible, ses muscles semblaient près d'éclater. Elizabeth bougea instinctivement pour l'aider, mais, d'un geste impatient, il lui ordonna de retourner à sa place. Comme elle allait se rasseoir, son pied heurta quelque chose. Un hurlement de terreur s'étouffa dans sa gorge quand elle vit une main près de son pied — la main d'un marin mort.

Soudain, la barque fit une embardée et Roger emplit ses poumons d'air pour soutenir ce poids rendu plus lourd par le déséquilibre. Pour une raison inconnue, Miles avait subitement lâché les cordes, là-haut. Roger réussit néanmoins à mouiller la barque sans provoquer plus de bruit qu'un souffle d'air. Puis il leva la tête vers le pont du navire.

Miles n'était plus là. Elizabeth sentit la panique l'envahir. Jusqu'où la haine de Roger l'entraînerait-elle ? Pourrait-elle lutter contre Roger s'il décidait d'abandonner Miles derrière eux ?

Mais Roger, le regard toujours fixé vers le haut, attendait simplement, les jambes largement écartées pour garder sa stabilité.

Elizabeth était sur le point de fondre en larmes d'inquiétude quand le visage de Miles réapparut. Il repéra la position de Roger et, l'instant d'après, lui envoyait un corps dans les bras. Comme s'il n'avait attendu que cela, Roger réceptionna le cadavre sans un seul vacillement. Une seconde plus tard, Miles se laissait agilement glisser sur la corde et il avait à peine posé le pied à bord que Roger dégageait la barque et commençait à ramer. Miles poussa le deuxième corps à côté du premier, saisit l'autre rame et s'accorda au rythme de Roger.

Elizabeth, bouche bée, ne put que contempler le spectacle étonnant de ces deux ennemis réunis dans le même effort, alors que le bateau s'éloignait dans la nuit.

16

— Débarrassons-nous d'eux, déclara Roger, rompant le long silence qui avait suivi leur évasion.

Miles hocha la tête et continua de ramer tandis que Roger faisait glisser les deux cadavres dans l'eau.

Roger revint à son poste.

— Nous devons nous procurer d'autres vêtements, pour ne pas attirer les soupçons.

— Quels soupçons ? demanda Elizabeth. Croyez-vous que les marins se lanceront à notre recherche ?

Le regard que Roger et Miles échangèrent lui donna l'impression d'être de trop.

— Si l'on apprend qui nous sommes, on nous capturera pour obtenir une rançon, lui expliqua Roger avec patience. Tant que nous n'aurons pas d'escorte, il vaut mieux voyager incognito.

— Nous pourrions nous faire passer pour des musiciens, suggéra Elizabeth. Si seulement Alyx était avec nous...

A l'évocation de la nouvelle belle-sœur de Miles, Roger se souvint du temps où Alyx lui avait sauvé la vie. Son récit dura jusqu'à l'aube, moment où ils atteignirent enfin la côte.

— Gardez votre manteau bien fermé et restez près de moi, souffla Miles à Elizabeth. Le marché ne devrait pas tarder à être installé et nous essaierons d'y trouver des vêtements.

Dans la faible lueur de l'aube, la place principale de la petite ville débordait déjà d'activité, chacun apportant ses marchandises à vendre. La curieuse apparence de Roger, la chevelure emmêlée et souillée d'Elizabeth contrastant bizarrement avec son manteau somptueux leur valurent bien des regards. Mais ce fut Miles qui attira le plus l'attention — celle des femmes.

Une jolie jeune femme, accompagnée de plusieurs jeunes hommes, leva les yeux de son étalage et croisa le regard pénétrant de Miles.

Elizabeth fit un pas en avant, tendue comme une tigresse prête à l'attaque. Avec un petit rire, Miles lui prit le bras.

— Vous plairait-il d'avoir la robe de cette dame ?

— J'aimerais plutôt avoir sa peau, répondit-elle, les dents serrées.

Il lui adressa un regard si brûlant qu'elle sentit son cœur s'emballer.

— Tenez-vous tranquille et obéissez-moi, lui conseilla-t-il en se dirigeant vers la femme qui le couvait des yeux.

— J'peux faire quelque chose pour vous ? susurra cette dernière dans un français vulgaire.

— Serait-il possible de vous persuader d'ôter vos vêtements ? murmura suggestivement Miles dans un français parfait, ses doigts caressant un chou avec nonchalance.

Elizabeth aurait pu aussi bien être invisible, tant la marchande lui prêtait peu d'attention.

— Ça s'pourrait, souffla cette dernière en rapprochant ses mains de celles de Miles. Et vous pensez m'offrir quoi en retour ?

Miles se recula légèrement, les yeux brillants, les lèvres étirées dans ce demi-sourire dont Elizabeth connaissait si bien le pouvoir.

— Nous échangerions un manteau bordé de fourrure contre trois tenues et des provisions.

La femme détailla Elizabeth de la tête aux pieds.

— *Son* manteau ? cracha-t-elle.

Entre-temps, deux de ses compagnons s'étaient rapprochés et leur attitude montrait qu'ils devaient être ses frères. Elizabeth, furieuse contre Miles, même s'il agissait ainsi pour la bonne cause, leva des yeux papillotants vers les deux hommes.

— Nous avons eu le plus malheureux des accidents, leur indiqua-t-elle dans un français beaucoup moins bon que celui de Miles, mais correct. Nous espérions troquer ce manteau inutile contre quelques vêtements, bien que votre sœur me paraisse un peu petite.

Avec désinvolture, elle fit glisser son manteau jusqu'à la taille, dévoilant ses formes pleines moulées dans le tricot de coton. Furieux, Miles remit vivement le manteau en place, mais les deux hommes avaient déjà poussé un sifflement appréciateur.

— Notre proposition vous intéresse-t-elle ? demanda Miles, les dents serrées.

Les frères s'empressèrent d'acquiescer. Quant à leur sœur, elle était depuis longtemps reléguée au second plan.

Quelques minutes plus tard, à l'abri d'un porche, Elizabeth se changeait sous son manteau. La robe de laine était confortable et suffisamment ordinaire pour qu'on ne la remarque pas.

Une fois que Roger et Miles eurent aussi revêtu leurs nouveaux vêtements, de simples vestes et hauts-de-chausses, ils empaquetèrent de la nourriture et partirent en direction du sud.

Ils avaient quitté la ville depuis longtemps quand Miles se décida à adresser la parole à Elizabeth.

— Est-ce durant votre séjour chez votre frère que vous avez appris ce genre de ruse ? Vous semblez vous être vite remise de votre peur des hommes.

— Et qu'étais-je supposée faire ? Ne pas réagir pendant que cette souillon vous provoquait ? Nul doute que vous l'auriez prise sur place si elle avait demandé ce prix.

— Peut-être, dit seulement Miles avant de replonger dans un de ses exaspérants silences.

— Pourquoi m'accusez-vous toujours des pires infamies ? Je n'ai jamais rien fait pour mériter votre méfiance. Je suis restée avec vous en Ecosse et...

— Vous vous êtes enfuie et avez presque tué le MacGregor, lui rappela-t-il d'un ton monocorde. Vous êtes partie avec votre frère.

— Mais il le fallait ! se défendit-elle.

Roger, qui marchait de l'autre côté d'Elizabeth, intervint pour la première fois.

— Je vous aurais tué, Montgomery, si elle ne m'avait pas suivi. Et je ne l'aurais pas crue si elle avait affirmé vouloir rester avec vous.

— Pourquoi prendre la peine de me dire cela ? demanda Miles à Roger, au bout d'un moment.

— Parce que Elizabeth n'a cessé de me hurler dans les oreilles combien... j'avais eu tort. Peut-être y avait-il du vrai dans ses paroles.

Ils marchèrent longtemps en silence, tous trois plongés dans leurs pensées.

Vers midi, ils s'arrêtèrent pour manger et se désaltérer dans la petite rivière longeant la route. A plusieurs reprises, Elizabeth surprit le regard de Miles sur elle et se demanda ce qu'il signifiait.

Ils croisèrent de nombreux voyageurs en chemin. Quelques riches marchands, beaucoup de paysans, des musiciens, des forgerons et même, une fois, un gentilhomme escorté de vingt chevaliers en armes. A la suite de cette dernière rencontre, Miles et Roger échangèrent longuement des avis plutôt critiques sur ces chevaliers et leurs armures passées de mode.

A l'approche du crépuscule, les hommes cherchèrent un endroit où s'installer pour la nuit. En dépit du risque d'être arrêtés pour braconnage, Miles choisit de camper dans une forêt appartenant au roi, loin des autres campements de voyageurs.

Tout en dînant, Miles et Roger parlèrent d'entraînement et de personnes que tous deux connaissaient. En fait, ils se comportaient de plus en plus comme de vieux amis. Elizabeth s'éloigna dans l'ombre, sans qu'aucun d'eux la remarque. Adossée à un arbre, elle était quelques minutes plus tard au bord des larmes, dans la solitude silencieuse de la nuit.

Quand Miles lui toucha l'épaule, elle sursauta violemment.

— Quelque chose ne va pas ? demanda-t-il.

— Pourquoi aurais-je un problème ? siffla-t-elle en le fusillant de son regard noyé de larmes. Vous m'avez retenue captive pendant des mois, m'avez fait tomber amoureuse de vous, et quand j'ai tout sacrifié pour sauver votre ingrate vie, vous ne m'avez rendu que de la haine. J'ai mis au monde votre enfant, j'ai conspiré avec vos parents et vos propres hommes pour vous reconquérir, et pourtant je n'obtiens de vous que froideur. Je vous ai embrassé et vous ne m'avez pas repoussée, mais vous ne m'avez rien offert de vous-même. Jusqu'où dois-je aller pour que vous compreniez que je ne vous ai jamais trahi ? Que je n'ai pas choisi mon frère contre vous ? Roger lui-même a admis qu'il vous aurait tué si je ne l'avais pas suivi.

Les sanglots qui la secouaient l'empêchèrent de continuer.

Miles s'adossa contre un arbre, à quelques pas d'elle. Les reflets argentés de la lune jouaient dans ses cheveux et ses yeux.

— Je pensais que seuls mes frères étaient soumis au démon de l'orgueil. J'ai traité Raine d'imbécile quand il n'a pas voulu pardonner à son épouse d'être allée implorer le roi en sa faveur. J'aurais pu tout vous pardonner, mais pas d'avoir choisi de vivre avec un autre que moi, dans une autre maison que la mienne. Et quand j'ai entendu parler de tous ces hommes avec qui vous couchiez, j'ai compris que j'étais capable de vous tuer.

Comme elle commençait à protester, il l'arrêta d'un geste.

— Peut-être est-ce parce que j'ai connu tant d'épouses infidèles, des femmes qui, à peine sorties de mon lit, revêtaient leur robe de mariée. Peut-être que cela a perverti mon opinion générale sur les femmes. En outre, vous étiez certes ma prisonnière, mais vous êtes venue à moi si facilement...

— J'ai lutté contre vous ! protesta-t-elle, terriblement offensée.

Miles se contenta de lui sourire.

— Raine prétendait que j'étais jaloux et l'ironie du sort a voulu que nous soyons tous deux jaloux du même homme. Raine croyait qu'Alyx portait une grande affection à Roger Chatworth.

— Je suis sûre que Roger ignorait tout cela.

— Je l'ai compris quand Roger a raconté comment Alyx lui avait sauvé la vie. Alyx a seulement voulu aider un être humain, mais Raine, avec son tempérament fougueux et entêté, ne se rend jamais à la raison.

— Vraiment ? s'exclama-t-elle ironiquement. Se met-il dans des rages assez folles pour rouvrir ses propres blessures ? Doit-on le droguer pour qu'il consente à dormir ?

Miles sourit à nouveau, découvrant ses dents éclatantes de blancheur.

— Raine s'épuise à l'entraînement quand il est en colère. J'ai ma manière à moi de me calmer. (Il garda le silence un long moment.) Comment est notre fils ? demanda-t-il doucement.

— Il a les pommettes de votre frère Gavin. Il n'y a aucun doute sur ses origines.

— Je n'ai jamais douté de cela, pas vraiment. Elizabeth... ?

— Oui, murmura-t-elle.

— Pourquoi m'avez-vous quitté ? Pourquoi ne m'êtes-vous pas revenue au bout d'une semaine ou deux ? Je vous ai attendue chaque jour ; je priais pour votre retour. Kit pleurait toutes les nuits avant de s'endormir. Il a eu tant de mères qui l'ont abandonné.

Un flot de larmes ininterrompu coulait sur les joues d'Elizabeth.

— J'avais tellement peur de Roger. Il avait perdu

la raison. Brian avait juré de le tuer, et je craignais que Roger ne déclare la guerre à tous les Montgomery si je n'étais pas là pour l'en empêcher. J'espérais lui faire entrevoir la vérité ; j'espérais moi-même apprendre la vérité sur cette haine entre nos deux familles.

— Et les hommes ? demanda Miles. Pagnell a raconté à tout le monde comment il vous avait livrée à moi et vos courtisans ont fait en sorte que j'apprenne les moindres détails de vos rencontres.

Elizabeth leva la main en signe de protestation.

— Vous n'avez pas seulement été le premier homme à me faire l'amour, vous avez été le premier à me parler avec respect, celui qui m'a appris à rire et à découvrir la bonté. Vous m'avez même poussée à admettre que je ne connaissais rien aux hommes.

— Alors vous êtes allée vers eux, dit-il avec amertume.

— En un sens, oui. J'ai réfléchi à la question et j'en ai conclu qu'il valait mieux que j'aime quelqu'un d'autre qu'un Montgomery. Si j'épousais un de ces prétendants, Roger oublierait que je portais votre enfant et sa haine le quitterait peu à peu. J'ai donc décidé de me laisser courtiser et de vérifier si je ne vous aimais pas uniquement parce que vous aviez été le premier.

Miles gardait le silence, la fixant d'un regard brûlant.

— Certains m'amusaient, d'autres se montraient gentils, d'autres encore exaltaient ma beauté, mais aucun ne faisait tout cela à la fois. Au fil des semaines, le souvenir de vous, au lieu de s'effacer, devenait de plus en plus clair. Je revoyais chacun de vos gestes et j'ai commencé à comparer ces hommes à vous.

— Même dans les moments...

— Allez au diable ! l'interrompit-elle. Je n'ai couché avec aucun d'eux et je sens que vous le savez, mais que vous tenez à me l'entendre dire.

— Pourquoi ne pas les avoir acceptés dans votre lit ? La plupart d'entre eux ont beaucoup de succès auprès des femmes.

— Comme vous ? jeta-t-elle. Vous êtes là, à exiger de moi une stricte fidélité, mais qu'en est-il de vous ? Une fois que vous serez sûr de ma loyauté, m'accorderez-vous la faveur d'entrer dans votre lit immaculé ? Ce matin, j'ai dû vous arracher littéralement à cette femme. Que croyez-vous que je ressentais, moi qui portais votre enfant, quand je vous imaginais dans les bras d'une ou de deux — ou même de plusieurs femmes ?

— Plusieurs ? s'exclama-t-il d'un ton moqueur, puis sa voix devint irrésistiblement douce. Il n'y a eu aucune femme après vous.

Elizabeth crut avoir mal entendu.

— Aucune... répéta-t-elle, les yeux grands ouverts.

— Mon frère Raine et moi nous sommes retirés dans une de ses demeures et de rage nous avons renvoyé toutes les femmes, même les blanchisseuses. Nous nous entraînions toute la journée, buvions toute la nuit et maudissions sans cesse la gent féminine. Raine a été le premier à se ressaisir, quand son épouse lui a envoyé leur fille. La présence de la petite Catherine m'a fait ressentir le manque de mes propres enfants. A Noël, je suis donc retourné chez Gavin, et Judith... (Il passa la main dans ses cheveux.) J'avais toujours pensé que Gavin se comportait trop durement envers sa tendre petite épouse, mais je n'avais encore pas été la cible de Judith... Elle a été impitoyable, ne me laissant pas une seconde de paix. Elle parlait constamment de notre fils, soupirait en regrettant que son propre enfant ne connaisse pas son cousin et elle a même loué les services d'un peintre, qui a décoré l'intérieur de mon bouclier du portrait d'un ange blond portant un bébé dans ses bras. A l'intérieur de mon bouclier, vous vous rendez compte ! J'ai menacé Gavin de tordre le cou de sa femme si elle continuait, mais il a éclaté si fort de rire que j'ai ensuite évité ce sujet de discussion. Quand elle a reçu la lettre où vous vous disiez prête à me pardonner, Judith s'est réattaquée à moi avec des forces renouvelées.

Comme les souvenirs affluaient, il ferma les yeux un moment.

— Elle a appelé Alyx en renfort et cette dernière a aussitôt sévi avec une douzaine de chansons au thème invariable : l'histoire de deux amants séparés à cause d'un homme stupide et futile qui, par le plus grand des hasards, me ressemblait exactement. Un soir, au cour du dîner, Alyx entraîna vingt-deux chanteurs dans une rengaine qui fit tellement rire tout le monde que deux hommes en tombèrent de leur tabouret et se brisèrent les côtes. Alyx était au zénith de sa forme.

Elizabeth était si stupéfaite de cette histoire qu'elle pouvait à peine parler.

— Et qu'avez-vous fait ?

Il se crispa à ce souvenir.

— J'ai très calmement bondi par-dessus la table et j'ai pris Alyx à la gorge.

— Non ! hoqueta-t-elle. Alyx est si fragile, si...

— Raine et Gavin ont tiré leur épée contre moi, et là, à deux doigts de tuer ce joli petit oiseau chanteur, les pointes des épées de mes frères sur mon cou, j'ai compris que je n'étais plus moi-même. Le jour suivant, Judith arrangea notre rencontre. (Ses yeux étincelèrent.) La rencontre où vous vouliez que sir Guy vous livre à moi dans un tapis.

Elizabeth évita son regard. Elle s'était confiée à sir Guy, mais il avait tout rapporté à Miles — certainement en riant à gorge déployée. Comme ils avaient dû se moquer de sa volonté de séduire son propre mari ! Qu'était-il donc advenu de la fière jeune femme qui s'était un jour juré de ne jamais se soumettre à aucun homme ?

— Veuillez m'excuser, dit-elle en se détournant pour aller rejoindre Roger.

Il la rattrapa et la serra contre lui.

Quand Elizabeth s'aperçut qu'il lui souriait de son petit sourire entendu, elle lui enfonça durement son coude dans les côtes et fut récompensée par son grognement de douleur.

— Je vous hais, Montgomery ! lui hurla-t-elle au visage. A cause de vous j'ai supplié et pleuré. Vous m'avez pris ma fierté.

Elle tenta encore de le frapper, mais il lui bloqua les bras le long du corps et elle ne put plus bouger.

— Non, Montgomery, dit-il en approchant ses lèvres des siennes. Vous m'aimez. Vous m'aimez tellement que vous seriez prête à tout pour moi. Et si je vous ai fait pleurer, ce furent des larmes de passion et d'amour.

— Vous m'avez humiliée.

— Tout comme vous m'avez humilié. (Il la maintint plus fort tandis qu'elle se débattait.) Toutes les femmes sont venues à moi facilement, sauf vous. Vous avez été la seule à provoquer ma colère, ma jalousie et ma possessivité. Vous m'avez été donnée et vous m'appartenez, Elizabeth. Jamais plus je ne vous permettrai de l'oublier.

— Je ne...

Il la fit taire d'un baiser. Et quand il l'embrassait, Elizabeth était perdue... Inutile désormais d'essayer d'argumenter et encore moins de s'enfuir. Son propre corps ne la suivrait pas...

Miles resserra son étreinte, juste assez pour que les mains d'Elizabeth glissent d'elles-mêmes jusqu'à son cou et s'y agrippent passionnément.

— Jamais, plus jamais n'oubliez cela, Montgomery, murmura-t-il à son oreille. Vous m'appartiendrez toujours — dans ce siècle et dans le suivant. Pour l'éternité !

Elizabeth l'entendait à peine tandis qu'elle se hissait sur la pointe des pieds pour lui tendre ses lèvres.

Elle ne s'était pas rendu compte à quel point il lui avait manqué physiquement. Il était le seul homme au monde en qui elle avait entièrement confiance, auprès duquel elle n'avait pas peur. Glissant les mains dans ses cheveux, elle en caressa les boucles, puis attira son visage vers elle.

Miles savait ce qu'elle voulait — pas une douce et tendre union, mais un déchaînement des sens, à la hauteur de la passion qui brûlait en elle. Il défit sans ménagement les attaches de ses vêtements, tout en se débarrassant de son haut-de-chausses. Elizabeth continuait à l'embrasser, jouant sauvagement avec sa bouche.

Quand il la plaqua violemment contre l'arbre, elle cligna seulement des paupières et glissa ses lèvres sur son cou, le mordillant, tirant sa peau comme si elle voulait l'écorcher vif.

Sans se soucier de la déshabiller complètement, il la hissa pour faire passer ses jambes autour de sa taille et la pénétra avec force.

Elizabeth se cabra, puis enfouit son visage au creux du cou de Miles, dont les bras puissants imprimaient à son corps un fougueux mouvement de va-et-vient. Quand le plaisir monta en elle comme une vague déferlante, elle rejeta la tête en arrière, gémissant, criant, poussant ses hanches de plus en plus fort, de plus en plus loin.

Miles explosa bientôt en elle, la menant à l'extase, puis la pressa contre lui, frémissant, tremblant, longtemps secoué de sursauts de jouissance.

Elizabeth se sentit prise de vertige dans cette délicieuse douceur qui suivait la tempête. Des larmes coulèrent sur ses joues et, lentement, son corps put à nouveau lui obéir. Passant les bras autour du cou de Miles, elle s'accrocha à lui de toutes ses forces vacillantes, comme pour fondre sa peau dans la sienne.

Il s'écarta légèrement pour la regarder, caressa ses cheveux en sueur et déposa un baiser sur son front.

— Je vous aime, dit-il tendrement, avant de sourire d'un air coquin. Mais, mis à part le fait que vous êtes la meilleure...

— Je comprends, l'interrompit-elle en riant. Maintenant, allez-vous me laisser descendre ou me tuer contre cet arbre ?

Avec un autre baiser, il la remit sur ses pieds et éclata d'un rire plein de fierté quand elle chancela et s'agrippa à lui pour ne pas tomber.

— Fanfaron ! siffla-t-elle, mais elle lui sourit et déposa un baiser sur sa main. Suis-je vraiment la meilleure ? Me trouvez-vous séduisante, même à présent que j'ai mis un enfant au monde ?

— C'est supportable, répondit-il avec le plus grand sérieux.

Elizabeth éclata de rire à son tour, mit de l'ordre dans sa tenue et s'efforça de retrouver sa contenance tandis qu'ils marchaient pour rejoindre Roger.

17

Les jours qui suivirent furent un véritable enchantement pour Elizabeth. Les nuits étaient remplies d'amour et les journées de tendresse. Miles lui donnait sa complète attention. Ils se tenaient par la main, riaient pour un rien, faisaient l'amour au bord de la rivière et se baignaient ensuite dans ses eaux glacées...

Roger, l'air morose, les considérait d'un œil distant et Elizabeth se sentait parfois honteuse de la peine qu'elle lui causait. A plusieurs reprises, il reprocha à Miles son comportement peu chevaleresque, mais ce dernier rétorqua que, tant qu'il n'aurait pas rejoint ses parents, il valait mieux qu'il ne soit qu'un banal paysan.

Ils progressaient lentement, leur voyage s'étirant largement au-delà du temps qu'ils auraient mis s'ils avaient été à cheval.

Au quatrième jour, en fin de matinée, ils quittèrent la route pour se reposer à l'ombre des arbres. Roger, après un regard méprisant — qui passa totalement inaperçu — en direction de sa sœur et de Miles, s'éloigna pour s'enfoncer davantage dans la forêt.

Quand il avait appris l'enlèvement d'Elizabeth, sa douleur avait été grande — mais il avait conscience à présent d'être en train de la perdre bien plus sûrement que si elle avait été prisonnière.

Ruminant ses problèmes, il dépassa le bord défoncé d'un petit ravin sans y prêter la moindre attention. Il se trouvait à plusieurs mètres de ces évidentes traces de lutte, quand il se rendit compte de ce qu'il venait de croiser. Rebroussant chemin, il examina la terre.

Sur la pente dominant les eaux tumultueuses de la rivière, il repéra une traînée indiquant la chute de quelqu'un à cet endroit. Souvent, après une bataille, Roger avait dû rechercher certains de ses hommes blessés et perdus. Son instinct de chevalier le poussa immédiatement à s'engager sur la pente, qu'il dévala hâtivement.

Ce qu'il vit en bas le figea de stupeur. Assise sur un tronçon de bois pourri, les pieds enfouis sous un tas de grosses pierres, une jolie jeune femme le regardait. Elle était richement vêtue, d'une robe de velours pourpre au décolleté bordé d'améthystes. Ses grands yeux noirs, presque trop grands pour son visage, fixaient Roger avec un évident plaisir.

— Je savais que vous viendriez, dit-elle dans un anglais agrémenté d'un léger et charmant accent.

Roger cligna des paupières dans sa confusion, mais ne releva pas cette étrange remarque.

— Etes-vous tombée ? Vous êtes-vous blessée ?

Elle lui sourit, et ce sourire fit briller ses yeux d'un éclat liquide. On aurait dit une enfant déguisée en femme. Des mèches de cheveux noirs apparaissaient furtivement sous sa coiffe brodée de perles. D'autres perles couvraient le devant de sa robe.

— Mon pied est coincé et je ne peux pas bouger.

Ah les femmes ! se dit Roger en s'avançant pour examiner les pierres qui la bloquaient.

— Vous avez dû m'entendre, là-haut. Pourquoi n'avez-vous pas appelé ?

— Parce que je savais que vous viendriez à moi.

Complètement folle, songea-t-il. Cette pauvre fille était possédée par les esprits.

— Quand je déplacerai cette pierre, je veux que vous retiriez votre pied. Me comprenez-vous ? demanda-t-il comme s'il s'adressait à une parfaite idiote.

En guise de réponse, elle lui sourit à nouveau et dégagea son pied au moment convenu.

Son pied droit était en mauvaise posture : s'il enlevait une pierre, une autre retomberait dessus et risquerait de briser la cheville.

— N'ayez pas peur de me dire la vérité, murmura-t-elle. La douleur ne m'est pas étrangère.

Roger se retourna et croisa ses grands yeux. Elle le regardait avec une si totale confiance qu'il sentit monter en lui une sorte de peur mêlée d'un sentiment de puissance.

— Quel est votre nom ? s'enquit-il en étudiant la disposition des pierres autour de son petit pied.

— Christiana, Monseigneur.

Roger releva vivement la tête. Ses vêtements de paysan ne l'avaient pas dupée. Peut-être n'était-elle pas aussi stupide que cela.

— Chris, donc, sourit-il. Puis-je emprunter votre couteau ? Je vais fabriquer une cale qui retiendra ces pierres quand je les déplacerai, expliqua-t-il.

Elle lui tendit aussitôt son petit poignard et il faillit la sermonner sur son manque de prudence. Comment pouvait-elle aussi facilement donner une arme à un inconnu, alors qu'elle était couverte de perles valant une fortune ?

Il coupa quelques branches d'arbres ainsi que des bandes de tissu dans le bas de sa chemise et confectionna une sorte d'étai qu'il disposa sous les pierres.

— Personne ne s'inquiète de votre disparition ? demanda-t-il tout en poursuivant sa tâche.

— Peut-être sont-ils à ma recherche; je ne sais pas... J'ai rêvé de vous la nuit dernière.

Il lui adressa un regard pénétrant, mais ne rétorqua rien. Les femmes — toutes les femmes — semblaient pleines d'idées romantiques sur le fait d'être sauvées par un vaillant chevalier. Difficile d'être à la hauteur de telles convictions...

— J'ai rêvé de cette forêt et de cet endroit, reprit-elle. Je vous ai vu dans mon rêve et je savais que vous viendriez.

— Peut-être que l'homme de votre rêve avait simplement une légère ressemblance avec moi, tenta-t-il de la raisonner.

— J'ai vu beaucoup de choses. La cicatrice près de votre œil — celle que votre frère vous a faite lorsque vous étiez enfant.

Spontanément, Roger toucha la marque laissée par ce pénible souvenir. Il avait bien failli perdre son œil gauche ce jour-là, et il restait très peu de gens encore vivants connaissant cette histoire. Il doutait même qu'Elizabeth fût au courant.

Christiana sourit devant son regard étonné.

— J'ai passé toute mon existence à vous attendre.

Roger secoua la tête pour s'éclaircir les idées.

— Vous aviez raison. Je veux dire... pour la cicatrice... vous avez deviné juste. Maintenant, ne bougez surtout pas.

Quand, après bien des efforts, il parvint à déplacer la lourde pierre, d'autres menacèrent de tomber sur la cale. D'un mouvement vif, il se jeta sur Christiana, la poussant en arrière et la plaquant au sol sous lui pour la protéger de l'éboulement.

Une fois le danger écarté, il commença à se relever, mais Christiana glissa les mains derrière sa nuque et attira sa bouche vers la sienne.

Pendant longtemps, Roger avait été trop occupé à protéger son frère et sa sœur pour avoir le loisir de se consacrer aux femmes. Il ne s'était pas rendu compte à quel point ses désirs étaient refoulés au plus profond de lui. A une époque, plusieurs années auparavant, il avait courtisé quelques jolies jeunes filles et avait même obtenu d'elles des rendez-vous clandestins, mais sa colère contre les Montgomery avait changé tout cela.

Dès que les lèvres de Christiana le touchèrent, il sentit que c'était sérieux. Malgré son apparence enfantine, il s'agissait bien d'une femme et ses intentions ne faisaient aucun doute. Elle l'embrassait avec tant d'intensité qu'il s'écarta d'elle.

— Qui êtes-vous ? murmura-t-il.

— Je vous aime et j'ai toujours attendu de vous rencontrer.

Penché au-dessus d'elle, Roger se perdit un moment dans ces yeux sombres qui plongeaient en lui comme pour lui extirper l'âme du corps... S'arrachant à leur charme, il s'écarta.

— Nous ferions mieux de vous ramener à vos parents.

— Je n'en ai pas, déclara-t-elle en s'asseyant.

Roger évita son regard qui semblait l'accuser de l'abandonner. Une part de lui voulait fuir cette étrange femme et une autre part désirait se battre jusqu'à la mort pour la garder près de lui.

— Laissez-moi voir votre cheville, dit-il finalement.

Obéissante, elle leva son pied vers lui. Il fronça les sourcils en découvrant les diverses plaies qui saignaient abondamment.

— Pourquoi ne me l'avez-vous pas montrée plus tôt ? lui reprocha-t-il avec colère. Tenez. (Il lui rendit son couteau.) Découpez la doublure de votre jupe. Je ne peux pas me permettre de sacrifier toute ma chemise : c'est la seule que j'ai pour l'instant.

Cette dernière remarque la fit sourire et elle commença à couper le bord de son jupon.

— Pourquoi êtes-vous en France et vêtu de cette manière ? Où sont vos hommes ?

— Dites-le-moi, vous, répondit-il d'un ton désagréable en lui prenant le morceau de tissu des mains. Peut-être rêverez-vous le reste de ma vie, la nuit prochaine.

A peine se détournait-il pour se diriger vers la rivière qu'il regretta ses paroles. Mais, bon sang, cette femme lui donnait des frissons ! Il pouvait encore sentir son baiser — un curieux mélange de désir physique et d'envie de lui prendre son âme.

Cette pensée lui arracha un sourire. Son imagination lui jouait sûrement des tours. Elle n'était qu'une jeune fille ayant besoin d'aide, rien de plus. Il n'avait qu'à lui bander la cheville et la ramener aux siens.

Quand il revint avec le tissu trempé, les larmes qu'il aperçut dans les yeux de Christiana lui serrèrent le cœur.

— Je suis désolé, Chris... déclara-t-il comme s'il la connaissait depuis toujours. Occupons-nous de votre cheville.

Un timide sourire perça à travers ses larmes et il ne put s'empêcher de lui sourire en retour. Son regard brillait à nouveau de bonheur quand elle posa son pied dans la main de Roger.

— Redonnez-moi votre couteau pour que je découpe votre bas, dit-il après lui avoir doucement ôté sa chaussure brodée.

Sans un mot, Christiana releva lentement un côté de sa jupe et détacha son bas. Continuant de fixer Roger, qui avait les yeux rivés sur sa jambe aux contours délicats, elle roula le bas jusqu'à sa cheville blessée.

— Vous pouvez finir de l'enlever.

Roger sentit soudain une explosion de désir l'envahir, comme si ses veines étaient littéralement en feu. Les mains tremblantes, il retira complètement le bas.

La vue du sang qui continuait de couler calma un peu ses ardeurs.

— Vous jouez avec des choses que vous ne comprenez pas, remarqua-t-il en commençant à la soigner.

— Ce ne sont pas des jeux d'enfants, rétorqua-t-elle avec douceur.

Roger se concentra sur sa tâche, nettoyant et bandant sa cheville.

— Maintenant, nous devons vous ramener, déclara-t-il d'un ton paternel, mais sa main était toujours posée sur sa cheville et remonta comme d'elle-même le long de sa jambe.

Il replaça le poignard dans l'étui fixé à la taille de Christiana.

Elle riva son regard au sien, immobile, semblant l'appeler de tout son être.

Roger se ressaisit brusquement. Quelle que soit son attirance pour cette femme, cela ne valait pas qu'il risque sa vie. Quelqu'un serait bientôt à sa recherche et si on le trouvait, en habits de paysan, en train de lui faire l'amour, on ne lui poserait pas de questions avant de lui planter une épée dans le cœur. En outre, il n'était pas sûr de souhaiter devenir intime avec cette étrange créature. Et si elle était une sorcière qui voulait vraiment lui prendre son âme ?

— Pourquoi vous êtes-vous arrêté, Monseigneur ? murmura-t-elle.

Il rabattit vivement sa jupe.

— Parce que vous êtes une enfant et que je suis... Vous offrez-vous souvent à des inconnus ?

Elle ne répondit pas à cette question, mais la réponse était dans ses yeux.

— Je vous ai toujours aimé et vous aimerai toujours. Je suis toute à vous.

Roger sentit la colère monter en lui.

— Ecoutez-moi bien, jeune fille ! Je ne sais pas pour qui vous me prenez ni qui vous êtes, mais je pense qu'il vaut mieux que chacun de nous rentre chez soi. Et j'espère que vous prierez Dieu — si vous croyez en Lui — de vous pardonner vos actions.

Sur ce, il se pencha, la hissa en travers de son épaule et grimpa le petit ravin.

Quand il atteignit la route, sa colère et son désir s'étaient calmés. Il était trop vieux et trop sensé pour permettre à ce petit bout de femme romantique de le perturber.

Il la posa devant lui, plaça les mains sur ses épaules et sourit.

— Maintenant, où puis-je vous emmener ? Vous souvenez-vous de la direction d'où vous veniez ?

Elle parut un instant décontenancée.

— Bien sûr que je m'en souviens. Pourquoi me renvoyez-vous ? M'embrasseriez-vous encore ? M'embrasseriez-vous comme si vous m'aimiez aussi ?

Roger la tint à bout de bras.

— Vous êtes trop entreprenante, et non, je ne vous embrasserai pas à nouveau. Vous devez me dire où vous emmener.

— Je veux aller avec vous mais...

Elle s'interrompit au son du cor qui retentit soudain. Ses yeux s'emplirent de terreur.

— Je dois partir. Mon mari m'appelle. Il ne faut pas qu'il vous trouve. Tenez !

Avant qu'il ait pu dire un mot, elle saisit son poignard et détacha grossièrement la plus belle améthyste de son décolleté, faisant du même coup un irréparable trou dans le riche velours.

— Prenez ceci, lui offrit-elle.

Roger se raidit.

— Je n'accepte pas de tribut d'une femme.

Le cor retentit à nouveau, augmentant la panique de Christiana.

— Je dois partir ! (Elle se hissa sur la pointe des pieds et déposa un rapide baiser sur ses lèvres serrées.) J'ai un corps superbe et des cheveux très doux. Je vous montrerai un jour.

Au troisième appel du cor, elle rassembla ses jupes et se mit à courir, sa cheville blessée se dérobant légèrement sous elle. Après avoir couvert une légère distance, elle se retourna et lui lança l'améthyste. Il ne fit aucun geste pour l'attraper.

— Donnez-la à la femme qui voyage avec vous. Est-ce votre sœur ou votre mère ?

Il entendit ces derniers mots juste avant de ne plus la voir.

Il resta immobile un long moment, comme planté dans la terre, les yeux rivés sur l'endroit où Christiana avait disparu. Une sensation étrange l'enveloppait, comme s'il venait de vivre une expérience irréelle. Cette fille existait-elle vraiment ou l'avait-il rêvée ?

— Roger ! l'appela la voix d'Elizabeth derrière lui. Nous te cherchons depuis une heure. Es-tu prêt à reprendre la route ? La nuit va bientôt tomber.

Lentement, il se tourna vers elle.

— Roger, est-ce que tout va bien ?

Miles s'était écarté de son épouse et inspectait les alentours. Parfois, des hommes qui venaient d'être blessés avaient la même attitude que Roger — juste avant de tomber morts. Miles aperçut l'améthyste, mais avant qu'il ait pu la ramasser, Roger bondit pour la saisir. Ses doigts se refermèrent sur la pierre précieuse.

— Oui, je suis prêt à partir, déclara-t-il d'un ton brusque.

Avant de s'éloigner, il regarda une dernière fois ce coin de forêt, son pouce caressant l'améthyste lovée dans sa main.

— Son mari ! grommela-t-il avec colère.

Il faillit jeter l'améthyste loin de lui, mais quelque chose le retint.

Cette nuit-là, ce fut Miles qui s'inquiéta vraiment de la morosité de Roger. Il avait braconné un lapin et le faisait rôtir à la broche, sur un feu autour duquel ils étaient tous trois assis. Il ne voulait pas inquiéter Elizabeth, lui assurant qu'il n'y avait aucun danger à redouter — et en effet la vie des paysans français ressemblait à un paradis paisible comparé à ce qui se passait dans la maison de son frère —, mais il se tenait néanmoins toujours sur ses gardes, prêt à toute éventualité. La nuit, il ne dormait que d'un œil et avait acquis un certain respect pour Roger en voyant que celui-ci adoptait la même vigilance.

Elizabeth s'était endormie, la tête sur les genoux de son époux. Roger, assis à l'écart, tournait et retournait quelque chose dans sa main. Miles n'était pas homme à s'enquérir directement de ce qui ne le concernait pas, mais Roger sentit son intérêt.

— Les femmes ! lança-t-il finalement d'un air dégoûté en rangeant l'améthyste dans sa poche.

Mais quand il s'allongea sur le sol glacé, sa main chercha le bijou et le garda serré toute la nuit.

A l'aube, une journée ensoleillée s'annonçait et Elizabeth, comme d'habitude, était rayonnante de bonheur. Encore un jour de voyage, et ils atteindraient la demeure des Montgomery. Ensuite, ils pourraient rentrer en Angleterre et vivre en paix avec leur fils.

— Vous semblez particulièrement heureuse, remarqua Miles en souriant. J'ai l'impression que vous aimez cette existence champêtre.

— C'est vrai, admit-elle. Mais ne vous mettez pas en tête de me faire porter des haillons pour le restant de mes jours. Je suis une femme très chère à entretenir, conclut-elle en roulant des yeux de coquette.

— Vous devrez gagner de quoi soutenir votre

fabuleux train de vie, dit-il avec arrogance en la détaillant de la tête aux pieds.

— J'en suis tout à fait capable. Je...

Elle s'interrompit alors qu'une troupe d'hommes à cheval surgissait, les forçant à s'écarter sur le côté de la route. Au milieu de ces chevaliers armés de pied en cap — environ une centaine — et visiblement riches, se tenait une jeune femme, les mains attachées derrière le dos, le visage couvert de bleus, mais la tête haute.

Elizabeth frissonna, ne se souvenant que trop bien de ce que l'on ressentait en captivité. Et cette fille avait en outre été battue.

— Chris, murmura Roger d'une voix blanche.

Miles observait ce dernier et le retint quand il fit un pas en avant.

— Pas maintenant, lui dit-il avec calme.

Elizabeth suivit des yeux le groupe qui s'éloignait. Tant d'hommes pour une jeune femme si fragile, songea-t-elle avec tristesse.

— Vous ne pouvez pas sérieusement penser à la sauver, déclara-t-elle à Miles d'un ton angoissé.

Ce dernier, le regard fixé sur les chevaliers, ne répondit pas. Et quand Elizabeth insista, il se tourna vers elle avec une telle expression sur son visage qu'elle se figea sur place.

Tous trois restèrent immobiles un long moment, comme ensorcelés par ce qu'ils venaient de voir. Elizabeth ne pouvait supporter l'idée que Miles risque sa vie pour une inconnue. Et quand ils reprirent leur route, elle tenta d'argumenter le plus calmement possible.

— Nous serons bientôt chez vos parents et ils nous apprendront certainement qui est cette fille, qui la retient prisonnière — et pourquoi. Peut-être est-elle une criminelle et a-t-elle mérité sa punition.

Miles et Roger continuaient à regarder droit devant eux.

Elizabeth saisit le bras de Miles.

— J'ai été tenue en captivité et cela ne s'est pas si mal terminé. Peut-être que...

— Taisez-vous, Elizabeth ! ordonna-t-il. Vous m'empêchez de réfléchir.

Elizabeth sentit la panique l'envahir. Comment parviendrait-il, sans armes, à sauver une fille gardée par une centaine de chevaliers en armure ?

Miles se tourna vers Roger.

— Si nous proposions nos services en tant que ramasseurs de bois ? Nous aurions au moins accès à leur camp.

Roger s'arrêta et le fixa dans les yeux.

— Ceci ne vous concerne pas, Montgomery. Cette jeune femme a été battue à cause de moi et c'est à moi seul qu'il incombe de la libérer.

Miles soutint son regard, les yeux brûlants de détermination, et Roger abdiqua.

Après un rapide hochement de tête, il se remit à marcher.

— J'ignore qui elle est, excepté qu'elle s'appelle Christiana. Elle m'a donné un des bijoux de sa robe et nul doute qu'on l'a battue pour cela. Son époux la terrifie.

— Son époux ! s'écria Elizabeth. Je vous en prie, tous les deux, rendez-vous à la raison. Vous ne pouvez pas risquer vos vies pour une femme mariée. Roger, depuis quand la connais-tu ? Que représente-t-elle pour toi ?

— Je l'ai rencontrée hier pour la première fois,

répondit-il dans un murmure. Et j'ignore si elle compte ou non pour moi... Mais je ne veux pas qu'on la maltraite par ma faute.

Elizabeth comprit qu'il était inutile d'argumenter davantage. Elle n'avait jamais vu Roger envisager quoi que ce soit d'aussi imprudent, mais elle savait Miles capable de mettre sa vie en jeu pour une simple servante.

Elle prit une profonde inspiration.

— Alors que j'étais prisonnière, une paysanne sur la route à voulu m'offrir un bouquet de fleurs. Les gardes l'ont laissée passer pour qu'elle me le donne...

— Pas question que vous soyez mêlée à cela, l'interrompit Miles. Vous attendrez pendant que nous agirons.

Elizabeth se garda de répondre, mais sa décision était prise : s'il fallait vraiment partir à l'attaque d'une centaine d'hommes, mieux valait être trois que deux.

18

Ils suivirent la troupe jusqu'à la tombée du jour, attendirent que le camp soit installé, puis Miles et Roger, les bras chargés de bois, se glissèrent assez facilement parmi les chevaliers. Sous le couvert des arbres, Elizabeth observait. Sa propre offre de collaboration lui semblait à présent aussi vide de sens que la proposition d'un fanfaron. Maintenant qu'elle voyait de près tous ces hommes, elle avait l'impression de se retrouver dans la demeure de son frère. Même à l'abri de la forêt, elle ne pouvait s'empêcher de regarder régulièrement derrière elle, au cas où l'un de ces inconnus serait là, prêt à l'attaquer.

Miles et Roger lui avaient donné l'ordre strict de ne bouger sous aucun prétexte. Ils avaient déjà assez à faire sans avoir aussi à s'inquiéter d'elle... Roger lui avait confié l'améthyste de Christiana et Miles lui avait expliqué comment se rendre chez ses parents — si jamais il leur arrivait quoi que ce soit.

Cette éventualité avait paniqué Elizabeth, mais elle s'était efforcée de dissimuler sa peur et avait insisté pour attendre à un endroit d'où elle pourrait tout voir. Ils avaient refusé de lui dévoiler leurs plans et Elizabeth commençait à soupçonner qu'ils n'en avaient aucun. Miles retiendrait sans doute l'attention des hommes, tandis que Roger libérerait la fille.

Un vieillard au pas traînant et difficile, en qui Elizabeth reconnut avec stupeur son téméraire frère, s'approcha lentement de Christiana. Celle-ci était assise contre un arbre, pieds et mains liés, la tête basse.

Quand Roger laissa maladroitement tomber le tas de bois sur les pieds de Christiana, Elizabeth retint son souffle. Elle ne savait pas quel contact cette fille avait eu avec Roger et elle paraissait trop jeune pour avoir beaucoup de bon sens. Allait-elle trahir Roger ?

Un bref vacillement traversa le visage de la jeune fille — mais cela pouvait être dû à la douleur — puis ses traits se détendirent. Elizabeth eut un léger sourire. Cette fille n'était assurément pas idiote. Son expression resta totalement neutre tandis que Roger commençait à écarter le bois tombé. Un chevalier l'insulta, lui donna un coup de pied dans la jambe et, comme Roger roulait à terre, lui en assena un autre dans les côtes. Elizabeth aperçut alors le scintillement de la lame du couteau avec lequel Roger, tout en encaissant les coups et sous le couvert des morceaux de bois, coupait les liens retenant les chevilles de Christiana.

Mais Elizabeth vit quelque chose que Roger ne pouvait pas voir : derrière lui, un homme assez âgé et richement vêtu n'avait pas quitté Christiana de ses petits yeux enfoncés.

A l'autre extrémité du camp, Miles enflamma des herbes en déplaçant du pied un gros morceau de braise du feu. Il s'éclipsa avant les représailles et plusieurs chevaliers s'activèrent pour étouffer le début d'incendie.

Mais la diversion ne fut pas suffisante. Les gardes surveillant la fille ne relâchèrent pas leur vigilance — et le vieil homme continuait à la fixer avec haine.

La nuit tombait rapidement, mais il y avait encore suffisamment de lumière pour qu'Elizabeth voie Miles tirer une épée d'un fourreau.

Il prévoyait vraiment de se battre ! songea-t-elle avec horreur. Il espérait sûrement créer la confusion qui permettrait à Roger d'emmener Christiana. Là où le feu avait échoué, un combat réussirait peut-être.

Elizabeth quitta l'abri des arbres, adressa une rapide prière pour le pardon du péché qu'elle allait commettre et déboutonna le devant de sa robe jusqu'à la taille. Peut-être parviendrait-elle à retenir l'attention des hommes — et en particulier celle de leur chef.

Son entrée fut fulgurante et d'un effet théâtral certain. Se précipitant dans la clairière, elle termina sa course d'un bond, si près d'un des feux qu'elle faillit sauter par-dessus. Les mains sur les cuisses, jambes tendues, elle se pencha en avant, son corsage ouvert dévoilant ses seins qui frôlèrent presque la tête du vieil homme. Lentement, lascivement, elle imprima des mouvements à ses épaules tout en descendant de plus en plus vers le feu. D'une main, elle ôta sa coiffe de coton, laissant cascader sa chevelure jusqu'à ses genoux. Ses cheveux rougeoyant sous la lueur du feu ressemblaient à des flammes.

Quand elle se redressa, les mains insolemment posées sur les hanches, son rire arrogant et provocateur termina de retenir l'attention de chacun.

L'homme âgé la regardait avec intérêt et au moins ses yeux n'étaient-ils plus fixés sur Christiana, juste à quelques mètres de là.

Elizabeth n'avait jamais dansé de sa vie, mais avait assisté à suffisamment de distractions paillardes chez son frère pour avoir une idée sur la façon de procéder. Un des chevaliers se mit à jouer du luth et un autre battit le rythme. Elizabeth commença à onduler lentement, faisant vibrer chaque parcelle de son corps. Elle utilisa sa magnifique chevelure à son avantage, la faisant tournoyer autour d'elle, les longues mèches cinglant le visage des hommes sur leur passage. Comme un chevalier s'approchait un peu trop d'elle, Elizabeth virevolta en descendant, attrapa une pierre et ficha son poing dans le ventre de l'homme.

Des rires grossiers s'élevèrent et dès lors il ne fut plus question d'un simple spectacle : le signal d'ouverture de la chasse venait d'être donné. Pour Elizabeth le cauchemar commença. Elle était à nouveau dans la demeure de son frère et des hommes la poursuivaient. Oubliant ses derniers mois de liberté, elle revint soudain au temps où elle devait se battre pour survivre.

Tournoyant autour d'un chevalier, elle lui subtilisa son épée. Les vêtements défaits, les cheveux emmêlés, elle esquivait les hommes qui essayaient de l'attraper. Elle n'en blessa aucun avec gravité, mais réussit tout de même à faire couler quelques gouttes de leur sang. Se forçant à rire et à continuer sa danse endiablée, elle sauta sur une table pleine de victuailles. Quand une main toucha sa cheville, son talon en écrasa « accidentellement » les doigts. La victime s'écarta avec un cri de douleur.

Quand les applaudissements fusèrent, les nerfs d'Elizabeth n'étaient pas loin de craquer. Penchée en avant, elle secoua sa chevelure au rythme des battements de mains. Espérant que Roger et Miles avaient eu le temps de libérer la captive, elle souleva ses jupes, provoquant des acclamations grivoises, et sauta à terre, juste devant le vieil homme.

Elle se pencha une nouvelle fois, puis se redressa et attendit, le cœur battant à tout rompre.

Avec une immense solennité, l'homme se leva et posa une main osseuse sous le menton d'Elizabeth, lui relevant le visage à hauteur du sien. Du coin de l'œil, elle vit que la fille n'était plus là. Dans un instant quelqu'un s'apercevrait de sa disparition...

Jouant le tout pour le tout, elle secoua les épaules afin que son corsage glisse jusqu'à sa taille.

Un silence impressionnant tomba sur la clairière. Les yeux du vieil homme parcouraient avidement les seins hauts et fermes d'Elizabeth. Puis, avec un sourire dévoilant des dents noires, il enleva son propre manteau et le posa sur les épaules de sa danseuse.

La tenant par les cordons du vêtement, comme s'il tenait un chien en laisse, il l'entraîna vers l'obscurité de la forêt.

Elizabeth serrait dans sa main le couteau qu'elle avait dérobé à l'un des chevaliers. Le vieillard se retourna et s'aperçut que la fille ligotée n'était plus là, mais avant qu'il n'ait pu appeler, Elizabeth se colla à lui, prit le lobe de son oreille entre ses dents et grommela : « Avancez ! »

Ils étaient déjà sous le couvert des arbres quand un cri d'alerte retentit dans le camp.

— Courez ! ordonna Elizabeth en le poussant de la pointe de son couteau.

D'un mouvement vif, il fit volte-face et la frappa au visage.

Mais à cet instant, Roger surgit de nulle part et se jeta à la gorge de l'homme. Peut-être était-ce la surprise ou l'excitation de la danse d'Elizabeth, mais l'affreux vieillard s'effondra mort aux pieds de Roger, qui l'avait à peine touché.

Sans perdre une seconde, Roger saisit Elizabeth par la taille et grimpa à un arbre.

Des chevaliers accoururent bientôt en dessous d'eux, leurs épées scintillant sous les rayons de la lune. Roger enlaça étroitement Elizabeth, lovant sa tête au creux de son épaule. Elle tremblait de tout son corps et, même maintenant, dans les bras protecteurs de son frère, elle pouvait encore sentir les mains de ces hommes sur elle.

— Miles, murmura-t-elle.

— Sain et sauf, dit simplement Roger en la serrant un peu plus contre lui.

Ils attendirent encore un moment après que la troupe eut découvert le corps du vieillard. Finalement, deux chevaliers emportèrent la dépouille de leur chef et, un peu plus tard, le grondement de la horde de chevaux qui s'éloignait sembla indiquer qu'ils avaient renoncé à retrouver la diabolique danseuse.

— Viens, dit Roger quand le silence fut retombé. Montgomery nous attend.

Il descendit en premier, puis attrapa Elizabeth, qui portait toujours le manteau de sa victime. Ses pans de velours flottant autour d'elle, elle suivit Roger à travers la forêt humide et froide.

A la vue de Miles, Elizabeth comprit à quel point elle s'était inquiétée pour lui. Il émergeait d'un étang, tenant Christiana par la main. Tous deux étaient mouillés, couverts de vase, et les jambes de la fille tremblaient.

Après un regard plein de tendresse à Miles, Elizabeth ôta son manteau pour le poser sur les épaules de Christiana.

— C'est le sien ! dit celle-ci en s'écartant du vêtement comme s'il s'agissait du diable.

Roger saisit le manteau, le rendit à sa sœur, enleva sa propre veste et en enveloppa Christiana. Elle se jeta dans ses bras, se blottissant si fort contre lui qu'elle semblait faire partie de lui-même.

— Nous devons partir, déclara Miles en prenant Elizabeth par la main. Ils vont bientôt revenir la chercher.

Ils voyagèrent toute la nuit. Elizabeth, malgré son épuisement, continuait de marcher, observant parfois à la dérobée la fille qui était la cause de tous leurs ennuis. Dans la veste de Roger, bien trop grande pour elle, elle paraissait encore plus jeune et fragile. Elle ne s'écartait jamais de ce dernier, même quand des branches lui cinglaient le visage. Quant à Roger, il semblait accepter de bonne grâce cette proximité.

Elizabeth évitait de croiser les yeux étincelants de colère de Miles. Elle pouvait sentir sa rage jusque dans ses doigts qui faillirent plusieurs fois lui broyer la main. Quand elle tenta de lui expliquer pourquoi elle lui avait désobéi, il la fusilla d'un regard si noir qu'elle se recroquevilla littéralement dans les pans de son large manteau.

— Nous nous mêlerons aux autres voyageurs sur la route, déclara-t-il au lever du jour. Il faut trouver des vêtements pour Christiana.

Cette dernière offrait un curieux spectacle, avec sa somptueuse robe déchirée, son visage meurtri, ses cheveux emmêlés et la vase séchée qui s'accrochait encore à elle.

Quand ils s'arrêtèrent enfin en bordure de la route, près d'un important groupe de voyageurs qui s'éveillaient à peine, Elizabeth s'effondra de fatigue. Miles l'attira à lui et l'installa en travers de ses genoux.

— Si vous recommencez ce genre de folie, mon épouse... commença-t-il avant de l'embrasser avec fougue.

Des larmes envahirent les yeux d'Elizabeth, des larmes de joie que Miles soit encore en vie. Elle avait bien cru ne plus jamais le revoir.

— Je risquerais tout pour vous, murmura-t-elle avant de sombrer dans le sommeil.

Elizabeth eut l'impression que seulement quelques minutes s'étaient écoulées quand elle s'éveilla et qu'ils se remirent à marcher, à peu de distance du groupe de voyageurs. Christiana portait à présent une robe de laine surmontée d'une large capuche.

A midi, ils firent une pause, et Miles et Roger allèrent négocier avec les voyageurs du pain et du fromage en échange du manteau indésirable.

Elizabeth s'allongea au pied d'un arbre pour essayer de se détendre, mais la proximité de Christiana l'en empêchait. Malgré elle, elle éprouvait du ressentiment envers cette fille qui avait failli causer leur mort.

— Me haïrez-vous longtemps, Elizabeth ? demanda doucement Christiana.

Elizabeth la regarda avec surprise avant de se détourner.

— Je ne... vous hais pas.

— Vous mentez mal, remarqua la fille.

Elizabeth lui fit à nouveau face.

— Mon mari aurait pu être tué en vous sauvant ! Ainsi que mon frère ! Quel pouvoir avez-vous sur Roger ? L'avez-vous ensorcelé ?

Christiana ne sourit pas, mais ne se renfrogna pas non plus. Ses grands yeux brillaient intensément.

— J'ai toujours rêvé d'un homme comme Roger. J'ai toujours su qu'il viendrait à moi. L'année dernière mon père m'a donnée en mariage à un homme cruel, mais j'étais déjà sûre que Roger apparaîtrait dans mon existence. Il y a trois nuits, j'ai vu son visage dans mon rêve. Il voyageait en compagnie d'une parente à lui. J'ai alors compris que le moment était venu.

Elizabeth la dévisageait comme si elle avait affaire à une sorcière.

— Vous me reprochez d'avoir mis votre mari en danger, mais que ne risqueriez-vous pas vous-même pour garder l'homme que vous aimez ? poursuivit Christiana. Si j'avais été plus brave, peut-être serais-je allée vers la torture et la mort que me destinait mon époux, mais au lieu de cela j'ai prié de tout mon cœur pour que Roger vienne me libérer.

Elle regarda en direction de Miles et de Roger qui approchaient, et ses yeux s'éclairèrent à nouveau.

— Cette nuit, je me donnerai à Roger, parce que Dieu me l'a envoyé, et ensuite je serai prête à renoncer à tout, même à la vie s'il le faut. J'ai risqué sa vie, la vôtre et celle de votre mari pour cette seule nuit avec mon bien-aimé.

Elle posa la main sur celle d'Elizabeth et ses yeux se firent suppliants.

— Pardonnez-moi si j'ai trop exigé de vous tous.

La colère d'Elizabeth s'était évanouie depuis longtemps. Elle prit la main de Christiana.

— Ne parlez pas de mort, Roger a peut-être encore plus besoin d'amour que vous. Restez à ses côtés.

Pour la première fois, Chris sourit légèrement et une fossette apparut sur sa joue gauche.

— On ne pourrait m'éloigner de lui que par la force.

Roger venait d'arriver à leur hauteur et les regardait d'un air intrigué. Elizabeth songea qu'elle n'était pas la seule à être déroutée par cette curieuse jeune femme...

Ils ne s'attardèrent pas, mangeant rapidement avant de reprendre leur route.

Cette nuit-là, blottie dans les bras de Miles, Elizabeth saisit l'opportunité de lui parler seule à seul.

— Que pensez-vous de Christiana ? lui demanda-t-elle.

— Je sais qu'elle représente un danger. Elle était mariée au duc de Lorillard, dont la cruauté est notoire. Il a épousé sept ou huit riches héritières de haute naissance, qui sont toutes mortes au bout de quelques années de mariage.

— Chris est-elle de haute naissance ?

Miles poussa un petit ricanement.

— Elle est de lignée royale.

— Comment savez-vous tout cela ?

— Par mes parents français. Ils ont souvent eu affaire à la famille Lorillard. Elizabeth, je veux que vous gardiez ceci, ajouta-t-il avec solennité en lui confiant le long collier de perles que Christiana portait la veille. Nous devrions atteindre demain soir la demeure de mes parents, mais en cas de problème...

Non ! (Il posa un doigt sur sa bouche pour l'empêcher de l'interrompre.) Je tiens à vous dire la vérité pour que vous vous prépariez à toute éventualité. Les Lorillard sont puissants et nous avons ôté la vie à l'un des leurs. Si quoi que ce soit arrivait, emportez ces perles et rejoignez mes frères en Angleterre. Ils prendront soin de vous.

— Et vos parents français ? Ne pourrais-je aller réclamer leur aide ?

— C'est une autre histoire, que je vous raconterai un jour. Pour l'instant, jurez-moi, si je suis capturé, de rentrer chez mes frères et de ne rien tenter pour me libérer.

Elle garda un silence obstiné.

— Elizabeth !

— Je jure de rentrer chez vos frères, dit-elle en soupirant.

— Et pour le reste ?

— Je ne ferai pas d'autre promesse ! déclara-t-elle fermement en levant son visage pour l'embrasser.

Ils firent l'amour avec une lenteur délibérée, comme si c'était la dernière fois. Après ce que venait de dire Miles, Elizabeth avait la terrible impression qu'ils n'avaient plus que quelques heures à vivre ensemble. Par deux fois, des larmes de frustration la submergèrent. Elle n'acceptait pas l'idée qu'ils avaient été si près de retrouver la sécurité et que le désir d'une femme allait peut-être les perdre.

Elle s'endormit en serrant Miles le plus possible contre elle et s'allongea sur lui au cours de la nuit. Il s'éveilla, sourit, lui embrassa le front et l'enlaça étroitement avant de se rendormir.

Roger les réveilla avant l'aube et Elizabeth vit au premier coup d'œil qu'il n'avait pas dormi de la nuit.

Christiana se tenait à ses côtés, les yeux brillants et la bouche encore gonflée d'amour. Tandis qu'ils se remettaient à marcher, Elizabeth nota les regards brûlants dont Roger couvait Christiana. En milieu de journée, il la tenait par la taille et, à la grande surprise d'Elizabeth, il s'arrêta même une fois pour l'embrasser passionnément. Roger, très soucieux des convenances et du respect des apparences, ne se laissait d'habitude jamais aller à ce genre d'effusions en public...

Ce fut peu avant le crépuscule que des hommes surgirent d'entre les arbres et pointèrent leurs épées sur les quatre voyageurs.

L'un d'eux, vieux et laid, s'avança.

— Ravi de vous rencontrer à nouveau, Montgomery, ricana-t-il. Emmenez-lez !

19

Quand elle aperçut à travers ses larmes la vieille forteresse Montgomery, Elizabeth immobilisa un instant son cheval. Tant de choses avaient changé en quelques semaines qu'elle en était même arrivée à douter que l'Angleterre ou cette massive demeure existent encore.

L'étalon d'un des trois robustes hommes derrière elle rua impatiemment, la ramenant au présent. Claquant ses rênes comme un fouet, elle repartit au galop. Bien qu'elle n'ait jamais visité la maison Montgomery, elle en connaissait la structure par cœur. En Ecosse, Miles lui en avait beaucoup parlé, lui dessinant même des plans sur le sol.

Elle se dirigea vers l'entrée arrière réservée à la famille et ralentit à peine l'allure quand elle atteignit l'étroit passage bordé de murs qui y conduisait.

Immédiatement, des gardes armés d'arcs lancèrent le qui-vive.

— L'épouse de Miles Montgomery, cria l'un des hommes qui l'accompagnaient.

Six flèches vinrent se planter devant le cheval d'Elizabeth et l'animal épuisé s'affola. La jeune femme dut faire appel à toutes ses forces pour le maîtriser.

Trois chevaliers se tenaient à présent entre elle et la porte verrouillée.

— Je suis Elizabeth Montgomery et ces hommes m'accompagnent, dit-elle, impatiente, mais avec une note de respect.

Peu de forteresses étaient encore si bien gardées.

Les trois chevaliers restèrent aussi immobiles que des statues, tandis que d'autres sautaient du haut des murs et venaient pointer leurs épées sur son escorte.

Une fois qu'une vingtaine de gardes les eurent encerclés, l'un d'eux s'avança vers elle.

— Vous seule pouvez entrer. Vos hommes restent ici.

— Parfait. Conduisez-moi à Gavin. Il m'identifiera.

On se chargea de ses rênes et elle pénétra bientôt dans une spacieuse cour devançant la maison construite à l'abri des remparts.

L'un des gardes entra dans la demeure et, quelques secondes plus tard, une jolie jeune femme en sortit, le visage parsemé de farine et des grains de sésame dans les cheveux.

— Emmène-moi à ton maître, ordonna Elizabeth. J'ai des nouvelles importantes pour lui.

— Etes-vous Elizabeth ? demanda la petite femme. Avez-vous des nouvelles de Miles ? Nous avons entendu dire que vous aviez été tous les deux tués. Henry ! Aide-la à descendre de cheval et fais entrer son escorte pour qu'ils puissent se nourrir.

A cet instant, Scarlett apparut sur le seuil de la

demeure. Derrière elle se tenait la jeune chanteuse qu'Elizabeth avait déjà rencontrée : Alyx.

— Elizabeth ! s'écria Scarlett en se précipitant vers elle.

Elizabeth tomba presque dans les bras de sa belle-sœur.

— Je suis si contente de vous voir ! Ce voyage a été un vrai calvaire. Où est Stephen ? Nous devons repartir à la recherche de Miles et de Roger. Ils ont été capturés par un duc français et il nous faut verser une rançon ou les aider à s'échapper ou...

— Calmez-vous, l'interrompit Scarlett. Entrez d'abord manger quelque chose et ensuite nous prendrons une décision.

— Henry ! appela la femme qui se tenait derrière Elizabeth. Va chercher mon beau-père et sir Guy. Envoie-les-moi et prépare sept chevaux pour un voyage. Dépêche un cavalier immédiatement pour s'assurer que nous aurons un bateau en partance pour la France. Immédiatement, tu m'entends ?

Bouche bée, Elizabeth contemplait cette femme énergique qu'elle avait d'abord prise pour une servante.

— Puis-je vous présenter lady Judith ? dit Scarlett avec une pointe d'amusement.

Judith repoussa une de ses mèches rebelles et une pluie dorée de grains de sésame s'en échappa.

— Savez-vous où est retenu Miles ?

— Oui. J'en viens.

— Et à vive allure, à vous voir, nota Judith.

— Bonjour, Alyx, dit Elizabeth en tendant la main à la calme jeune femme qui était venue se placer à côté de Scarlett.

Alyx hocha la tête et sourit timidement. Elle ne

s'était jamais sentie aussi insignifiante qu'en cet instant, entourée de ses magnifiques belles-sœurs.

Sir Guy arriva en courant. Il paraissait avoir perdu du poids. Derrière lui venait Tam, dont l'imposante masse faisait presque trembler le sol sous ses pas.

— Avez-vous un message de lord Miles ? demanda sir Guy en regardant Elizabeth comme si elle était un fantôme. On prétendait que vous étiez morts.

— Et qui vous a dit cela ? s'enquit Elizabeth d'un ton irrité. Personne n'est-il parti à notre recherche ?

— Rentrons, proposa Judith en prenant le bras d'Elizabeth. Racontez-nous ce qui est arrivé.

Quelques minutes plus tard, Elizabeth s'installa à une grande table remplie de victuailles et mangea de bon appétit tout en relatant son histoire. Autour d'elle se trouvaient ses trois belles-sœurs, un homme qu'elle ne connaissait pas — John Bassett, l'époux de la mère de Judith —, sir Guy et Tam.

La bouche pleine, elle raconta comment Miles, Roger et elle avaient été jetés dans la cale d'un bateau, comment ils s'étaient échappés et avaient voyagé vers le sud jusqu'à ce que son frère décide de risquer leurs vies pour un petit bout de femme déjà marié.

Scarlett l'interrompit, déversant directement sa rage contre Roger Chatworth, mais Tam lui ordonna de se calmer. Curieusement, Scarlett lui obéit aussitôt.

Le récit d'Elizabeth s'acheva par le résumé du sauvetage de la jeune Christiana.

Judith posa beaucoup de questions, à la fois sur la participation d'Elizabeth dans cette aventure et sur Christiana elle-même.

— Je sais des choses sur elle, dit-elle. Et aussi sur son mari et sa famille. Le plus jeune des frères hait Miles.

— Pourquoi ? la pressa Elizabeth.

— Il y avait une jeune femme qui...

Elizabeth l'arrêta d'un geste.

— N'en dites pas plus. Cela doit en effet être lui qui a capturé Miles. Le vieux duc est mort dans les bras de Roger.

— Décidément, Roger Chatworth adore tuer ! remarqua sèchement Scarlett.

Elizabeth ne perdit pas de temps à défendre son frère, mais poursuivit son histoire, décrivant la mort subite du duc. Elle interrompit son repas quand elle en arriva aux détails de leur capture. Miles était déjà blessé quand il avait désarçonné un des chevaliers, mis Elizabeth sur le cheval de ce dernier et donné un grand coup à la croupe de l'animal. Elle avait bataillé longtemps avant de reprendre le contrôle de l'étalon emballé, puis elle s'était retournée pour voir une demi-douzaine d'hommes à sa poursuite. Galopant à bride abattue, elle avait ensuite passé des heures à essayer de les semer.

Elle relata brièvement les dix jours qui avaient suivi. Les perles de Christiana lui avaient permis de rentrer en Angleterre. Espérant ne pas être en train de hâter sa propre mort, elle avait loué les services de trois inconnus, d'anciens soldats que leur maître avait renvoyés pour les remplacer par des hommes plus jeunes.

Ils avaient chevauché nuit et jour, changeant souvent de monture, ne dormant jamais plus de deux heures d'affilée.

Une fois sur la côte, Elizabeth avait payé dix perles

pour leur traversée sur un bateau et avait passé ces trois jours de voyage à dormir. Dans le sud de l'Angleterre, ils avaient acheté des chevaux et des provisions, puis s'étaient immédiatement mis en route. Ils ne s'étaient pas arrêtés une seule fois avant d'atteindre la forteresse Montgomery.

— Je suis venue chercher les frères de Miles, conclut Elizabeth. Nous devons partir pour la France.

Un chevalier entra, murmura quelque chose à Judith, puis se retira.

— Vous ne savez pas tout, lady Elizabeth, déclara Judith. Peu après votre disparition, Alice Chatworth (elle frissonna presque de dégoût en prononçant ce nom) n'a pas pu s'empêcher de se vanter de ce qu'elle avait fait. Elle nous a envoyé une lettre pour tout nous raconter.

Alyx intervint pour la première fois, d'une voix douce mais clairement distincte.

— Raine, Stephen et Gavin sont immédiatement partis pour la France et nous... (elle désigna Judith et Scarlett de la tête) nous sommes rassemblées ici pour attendre les nouvelles.

— Alors ils sont déjà en France ! s'exclama Elizabeth en se levant. Je dois m'en aller tout de suite. Si vous me donniez une escorte, je pourrais trouver les frères de Miles et leur indiquer où il est.

— Connaissez-vous le château du duc de Lorillard ? demanda Judith en se penchant vers elle. Savez-vous où vit le frère du duc ?

— Non, mais sûrement que...

— Nous ne pouvons nous contenter d'à peu près, l'interrompit Judith. Le duc était un « ami » de mon père. Je sais où se trouvent les quatre domaines Lorillard et je doute qu'aucun des Montgomery le sache. Peut-être Raine, parce qu'il a participé à des tournois en France, mais s'ils ont été séparés... Non, ma décision est prise.

Elle se leva.

— Que diantre avez-vous décidé ? rugit John Bassett en lui coupant la route de toute sa hauteur.

Sa puissante voix fit à peine frémir les paupières de Judith, qui garda tout son aplomb.

— Les chevaux sont prêts et nous prenons bientôt la route. Scarlett, avez-vous suffisamment de tartans pour nous toutes ? Ce vêtement sera plus confortable pour un si long voyage.

John lui saisit durement le bras.

— Vous n'allez pas encore risquer votre vie. Vous avez failli nous faire tous tuer quand vous êtes partie au secours de Gavin. Cette fois, jeune dame, vous laisserez les hommes se charger des affaires d'hommes.

Les yeux de Judith devinrent aussi brûlants que deux boules de feu.

— Et où iriez-vous chercher mon mari ? pointa-t-elle avec agressivité. Avez-vous jamais mis les pieds en France ? Et si, par le plus grand des hasards, vous tombiez sur lui, comment lui indiqueriez-vous où trouver Miles ? Un peu de bon sens, John ! Laissez les autres femmes ici, si vous voulez, mais Elizabeth et moi devons vous accompagner.

Alyx regarda Scarlett et hurla un « NON ! » qui fit trembler les murs.

Le visage de la jeune chanteuse vira au rose et elle baissa les yeux.

— Je veux dire que Scarlett et moi préférerions venir avec vous, murmura-t-elle. Nous pourrions être utiles.

— Scarlett... commença Tam, tandis que sir Guy fixait Elizabeth d'un regard des plus intimidants.

Puis les arguments fusèrent de tous côtés, dans un chassé-croisé désordonné. Profitant de la confusion, Alyx s'éclipsa discrètement et alla chercher les tartans dans la chambre de Scarlett et Stephen. Même à l'étage supérieur, elle pouvait entendre les exclamations de voix.

Dans une impulsion, elle prit la cornemuse accrochée au mur. Les tartans multicolores jetés sur ses épaules, elle descendit les escaliers en soufflant vigoureusement dans l'instrument. Quand elle atteignit la grande salle, où tout le monde leva les yeux vers elle, le silence était rétabli.

Elle cessa de jouer.

— Si vous partez sans nous, déclara-t-elle à l'adresse des hommes, nous nous mettrons en route après vous. Chevaucherons-nous ensemble ou préférez-vous prendre un peu d'avance ?

Ils ne daignèrent pas lui répondre, les lèvres obstinément serrées.

— Pendant que nous perdons du temps, Miles est peut-être soumis à la torture en ce moment même, poursuivit Alyx. Nous devons agir — MAINTENANT !

Judith s'avança, prit le visage d'Alyx entre ses mains et la baisa sur les deux joues.

— Nous partons immédiatement ! déclara-t-elle en prenant les plaids et en en lançant un à Elizabeth. John, réunissez des provisions. Guy, allez voir mon intendant. Nous aurons besoin d'or pour ce voyage. Tam, vérifiez les arcs et le nombre de flèches. Scarlett, voyez quels chevaux nous prendrons. Alyx, emportez de quoi faire de la musique. Cela peut nous être utile.

Dès le premier ordre, Elizabeth avait commencé à sourire.

— Et moi ? demanda-t-elle tandis que chacun s'éloignait, s'empressant d'obéir à Judith.

— Venez avec moi, dit cette dernière en montant les escaliers.

A mi-chemin, elle s'arrêta et se retourna vers Elizabeth.

— Alice Chatworth a attrapé la petite vérole, mais n'en est pas morte. Seulement cette maladie a achevé de la défigurer. (Elle prit une courte inspiration avant de continuer.) Elle s'est ôté elle-même la vie en se jetant du haut des remparts de son domaine. (Elle détourna le regard, puis ajouta dans un souffle :) Le même endroit d'où la vieille Ela est tombée.

Elizabeth ne comprit pas ces derniers mots, mais l'annonce de la mort d'Alice était un soulagement pour elle. Au moins, elle serait à présent sûre de la sécurité de son fils.

Elizabeth avait entendu dire que Judith possédait une énergie inépuisable mais, à ce point, c'en était diabolique ! Elle ne permettait aucune faiblesse — ni le moindre repos.

Ils atteignirent le sud de l'Angleterre en seulement deux jours, chevauchant à bride abattue et changeant fréquemment de montures. Ils avaient traversé des endroits où les routes étaient si mauvaises qu'elles ne méritaient pas ce nom et avaient coupé à travers des champs fraîchement plantés, sous les cris de colère des paysans. Par deux fois, Tam et Guy avaient sauté de leur selle pour abattre des barrières. Derrière eux, des troupeaux de moutons s'éparpillaient dans la nature.

— Le propriétaire attaquera Judith en justice, déclara Elizabeth, car ces immenses enclos d'élevage dépendaient visiblement de quelqu'un de riche.

— Cette terre appartient à Judith, cria Scarlett par-dessus son épaule avant de donner un grand coup d'éperon.

Alyx et Elizabeth échangèrent un regard de stupeur, puis s'élancèrent à leur tour au galop.

Sur la côte sud de l'Angleterre, où ils arrivèrent à l'aube, un bateau les attendait pour les amener sur l'île où vivaient la plupart des Montgomery.

— Mon clan est ridiculement petit par rapport à cette famille, remarqua Scarlett, épuisée, avant de s'asseoir sur le pont humide, de s'envelopper dans son plaid et de sombrer dans le sommeil.

On les réveilla une heure plus tard et, encore tout ensommeillés, ils montèrent des chevaux frais et se dirigèrent vers le domaine Montgomery. Elizabeth apprécia la sérénité qui se dégageait de la vieille forteresse, bâtie deux siècles auparavant par un chevalier dénommé le Lion Noir.

Une fois passés les remparts, Judith attira l'attention d'Elizabeth sur une enfant qui venait d'apparaître au seuil d'une porte. Agée d'environ un an et demi, elle était vêtue de haillons et avait l'air d'un chien affamé.

— L'un des enfants de Miles, dit Judith en guettant la réaction d'Elizabeth.

Une vague de colère envahit cette dernière.

— Je m'en occuperai à mon retour, décréta-t-elle avant de dépasser tout le monde pour pénétrer dans la demeure principale.

Ils restèrent au vieux château juste le temps de manger, puis s'embarquèrent pour la France. Immédiatement, tous les sept s'installèrent sur le pont et s'endormirent.

Plusieurs heures plus tard, en meilleure forme, les femmes discutèrent de leur plan d'action.

— Nous devrons gagner l'accès au château, nota Judith. La musique d'Alyx nous ouvrira toutes les portes. L'une d'entre vous sait-elle chanter ou jouer d'un instrument ?

Scarlett assura posséder une voix mélodieuse; Judith admit son total manque de talent en ce domaine. Elizabeth soupira et déclara avec réticence qu'elle pouvait danser.

— Parfait ! déclara Judith. Une fois à l'intérieur...

— Vous ne ferez rien, intervint John Bassett derrière elles. Vous nous indiquerez l'emplacement du domaine Lorillard et nous retrouverons vos maris pour qu'ils délivrent lord Miles.

Sur ce, il tourna les talons et s'éloigna.

Judith adressa un petit sourire à ses belles-sœurs.

— Il y a quelques années, j'ai eu un petit problème en essayant de secourir Gavin. John ne me l'a jamais pardonné et depuis qu'il a épousé ma mère, il se sent en plus responsable de moi. (Elle se pencha en avant.) Nous devons nous montrer plus discrètes.

Elizabeth s'adossa à la coque du navire et réprima un rire. En face d'elle se tenait Judith, si jolie, si fine, les mains sur ses genoux, contemplant le monde comme une jeune femme réservée et sans défense. Scarlett, debout près du gouvernail, resplendissait de sa beauté sauvage sous les feux du soleil. Elizabeth connaissait sa nature passionnée, courageuse et loyale. Et Alyx, apparemment si timide et tranquille, mais dont la voix magnifique révélait une indomptable force de caractère.

Et elle-même ? Etait-elle à la hauteur de ces femmes ? Serait-elle digne de la mise à l'épreuve de Judith ?

Ils achetèrent des chevaux dès qu'ils accostèrent en France et Judith les conduisit vers le sud. Durant les jours précédents, celle-ci avait en apparence accepté de se plier aux volontés des trois chevaliers. Un jour, Scarlett avait attiré l'attention d'Elizabeth en direction de John Bassett qui, le torse bombé, sermonnait Judith. Tam se chargeait de Scarlett, lui donnant des ordres concis. Quant à sir Guy, il n'adressa la parole qu'une seule fois à Elizabeth.

Levant vers lui des yeux papillotants, elle lui demanda d'un air angélique comment se portait son pied. La cicatrice du géant perdit toute couleur et il s'éloigna. Cette scène rendit Scarlett littéralement malade de rire. Et quand Judith apprit toute l'histoire au sujet du pied de sir Guy, elle considéra Elizabeth d'un regard admiratif et spéculateur.

Alyx joua simplement du luth, semblant montrer par cet acte qui elle donnait vainqueur de ce combat pour le pouvoir.

John Bassett loua des chambres dans une auberge, non loin du domaine où le duc, selon les dires des gens de la région, résidait en ce moment. Les trois hommes durent laisser les femmes pour partir à la recherche des frères Montgomery. John parut sur le point de pleurer de rage devant le mutisme obstiné de Judith, alors qu'il la suppliait de jurer d'attendre sagement leur retour.

— Dois-je vous assigner un garde ? demanda-t-il, exaspéré.

Judith se contenta de le regarder.

— J'ai eu la bonne grâce de vous emmener avec moi, mais il faut nous séparer et je ne crois pas qu'un seul homme suffirait à contrôler une diablesse telle que vous.

— Vous perdez du temps, John, fit-elle calmement remarquer.

— Elle a raison, intervint sir Guy.

John attira Judith à lui et déposa un baiser sur son front.

— Que le Seigneur vous protège.

Sur ce, les trois hommes s'en allèrent.

Judith s'adossa à la porte et poussa un profond soupir.

— Que le Seigneur l'entende... Maintenant, au travail.

Elizabeth comprit rapidement quelle excellente organisatrice était Judith. Elle loua les services d'une vingtaine de personnes qui répandirent la rumeur de la présence de la plus grande chanteuse du monde et de la plus exotique danseuse de l'univers. Elle comptait sur l'excitation de la curiosité ainsi éveillée pour que tous les yeux se portent sur Alyx et Elizabeth quand elles apparaîtraient... tandis que Scarlett et elle passeraient inaperçues.

En début d'après-midi, Judith se vêtit de haillons, se noircit les dents avec un mélange de gomme et de suie, et s'en alla vendre du pain au château. Elle rapporta d'excellentes nouvelles.

— Miles est vivant, dit-elle en se débarrassant de ses affreux vêtements. Le duc fait constamment des prisonniers, qu'il garde en haut de la tour. Il semble que les Lorillard soient des maîtres en matière de torture et, pour l'heure, ils s'occupent d'une fille. Je suis désolée, Elizabeth, ajouta-t-elle en hâte. J'ignore si elle est encore en vie ou non, mais les deux hommes le sont.

— Et la blessure de Miles ?

Judith secoua la tête.

— Je n'ai pu demander aucun renseignement précis. Tout ce que je sais, c'est que les prisonniers sont habituellement enfermés en haut de la tour.

— Cela devrait être facile, intervint Scarlett avec une triste ironie. Nous n'aurons qu'à attacher des ailes aux chevaux et voler jusqu'en haut.

— Il y a un escalier, fit remarquer Judith.

— Libre d'accès ? demanda Scarlett.

— Les accès aux cellules sont gardés, mais une autre partie de l'escalier mène au toit. Nous pourrions nous laisser glisser jusqu'aux fenêtres...

Seule Scarlett nota la crispation soudaine du visage de Judith. Cette dernière semblait parfois ignorer la signification même du mot peur, mais elle avait cependant une terrible phobie des hauteurs.

— Vous danserez pendant qu'Alyx jouera, lui suggéra-t-elle. Elizabeth et moi monterons à la tour.

— Je suis autant capable de danser que de faire voler les chevaux, déclara Judith en secouant la tête. Alyx chanterait, je ne suivrais pas le rythme et je commencerais à examiner les tables en m'interrogeant sur la quantité de stockage nécessaire à un tel festin. J'oublierais probablement de danser et me mettrais à donner des ordres aux servantes.

Ses belles-sœurs ne purent s'empêcher de rire devant son air désespéré.

Elle se ressaisit et les regarda avec de grands yeux pleins d'assurance.

— J'ai de la force et je suis assez petite pour glisser sur une corde et passer par une fenêtre.

Rien n'aurait pu la persuader du contraire... Les quatre femmes se reposèrent, chacune pensant au danger qu'elle allait affronter. Elizabeth ne parla pas de sa peur des hommes et il ne fut plus question de la phobie des hauteurs de Judith.

A la tombée de la nuit, Judith se mit à genoux pour prier et ses compagnes joignirent bientôt leurs prières à la sienne.

20

Alyx fut celle qui les surprit le plus. Au cours du voyage, elle avait à peine parlé, suivant ses magnifiques belles-sœurs sans se plaindre ni émettre une seule suggestion. Mais avec un instrument de musique entre les mains, elle se transformait en une créature sublime et rayonnante qui n'avait rien à envier aux charmes de ses compagnes.

Judith et Scarlett, vêtues de haillons les dissimulant presque entièrement, s'introduisirent dans la procession qui suivait Alyx et Elizabeth. Cette dernière, marchant d'un pas orgueilleux, son corps aux formes parfaites attirant déjà l'attention, portait des vêtements aux couleurs suffisamment criardes pour constituer une attraction à eux seuls.

Dès qu'elle pénétra dans la grande salle du vieux château, Alyx exécuta une note qui figea tout le monde sur place. Scarlett et Judith n'avaient jamais entendu la pleine intensité de sa voix et s'arrêtèrent pour l'écouter un moment, quelque peu impressionnées.

— Je vous donnerai le rythme, souffla Alyx à Elizabeth.

Tous les regards étaient rivés sur Alyx et la magnifique femme à ses côtés. Subitement, Alyx laissa la note retomber et chacun put respirer à nouveau. Puis des cris d'enthousiasme et des applaudissements retentirent. La foule se massa autour des deux artistes.

— Maintenant ! souffla Judith à Scarlett, et elles s'engouffrèrent dans un couloir sombre menant à la tour.

Relevant les pans de leurs lourdes jupes, elles grimpèrent trois étages à toute allure, avant qu'un bruit ne les force à se plaquer contre le mur. Tous leurs sens aux aguets, elles attendirent le passage inévitable du garde.

Judith désigna un renfoncement obscur et elles s'y glissèrent avec un soupir de soulagement. Le garde passa sans les voir.

En haut de l'escalier se trouvait la porte donnant sur le toit — une porte fermée.

— Il nous faut une clé ! souffla Judith.

Mais tandis qu'elle parlait, Scarlett tâtait les bords de l'étroite porte. Elle se retourna, un sourire triomphant aux lèvres, poussa le verrou d'acier et la porte s'ouvrit. Le grincement n'ayant visiblement alerté personne, elles se glissèrent dans l'ouverture et se retrouvèrent sur le toit.

Là, elles s'immobilisèrent un instant, inspirant à pleins poumons l'air frais de la nuit. Se tournant vers Judith, Scarlett vit que la jeune femme regardait la muraille avec des yeux emplis de terreur.

— Laissez-moi y aller, proposa-t-elle.

— Non, dit Judith en secouant la tête. S'il arrivait quoi que ce soit, je devrais vous hisser, et je ne crois pas que j'y parviendrais. Par contre, vous le pouvez.

Scarlett admit qu'elle avait raison. Sans un bruit, elle ôtèrent les jupes de laine qu'elles avaient enfilées sur leur tartan et sous lesquelles elles avaient dissimulé de grosses cordes. Elles commencèrent à dérouler ces dernières.

Une fois cette opération terminée, Scarlett se dirigea du côté de la vieille tour et se pencha par-dessus la muraille crénelée.

— Il y a quatre fenêtres, déclara-t-elle. Laquelle est celle de Miles ?

— Laissez-moi réfléchir... Ces deux-là se trouvant au-dessus de l'escalier, la bonne est donc sûrement l'une de celles-ci, conclut-elle en pointant un doigt sur sa droite puis sur sa gauche.

Ni l'une ni l'autre ne mentionnèrent le fait qu'une erreur signifierait la mort pour Judith.

— Allons-y, dit celle-ci, comme si elle partait à sa propre exécution.

Scarlett commença à nouer habilement une corde. Judith rassembla les pans de son tartan et l'attacha à sa grosse ceinture de cuir. Puis, le cœur battant déjà à tout rompre, elle s'installa dans l'espèce de siège que lui avait confectionné Scarlett, serrant la corde autour de sa taille et entre ses jambes.

Comme elle se dressait sur le bord de la muraille, Scarlett lui sourit.

— Concentrez-vous sur votre tâche et ne pensez pas à l'endroit où vous êtes.

La gorge serrée par la peur, Judith ne parvint qu'à hocher la tête.

Scarlett enroula l'extrémité de la corde autour d'un créneau et commença à faire lentement descendre Judith.

Celle-ci adressa de ferventes prières à Dieu, tandis

qu'elle cherchait des appuis sous ses pieds. Par trois fois, des morceaux du mur effrité se détachèrent sous elle et son cœur bondit dans sa poitrine, alors qu'elle s'immobilisait, s'attendant à ce qu'un garde surgisse et tranche la corde dont dépendait sa vie.

Après un long et laborieux moment, elle atteignit la fenêtre et à peine avait-elle posé un pied sur le rebord qu'une main la saisit par la cheville.

— Silence ! ordonna une voix, comme Judith poussait un petit cri de terreur.

Des bras puissants l'attrapèrent et la tirèrent à l'intérieur. Judith était si soulagée de retrouver la terre ferme qu'elle faillit se briser les doigts en s'accrochant au rebord de la fenêtre.

— N'êtes-vous pas celle qui a peur des hauteurs ?

Judith croisa le regard calme de Roger Chatworth. Sa chemise pendait en haillons sur son corps vigoureux.

— Où est Miles ? parvint-elle finalement à articuler.

Comme un bruit retentissait à l'extérieur, Roger attira Judith à lui d'un geste protecteur.

— Tu parles tout seul, Chatworth ? demanda le garde à travers la porte.

— Il n'y a pas de meilleur compagnon, répondit Roger en serrant le corps tremblant de Judith. Qui est en haut ? lui souffla-t-il à l'oreille.

— Scarlett.

La réponse de Judith fut récompensée par un juron à demi étouffé. Elle aurait voulu s'écarter de cet homme, mais en cet instant n'importe quel réconfort était le bienvenu. Roger la conduisit, toujours attachée à sa corde, dans un coin de la petite pièce.

— Miles se trouve dans la cellule opposée,

murmura-t-il. Il a été blessé et je ne suis pas sûr qu'il soit capable de grimper à une corde. Le garde dormira bientôt, et nous sortirons. J'irai en premier et vous hisserai ensuite. Mais vous devrez vous asseoir sur le rebord de la fenêtre et, au cas où le garde entrerait, sauter. Avez-vous compris ? Dès que j'aurai atteint le toit, je vous remonterai, répéta-t-il.

Judith assimila ses paroles. Chatworth était l'ennemi de sa famille, il avait causé la mort de Mary Montgomery. Peut-être avait-il l'intention de tuer Scarlett et de couper la corde qui la retenait.

— Non... commença-t-elle.

— Vous devez me faire confiance, Montgomery ! Scarlett ne pourra pas vous hisser et vous arriverez encore moins à grimper. Maudites femmes ! Pourquoi n'avez-vous pas envoyé les hommes ?

Les yeux de Judith étincelèrent.

— Votre ingratitude...

Il la fit taire d'un geste.

— Je vous l'accorde... Vous êtes une femme formidable, comme toutes les Montgomery. Maintenant, ne perdons plus de temps.

Il la souleva dans ses bras et alla la déposer sur le rebord de la fenêtre.

— Accrochez-vous bien, dit-il. Quand je vous tirerai, poussez des pieds et des mains pour vous écarter du mur.

Comme Judith fixait le vide d'un regard terrifié, il lui donna une chiquenaude.

— Pensez à la rage de votre mari quand il apprendra que vous avez libéré un Chatworth avant son frère.

Judith sourit presque à cette idée — presque. Fermant les yeux, elle s'imagina dans les bras rassurants de Gavin. Jamais plus, jura-t-elle intérieurement, elle ne tenterait une entreprise aussi stupide que le sauvetage d'un homme. A moins, bien sûr, qu'il ne s'agisse de Gavin. Ou de ses frères. Ou de l'une de ses belles-sœurs. Ou, peut-être, de sa mère. Et de ses enfants. Et de...

La secousse de la corde, à laquelle Roger venait de se suspendre, faillit la déséquilibrer dangereusement.

— Restez concentrée, bon sang ! ordonna-t-il.

Les yeux grands ouverts, elle vit les pieds de Roger passer devant son visage, puis monter lentement tandis qu'il grimpait vers le toit.

En haut, Scarlett l'accueillit en pointant un couteau sur sa gorge. Les pieds dans le vide, il soutenait tout son poids par ses mains.

— Qu'avez-vous fait de Judith ? rugit-elle.

— Elle attend que je la remonte et chaque minute que vous nous faites perdre peut lui coûter la vie.

A cet instant tout se précipita. Judith, poussée par la peur ou la nécessité, bascula à l'extérieur de la fenêtre, et Roger faillit lâcher prise sous la pression de sa chute.

— Gardes ! hurla une voix en bas.

— La porte ! dit Roger en réunissant toutes ses forces pour se hisser à bout de bras sur le toit. Fermez la porte !

Scarlett réagit enfin, mais un garde surgit avant qu'elle ait pu atteindre son but. Sans réfléchir ni hésiter, elle lui planta son couteau dans les côtes. Il s'effondra sur le seuil et elle dut le tirer pour verrouiller le battant.

Elle se précipita vers Roger et, se penchant, l'aida à remonter Judith.

— Qu'est-il arrivé ? demanda-t-elle à Judith avant même que celle-ci soit parvenue à bon port.

— Alyx et Elizabeth ont été jetées dans la cellule de Miles. J'ai attendu aussi longtemps que j'ai pu, mais le garde a appelé quand il s'est aperçu de la disparition de Roger. Qu'est-il devenu ?

— Il est là, dit Scarlett en désignant le cadavre.

— Qui l'a entendu appeler ? demanda Roger.

— Personne, je crois, répondit Judith. Vite ! Nous devons les sortir d'ici.

— Nous n'avons pas le temps, nota Roger. Où sont vos époux ?

— Ici, en France, mais... commença Judith avant de s'interrompre en voyant Roger s'emparer de la deuxième corde et de la fixer autour d'un créneau. Ils sont de l'autre côté, lui rappela-t-elle.

Roger continua de nouer la corde.

— Nous n'avons pas le temps, répéta-t-il. Dans quelques minutes, les gardes seront là. Nous devons descendre et chercher de l'aide.

— Espèce de lâche ! siffla Scarlett. *Vous* descendez. Judith et moi allons au secours de notre famille.

Roger lui saisit durement le bras.

— Taisez-vous, stupide femme ! Oubliez-vous qu'Elizabeth est ma sœur ? Qu'aurons-nous gagné si nous sommes tous pris ? Qui sauvera votre famille ? Maintenant, dites-moi si vous pouvez descendre seule sur cette corde ?

— Oui, mais...

— Alors faites-le !

Il la poussa presque par-dessus la muraille, tout en la retenant sûrement par les mains.

— Allez-y, Scarlett ! ordonna-t-il avant d'esquisser un sourire. Montrez-nous que vous avez du sang écossais dans les veines.

Dès que Scarlett eut disparu, Roger saisit Judith sous les bras et la souleva.

— Parfait ! Vous ne pesez pas plus que mon armure. Accrochez-vous bien à mon dos.

Judith hocha la tête et obéit, enfouissant son visage contre les épaules de Roger et fermant les yeux. Elle ne regarda pas quand il passa par-dessus bord. De la sueur coulait sur sa nuque et elle s'inquiéta des évidents efforts qu'il fournissait.

— Laisserez-vous un Anglais vous dépasser ? lança-t-il à Scarlett.

Ouvrant un œil, Judith aperçut son admirable belle-sœur progresser lentement, ses pieds prenant appui sur le mur. A la remarque de Roger, elle accéléra l'allure.

Quand ils atteignirent le sol, Judith ne considéra même pas l'éventualité d'abandonner le rassurant dos de Roger. Comme s'il avait fait cela toute sa vie, il desserra les mains convulsivement accrochées à son cou, puis se dégagea des jambes enroulées autour de sa taille.

Tremblante, Judith le regarda se précipiter vers la corde de Scarlett. Celle-ci se trouvait encore à quelques pieds du sol.

— Sautez ! lui ordonna Roger.

Après une imperceptible hésitation, Scarlett obéit et atterrit lourdement dans les bras de Roger.

— Vous pesez au moins autant que mon cheval, murmura-t-il en la déposant à terre. Est-ce trop espérer que vous ayez des montures non loin d'ici ?

— Suivez-nous, ennemi, dit Scarlett en lui indiquant d'un geste la direction.

Roger attrapa le bras de Judith qui, figée, regardait avec horreur l'endroit d'où elle venait.

— Courez ! lança-t-il en lui donnant une monumentale tape sur les fesses. Notre tâche n'est pas terminée.

Miles se tenait au centre de la cellule, comme s'il les attendait, quand Elizabeth et Alyx furent poussées à l'intérieur.

— Voilà de la compagnie, Montgomery, ironisa grassement le garde. Profites-en bien, parce que c'est sûrement ta dernière nuit.

Miles rattrapa Elizabeth avant qu'elle ne tombe, puis rejoignit Alyx. Sans un mot, il s'assit par terre, tenant les deux femmes par les épaules, tandis qu'Elizabeth commençait à le dévorer de petits baisers.

— Ils disaient que vous étiez mort, murmura-t-elle entre ses baisers. O Miles, je pensais ne plus jamais vous revoir !

Les yeux brillants, un léger sourire aux lèvres, Miles les embrassa chacune sur le front.

— Je peux mourir en paix maintenant.

— Comment pouvez-vous plaisanter... commença Elizabeth, mais il la fit taire en s'emparant de sa bouche.

Ils se figèrent quand ils entendirent le garde appeler et monter bruyamment les escaliers menant au toit. Puis ce fut le silence. Miles leva les yeux vers le haut.

— Scarlett ?

Les deux femmes acquiescèrent de la tête.

Il prit une profonde inspiration et soupira.

— Dites-moi ce que vous avez fait.

Elizabeth lui raconta ce qu'elles avaient projeté, tandis qu'Alyx restait sagement pelotonnée dans l'abri rassurant des bras de Miles. Levant le regard vers lui, elle vit ses yeux s'assombrir. « Raine me tordrait le cou si je lui expliquais un pareil plan », songea-t-elle, des larmes brûlantes coulant sur ses joues.

— Alyx ? l'appela doucement Miles, interrompant le récit d'Elizabeth. Nous sortirons d'ici. Mes frères...

Elle s'essuya les yeux du revers de la main.

— Je sais. Je pensais juste que Raine me tuera pour avoir fait une telle chose.

Le regard de Miles étincela de malice.

— Il le fera sans aucun doute.

— Vous êtes blessé ! s'écria soudain Elizabeth en effleurant le bandage crasseux qui entourait son torse.

Elle s'écarta de lui. Sous la faible lueur de la lune, elle vit les cicatrices en écartant le peu qui restait de sa chemise. Faisant courir un doigt le long de l'une d'elles, elle murmura :

— Vous n'aviez aucune marque quand je vous ai connu. Toutes ces cicatrices vous sont venues par ma faute.

Il lui baisa la main.

— Je vous marquerai aussi — avec la vingtaine d'enfants que je vous ferai porter. Maintenant, je veux que vous vous reposiez toutes les deux. Au lever du jour, je suppose que nous aurons d'autres... surprises.

Elizabeth, rassurée d'avoir revu Miles sain et sauf, s'appuya contre lui, ferma les yeux et s'endormit instantanément.

Ce ne fut pas le cas d'Alyx qui, bien qu'elle fermât les yeux, continua de tourner mille pensées dans son esprit.

Au bout d'une heure, alors que l'aube n'était pas loin de pointer, Miles s'écarta doucement des deux femmes et alla se poster devant la fenêtre. Les paupières à demi closes, Alyx l'observa.

— Venez me rejoindre, Alyx, proposa-t-il.

Surprise qu'il sache qu'elle était éveillée, elle se glissa jusqu'à lui. Il la prit dans ses bras, posant le front sur sa nuque.

— Vous avez beaucoup risqué pour me sauver, Alyx, et je vous en remercie.

Elle sourit et frotta sa joue contre son poignet.

— C'est à cause de moi que nous avons été prises. Le duc m'avait déjà vue chanter quelque part en Angleterre. Il se souvenait de moi et se rappelait aussi qu'il avait entendu dire que j'étais devenue une Montgomery. D'après vous, quelle a été la réaction de Scarlett quand elle a vu Roger sur le toit, au lieu de vous ? (Elle se tourna dans ses bras.) Ils se sont échappés, n'est-ce pas ? Aucun garde ne les guettait en bas ? Raine viendra ?

Avec un sourire, il la retourna vers la fenêtre.

— Je *sais* qu'ils ont réussi. Regardez, là-bas, vers l'ouest.

— Je ne vois rien.

— Dans la brume, vous voyez les petits scintillements ?

— Oui, dit-elle avec enthousiasme. Qu'est-ce que c'est ?

— Si je ne me trompe pas, ce sont des hommes en armure. Et là-bas aussi, au nord.

— Il y en a encore plus ! O Miles ! (Elle se tourna,

le serra contre elle, puis s'écarta brusquement.) Vous êtes plus gravement blessé que vous ne l'avez dit à Elizabeth, lui reprocha-t-elle.

Il tenta de sourire, mais la douleur crispait son visage.

— Pourquoi l'inquiéter davantage ? Elle a eu du courage pour danser devant tous ces hommes, n'est-ce pas ? remarqua-t-il avec fierté.

— Oui, répondit Alyx en se retournant à nouveau vers la fenêtre.

Ils restèrent là tous deux, tandis que le jour se levait, fixant les points lumineux qui se rapprochaient de plus en plus.

— Qui sont-ils ? demanda Alyx. Je sais qu'il y a des Montgomery en France, mais ces chevaliers sont au moins des centaines. D'où viennent les autres ?

— Ce sont certainement tous des Montgomery. Notre famille s'étend en France, en Espagne et en Italie. Quand j'étais adolescent je rageais de ne pouvoir aller nulle part sans qu'un cousin ou un oncle soit à mes basques, mais maintenant je remercie le ciel de les avoir. Chacun d'eux est vraiment merveilleux.

— Je vous crois sans peine.

— Là-bas ! dit-il en pointant un doigt droit devant. Vous avez vu ?

— Non, je n'ai rien vu.

Un large sourire éclairait le visage de Miles.

— C'est ce que j'attendais. Regardez, on l'aperçoit à nouveau !

L'espace d'une seconde, Alyx saisit un éclair lumineux différent des autres.

— C'est la bannière de mon oncle Etienne. Nous

nous sommes toujours moqués de l'emblème des Montgomery qu'il transporte. Elle est aussi grande qu'une maison, mais Etienne prétend que la seule vue des immenses léopards fait fuir les gens — et il veut leur laisser l'opportunité de fuir.

— Je la vois ! s'écria Alyx.

A l'horizon, apparaissaient trois larges auréoles dorées, les unes à la suite des autres.

— Les léopards, souffla-t-elle. Qui, à votre avis... ?

— Raine conduit oncle Etienne. Stephen arrive par le nord et Gavin viendra par le sud.

— Comment le savez-vous ?

— Je connais mes frères, sourit-il. Gavin attendra la venue des autres et les trois armées attaqueront ensemble.

— Attaquer ? répéta-t-elle.

— Ne vous inquiétez pas. Même le duc de Lorillard ne peut affronter les forces combinées des Montgomery. Il aura une chance de se rendre. En outre, c'est Christiana qui l'intéresse, pas une guerre contre les Montgomery.

— Christiana ? La fille que Roger a sauvée ? Qu'est-il advenu d'elle ?

— Je l'ignore, mais je le découvrirai, répondit-il avec tellement de conviction qu'Alyx garda le silence.

Il était inutile d'argumenter avec les Montgomery quand ils avaient décidé quelque chose.

Quand Elizabeth se réveilla, Miles la prit aussi contre lui.

— Si Judith et Scarlett ont libéré Roger Chatworth et qu'ils sont allés chercher de l'aide, quel frère croyez-vous qu'ils atteindront en premier ? demanda Alyx.

Ni Miles ni Elizabeth n'avaient de réponse à cela.

— Prions pour que cela ne soit pas Raine, murmura Alyx. Il enfoncerait son épée d'abord et écouterait ensuite...

En silence, ils regardèrent leurs sauveteurs approcher.

21

Roger Chatworth chevauchait aux côtés de Raine et Etienne Montgomery, les lèvres serrées, son bras droit bandé saignant encore abondamment. Non loin de lui, Scarlett arborait ce qui promettait d'être un impressionnant œil au beurre noir. La blessure de Roger était due à la première réaction de Raine à la vue de son ennemi. Quant à Scarlett, elle avait récolté un coup de poing malencontreux en tentant de séparer les deux hommes. Judith s'en serait aussi mêlée si John Bassett n'avait sauté de son cheval pour venir la plaquer au sol.

Il avait fallu quatre hommes pour maîtriser Raine et l'empêcher de tailler Chatworth en pièces. Finalement, il s'était ressaisi et avait consenti à écouter les explications de Scarlett et de Judith. A peine avaient-elles relaté la moitié des faits que tous les Montgomery étaient déjà sur le pied de guerre. Quand Judith raconta qu'Alyx avait été emprisonnée dans la même cellule que Miles, Raine se jeta à nouveau à la gorge de Roger. Ce dernier le tint à distance avec son épée, tandis que les parents de Raine s'interposaient une fois de plus.

A présent, à l'approche du château Lorillard, chacun avait retrouvé son calme.

Immobile et silencieux, trois cents hommes en armes derrière lui, Gavin Montgomery regardait ses frères arriver. Sir Guy se tenait à ses côtés, le visage totalement impassible. Pourtant, il avait du mal à oublier l'explosion de Gavin quand ce dernier avait appris la présence de Judith en France.

— Cette satanée femme n'en fait qu'à sa tête ! avait-il rugi. Elle croit que la guerre est un jeu d'enfant ! O Seigneur, avait-il prié avec ferveur, si je la retrouve en vie, je la tuerai !

Stephen dépêcha ses hommes vers l'aile est du château, pendant que Tam et lui chevauchaient en direction de Gavin.

— Les femmes ? hurla-t-il bien avant d'avoir rejoint Gavin.

— Aucune ! cria si fort celui-ci en retour que son cheval se cabra.

Dans un nuage de poussière, Stephen et Tam virèrent vers l'ouest, où se trouvait Raine. Quand Stephen aperçut Scarlett, il faillit pousser un cri de soulagement, mais fronça les sourcils en voyant l'état de son œil.

— Qu'est-il arrivé ? demanda-t-il, sa voix couvrant le bruit des chevaux.

Il dévorait son épouse du regard.

— Raine... commença Scarlett avant que Stephen n'éclate de rire.

Il regarda avec tendresse son frère qui se tenait aussi raide qu'une statue sur sa selle.

Scarlett prit le parti d'ignorer son mari et de s'éloigner pour rejoindre Tam.

— Stephen, appela Judith, Gavin est-il avec eux ?

Elle pointa un doigt vers le sud.

Stephen hocha la tête et Judith, suivie de John, fusa comme un éclair dans cette direction.

Il n'y eut pas de combat.

Le nouveau duc de Lorillard, visiblement à peine levé de son lit, les yeux rouges et la mine grise après une nuit d'excès, n'avait pas l'énergie de lutter contre les centaines d'hommes en colère qui encerclaient son château. Montrant sa confiance en l'honorabilité des Montgomery, il marcha parmi les chevaliers et déclara à Gavin qu'en échange de sa liberté les Montgomery pouvaient disposer de son domaine et de ce qu'il contenait sans avoir une seule goutte de sang à verser.

Raine s'indigna devant de tels propos : un homme capable de livrer ainsi ses terres — et ses deux fils — n'était pas digne de vivre.

Scarlett et Judith plaidèrent pour le moyen le plus simple de libérer leur famille.

Finalement ce fut Gavin qui, en tant qu'aîné, prit une décision. Le duc et cinq de ses gardes furent autorisés à partir, après que l'ordre eut été donné d'ouvrir toutes les portes.

Malgré leurs protestations, les femmes durent rester à l'extérieur, tandis que les trois frères, Roger et une douzaine de cousins pénétraient dans la vieille forteresse.

Les occupants du château semblaient ignorer qu'ils étaient en état de siège. Ou peut-être s'en moquaient-ils. Ou encore, comme le suggéra Stephen, était-ce pour eux monnaie courante. Quoi qu'il en fût, affalés par terre ou en travers des bancs et des tables, ils n'émergèrent pas de leur stupeur embrumée d'alcool.

Avec prudence, épée à la main, les hommes s'avancèrent, cherchant l'escalier dont Judith et Scarlett leur avaient parlé.

Ils parvinrent enfin à l'étage où se trouvaient les cellules.

— Là ! dit Roger en décrochant une clé du mur.

Miles les accueillit, l'air serein et content de lui-même, les bras passés autour des épaules des deux femmes.

Alyx se précipita vers Raine et se blottit contre lui. Il la serra fort, les yeux brillants de larmes d'émotion.

— C'est à chaque fois la même chose quand on te laisse seul avec tes belles-sœurs, fit-il semblant de gronder Miles. Désormais...

Alyx éclata de rire et l'interrompit d'un baiser.

Elizabeth rejoignit Roger, lui caressa la joue et toucha son bras blessé.

— Merci, murmura-t-elle.

Elle se tourna vers Gavin, croisa son regard et inclina froidement la tête. Les insultes dont il l'avait couverte lui restaient encore en mémoire.

Avec un sourire qui adoucit son visage aux traits incisifs, il lui tendit les bras.

— Pouvons-nous prendre un nouveau départ, Elizabeth ? proposa-t-il calmement.

Elizabeth sourit à son tour et ils s'étreignirent affectueusement. Quand Judith et Scarlett arrivèrent, d'autres embrassades furent échangées.

Miles fut le premier à briser l'effusion des retrouvailles. Les yeux rivés à ceux de Roger, il déclara :

— Y allons-nous ?

A l'acquiescement de Roger, Miles prit l'épée de l'un de ses jeunes cousins.

— L'heure n'est pas au combat, commença Stephen avant que le regard noir de Miles ne l'incite à se taire.

— Chatworth m'a aidé. Maintenant, je vais avec lui.

— Avec lui ? explosa Raine. As-tu oublié qu'il a tué Mary ?

Sans répondre, Miles quitta la pièce à la suite de Roger.

— Raine, dit Alyx de sa plus douce voix, Miles est blessé, ainsi que Roger, et je suis sûre qu'ils partent à la recherche de cette femme que Roger veut.

— Christiana ! s'exclama Elizabeth, sortant de sa stupeur.

Elle n'avait aucune idée de l'endroit où pouvaient aller son frère et son mari.

— Judith, Scarlett, dit-elle en se tournant vers la porte.

Sans hésiter, les quatre femmes sortirent.

Dans un bel ensemble, les hommes rattrapèrent leurs épouses par la taille, Raine saisissant à la fois Alyx et Elizabeth, et les ramenèrent dans la cellule, où ils les enfermèrent. Ils restèrent un moment figés devant la variété des insultes qui fusèrent à travers la porte. Judith s'inspirait de la Bible, Scarlett utilisait un vocabulaire gallois, Elizabeth employait des expressions de soldats. Et Alyx ! Alyx se servait de sa magnifique voix pour faire trembler les murs.

Echangeant des sourires triomphants, les hommes indiquèrent à leurs cousins de les suivre et s'éloignèrent.

— Je n'aurais jamais imaginé que j'aiderais un jour un Chatworth, grommela Raine avant de s'arrêter en entendant le bruit d'épées qui s'entrechoquaient.

Six gardes surveillaient la chambre où était enfermée Christiana et avaient attaqué Roger et Miles à vue.

La blessure de Miles se rouvrit dès qu'il commença à se battre, éliminant l'un des gardes, puis enjambant son corps pour foncer sur deux autres. L'épée de Roger glissa de sa main gauche et il trébucha sur le premier cadavre, tomba, rattrapa son épée de la main droite et la planta en se redressant dans le ventre du garde qui s'abattait déjà sur lui. La plaie de son bras droit se remit à saigner de plus belle.

Comme un autre homme venait sur lui, il leva son épée dans un ultime effort désespéré. Mais, alors qu'il se croyait perdu, son adversaire bascula soudain en avant, mort. Roger roula sur lui-même, juste à temps pour l'éviter et voir Raine retirer son épée du dos du cadavre.

Les trois frères s'unirent pour protéger Miles et Roger, et vinrent rapidement à bout des gardes restants.

Ce fut Raine qui tendit la main à Roger et pendant un moment Chatworth regarda cette main amicalement offerte comme s'il s'agissait d'un serpent venimeux. Les yeux grands ouverts de stupeur, il permit à Raine de l'aider à se relever. Leurs regards se soudèrent l'un à l'autre l'espace d'une seconde, avant que Roger ne se détourne pour pénétrer dans la chambre de Christiana.

La jeune femme se tenait au centre d'un grand lit, roulée en boule, seulement revêtue d'une fine chemise de laine, le corps couvert de bleus. Ses yeux gonflés étaient fermés.

Lentement, Roger s'agenouilla près d'elle et lui effleura le front.

— Roger ? murmura-t-elle en essayant de sourire, malgré les meurtrissures de ses lèvres.

Le visage crispé de colère, Roger la souleva dans ses bras.

— Nous l'emmènerons dans le sud, chez nos parents, lui dit Raine en posant une main sur son épaule.

Roger hocha seulement la tête et sortit de la pièce.

— Où sont les femmes ? demanda Miles.

Ses frères gardèrent un curieux silence, comme s'ils avaient un peu peur.

— Nous, heu... commença Stephen.

Gavin releva le menton.

— Je chevaucherai en tête. Tiens. (Il lança une clé à Miles.) Peut-être vaut-il mieux que tu te charges des femmes.

— Oui, acquiescèrent en chœur Raine et Stephen en se précipitant vers la porte.

Miles regarda un moment la clé dans sa main avant de se rendre compte que c'était celle de son ancienne cellule.

— Vous n'avez pas fait cela ! s'exclama-t-il.

Mais ses frères étaient déjà loin.

Il se figea de surprise, puis éclata de rire. Quelques années auparavant ses frères et lui évoluaient dans un confortable univers masculin, passant leur temps à s'entraîner et à faire la guerre. Depuis, les uns après les autres, ils avaient épousé de belles et charmantes femmes — et avaient vraiment appris ce qu'était la guerre.

Ils venaient juste de prendre un château et de combattre plusieurs hommes sans se soucier du danger, mais quand il s'agissait d'affronter quatre femmes en colère, ils se transformaient en lâches et prenaient la fuite.

Grâce à Dieu, Miles n'était pour rien dans l'emprisonnement de ces dames ! Et il plaignait ses frères quand ils se retrouveraient à nouveau face à leurs épouses.

Mais pourquoi les plaindrait-il ? songea-t-il en se rappelant les innombrables fois où ils l'avaient traité en « petit frère ». Ils méritaient bien de payer pour tous les tours qu'ils lui avaient joués.

Miles lança la clé en l'air, la rattrapa, sourit et se dirigea vers cette cellule remplie de magnifiques femmes. Peut-être s'y enfermerait-il pour quelques jours...

CE QU'IL EST ADVENU DE CHACUN

Christiana se rétablit complètement, épousa Roger Chatworth et dix ans plus tard, alors qu'ils ne l'espéraient plus, ils eurent une fille qui, au grand malheur de Roger, se maria avec un Montgomery du sud de l'Angleterre. Le nom de Chatworth s'éteignit, ne subsistant çà et là qu'à travers certains enfants dénommés Chatworth Montgomery.

Miles et Elizabeth élevèrent un total de vingt-trois enfants et l'un de leurs fils, Philip, fut un grand favori du roi Henri VIII. Plus tard, deux des petits-fils de Miles émigrèrent en Amérique et s'y installèrent.

Raine fut engagé par le roi Henri VIII en tant qu'entraîneur des jeunes chevaliers et Alyx devint dame de compagnie de la reine Catherine. La cour était un endroit agréable et le roi prit en compte et établit plusieurs réformes suggérées par Raine. Raine et Alyx eurent trois filles, la deuxième héritant les dons musicaux de sa mère. On raconte que certaines de nos meilleures chanteuses d'aujourd'hui seraient des descendantes d'Alyx Montgomery.

Scarlett et Stephen eurent six enfants, cinq garçons et une fille. Le nom de Scarlett entra dans la légende et même de nos jours les enfants MacArran chantent ses louanges. La fille de Scarlett épousa le fils de Kirsty MacGregor, qui prit le nom de MacArran et devint chef de clan.

Lachlan MacGregor épousa l'une des filles de Tam et succomba tellement à ses charmes qu'il délégua les affaires du clan à ses hommes. Davy MacArran lutta pour le pouvoir, l'obtint et devint un MacGregor. Mais la fille de Lachlan, l'épouse de Davy, n'était pas la petite femme docile que tout le monde s'imaginait et ce fut en fait elle qui dirigea le clan.

Judith et Gavin firent si bien prospérer les domaines Montgomery que ceux-ci comptent aujourd'hui parmi les plus étendues et les plus riches propriétés privées du monde. L'une des descendantes de Judith dirige l'ensemble de ces domaines. C'est une jolie jeune femme aux yeux d'une couleur étrange, célibataire, faute d'avoir rencontré un homme à la mesure de son inépuisable esprit d'entreprise. La semaine prochaine, elle doit rencontrer un millionnaire américain âgé de trente ans, qui dit être le descendant d'un chevalier dénommé Miles Montgomery.

J'ai grand espoir pour eux.

Jude DEVERAUX
Santa Fe, Nouveau-Mexique, juin 1982.

Aventures et Passions

Quand l'amour s'aventure très loin, il devient passion.
Quand les passions se libèrent, quand elles déchirent des êtres prêts à tout pour les vivre, au cœur d'aventures riches et multiples, elles sont dans la nouvelle collection Aventures et Passions.

BRANDEWYNE Rebecca	**La lande sauvage** 3018/**5**
	Duel sur la lande 3055/**4**
BUSBEE Shirlee	**Le quiproquo de minuit** 2930/**5**
	Au-delà du pardon 2957/**5**
	L'appel de la passion 3056/**8**
DAILEY Janet	**Le solitaire** 1580/**4**
DEVERAUX Jude	**Les yeux de velours** 2927/**5**
	Un teint de velours 3003/**5**
	Une mélodie de velours 3049
	Un ange de velours 3127/**4**
GARWOOD Julie	**Sur ordre du roi** 3019/**5**
	Un ange diabolique 3092/**5**
LINDSEY Johanna	**Samantha** 2533/**3**
	Esclave et châtelaine 2925/**4**
	La révoltée du harem 2956/**6**
	La fiancée captive 3035/**4**
	Les feux du désir 3091/**5**
MATTHEWS Patricia	**La maîtresse de Malvern** 1056/**4**
	L'écume des passions 2116/**4**
O'GREEN Jennifer	**Prisonnière du roi** 2981/**5**
REDD Joanne	**La fiancée du désert** 2926/**4**
	Le rêve chimère 2980/**5**
ROBARDS Karen	**Désirs fous** 2928/**5**
	La lune voilée 2979/**5**
	Mississippi belle 3070/**5**
ROGERS Rosemary	**Le grand amour de Virginia** 1451/**4**
	Le désir et la haine 2577/7
RYAN Nan	**Esclave de soie** 2929/**5**
	Le prince aztèque 3071/**5**
WEYRICH Becky Lee	**Le vent brûlant de Bombay** 3036/**5**
	Le chardon et la rose 3110/**6**
WOODIWISS Kathleen E.	**Cendres dans le vent** 2421/**7**
	Qui es-tu, belle captive ? 2998/**6**

3127

Impression Brodard et Taupin
à La Flèche (Sarthe) le 9 octobre 1991
6488E-5 Dépôt légal octobre 1991
ISBN 2-277-23127-4
Imprimé en France
Editions J'ai lu
27, rue Cassette, 75006 Paris
diffusion France et étranger : Flammarion